家藏文库

苏轼词选

〔宋〕苏轼 著　　李之亮 注析

中州古籍出版社
·郑州·

图书在版编目(CIP)数据

苏轼词选 /(宋)苏轼著；李之亮注析. —郑州：中州古籍出版社，2015.5（2022.1重印）

（家藏文库）

ISBN 978-7-5348-5018-9

Ⅰ.①苏… Ⅱ.①苏…②李… Ⅲ.①宋词-选集 Ⅳ.①I222.844

中国版本图书馆 CIP 数据核字（2015）第 090775 号

JIACANG WENKU : SUSHI CIXUAN

家藏文库：苏轼词选

选题策划	卢欣欣　赵发杰
约稿统筹	卢欣欣
责任编辑	杨天荣
责任校对	岳秀霞
封面设计	王　歌
版式设计	曾晶晶

出 版 社	中州古籍出版社（地址：郑州市郑东新区祥盛街27号6层　邮编：450016　电话：0371-65723280）
发行单位	河南省新华书店发行集团有限公司
承印单位	郑州印之星印务有限公司
开　　本	640 mm×960 mm　1/16
印　　张	17.5 印张
字　　数	220 千字
版　　次	2015年5月第1版
印　　次	2022年1月第4次印刷
定　　价	29.00 元

本书如有印装质量问题，请与出版社调换。

导　读

　　苏轼，字子瞻，号东坡居士，眉州眉山（今四川眉山）人，生于仁宗景祐三年（1036）十二月十九日，卒于徽宗建中靖国元年（1101）七月二十八日，终年66岁。他是我国历史上伟大的文学家，近千年来一直受到人们的敬仰。他被后人列为"唐宋八大家"之一，他的散文和诗词是后人反复研究和欣赏的对象，他因书法被尊为北宋四大书法名家之一。他对儒学经典、诸子百家、前朝历史、中医中药、佛教道教、音乐舞蹈、饮食养生、天文博物、自然物理方面都有深湛的研究，他以容纳整个山川宇宙的阔大胸怀，感动和鼓舞着一代又一代的华夏后人。应中州古籍出版社之约作这本词集的注析，我想借此机会在导读中分两个部分（"苏轼生平简介"和"苏轼的词"）向读者介绍这位文学巨匠，而又以生平简介为主。之所以要在谈论词作之前介绍他的生平，是希望读者对苏轼有尽可能全面的了解。只有对他生活的背景和仕宦履历有所了解，才能准确地把握其作品的真实内涵，走进他的心灵深处。

一、苏轼生平简介

　　苏轼的祖父叫苏序，有苏澹、苏涣和苏洵三个儿子。苏澹和苏涣都考中了进士，唯独苏洵"不喜学"，直到27岁时才发愤读书，"六年而大究六经百家之书"。苏洵有三个儿子，老大苏景先早逝，老二苏轼、老三苏辙，皆自少年便聪颖异常。苏轼8岁入小学，以道士张易简为师。他似乎天生对诗文有很深的感悟，对文字的敏感达到了惊人的地步。当时有从京城到蜀中的人，带来石介写的《庆历圣德诗》给张易简看，苏轼在旁细听，问道："石介是什么人？"先生斥道："童子何用知之？"苏轼振振有词地说道："如果他是神仙，当然不敢闻知；如果是世间人，有什么不可以了解的？"十来岁时，他已能写出很好的文章。据说有一次苏洵读欧阳修的《谢宣诏赴学士院仍谢赐对衣金带及马表》，命苏轼模拟其表写篇文章，苏轼信手写毕，其中有"匪伊垂之，带有余；非敢后也，马不进"之语。苏洵看罢十分高兴，叹道："此子他日当自用之。"这看似简单的两句话，却用了两个相当深奥的典故。前一句出自《诗经·小雅·都人士》："匪伊垂之，带则有余。"郑玄笺："此言士非故垂此带也，带于礼自当有余也。"后一句出自《论语·雍也》："子曰：'孟之反不伐，奔而殿，将入门，策其马，曰：'非敢后也，马不进也。'"何晏集解："孟之反贤而有勇，军大奔，独在后为殿。人迎，功之。不欲独有其名，曰：'我非敢在后拒敌，马不能前进。'"神童气象，那时已经初见端倪。

苏轼19岁娶了王方之女王弗为妻，20岁时，以诸生身份拜见成都知府张方平，张方平一见，以国士待之。其后苏轼与苏洵、苏辙能噪声于士大夫之间，与张方平的极力鼓呼是分不开的。

嘉祐元年（1056），21岁的苏轼和弟弟苏辙取得了乡贡资格后，旋即赴汴京参加嘉祐二年的礼部会试。本场的题目是《刑赏忠厚之至论》，大主考是大名鼎鼎的欧阳修。同考官梅尧臣阅罢苏轼答卷后，深感其文气势雄浑，于是推荐给欧阳修看。欧阳修看罢大为叹赏，本想把此卷置于第一，又疑此文可能是弟子曾巩所为，为了避嫌，将此卷置于第二。事后得知写此文者乃苏轼,感叹道:"此我辈人也,吾当避之!"欧阳修为什么对苏轼的文章如此欣赏呢?原来直到仁宗嘉祐之前,文坛上一直弥漫着华而不实、崇尚字雕句琢的浮靡风气,力主文以载道的欧阳修对此深恶痛绝,而苏轼的雄文恰恰符合了欧阳修的文学主张,故而得到欧阳修深深的嘉赏。不过此举也得罪了很多人。有一次欧阳修在回府的路上,竟遭到了被他黜落的举子们的合力围攻。《宋史·欧阳修传》说:"时士子尚为险怪奇涩之文,号'太学体',修痛排抑之,凡如是者辄黜。毕事,向之嚣薄者伺修出,聚噪于马首,街逻不能制;然场屋之习,从是遂变。"

就在苏轼顺利通过殿试取得乙科及第时,不幸的事发生了,这年四月,母亲程氏因病去世,尚未得官的苏轼只得离开京城回到眉山,去尽三年之孝。直到嘉祐四年(1059)年底除丧,才侍奉着父亲苏洵再次出川,赶回京师。经过长江三峡时,苏轼已经写了不少的诗,他把这些诗编辑成集,取名《南行集》。此时的苏轼进入了诗词创作的高产期,他似乎有着永远发散不完的人生感慨,不得不形诸笔端,必宣泄之而后快。

嘉祐五年(1060),苏轼被授予河南府福昌县主簿。一年后赶上朝廷举行制科考试,不甘下僚的苏轼参加了这次考试,获第三等,于是再授大理评事、凤翔府签判兼府学教授。苏轼带上妻子王弗赶到凤翔府,公务之余,他继续诗文的创作,在这期间写下了脍炙人口的《喜雨亭记》《凌虚台记》等篇章,以及大量的诗歌。这些诗未必都是名篇,但从他创作的激情和数量来看,的确为他以后成为诗文名家奠定了基础。

苏轼属于坦荡外向的磊落性格。他在《亡妻王氏墓志铭》中记载了在凤翔府时的一些生活片段:"轼有所为于外,君(王弗)未尝不问知其详。曰:'子去亲远,不可以不慎。'日以先君之所以戒轼者相语也。轼与客言于外,君立屏间听之,退必反覆其言曰:'某人也,言辄持两端,惟子意之所向,子何用与是人言?'"意思是说苏轼出外公干,妻子王弗每次都要仔细询问他到哪里去,和什么人打交道,还要叮嘱他:"你离家人远,一切都须小心谨慎。"苏轼在客厅里接待客人,王弗都要在屏风后细听,客人走后,她便会对苏轼说:"此人不是个厚道人,说起话来过于油滑,专拣你爱听的说,你何必跟他多费口舌?"在为人处世方面,应该说王弗确实比苏轼聪明。

英宗治平二年(1065),三年任满的苏轼离开凤翔回到京师,授判登闻鼓院之职。召试秘阁,又获得了第三等的上佳成绩,改官直史馆。眼看着仕进之门向他层层打开时,不幸的事又接连发生:这年五月,夫人王弗病逝;治平三年四月,父亲苏洵病故。苏轼不得不护送着父亲和妻子的灵柩再次回到眉山。这期间,苏轼续娶了王弗的堂妹王闰之。神宗熙宁二年(1069)回京后,朝廷委任他为主管官告院兼判尚书祠部,算是很像样的朝官了。此时正当王安石变法如火如荼之际,王安石打算变更科举旧制,神宗拿不定主意,召集两制三馆官员集体讨论。不知轻重的苏轼直言不讳地提出了质疑,自然成了"阻碍改革的保守派",被下放到开封府担任推官。正赶上神宗为孝敬太皇太后曹氏和皇太后高氏,下旨在开封府购买浙灯四千余盏,合同签订后,朝廷又压低收购价。苏轼认为此举很不妥当,于是上了一道《谏买浙灯状》。这下捅了马蜂窝,立刻招来不少官员的弹劾。万般无奈之下,他只好自请出京,担任了杭州通判。这是他仕途上第一次受到不公正的待遇。用现在的话说,他是"带着情绪"离开汴京的。这种情绪一直没有消减,延续到熙宁七年(1074)任密州知州、熙宁十年(1077)调任徐州知州、元丰二年(1079)调任湖州知州这些年中。当然,一心想为百姓做些好事的苏轼,还是在任期中恪尽职守,尽到了父母官应尽的职责。

然而他对新法的不合作态度,一直令很多朝官耿耿于怀。元丰二年(1079)在湖州任上,他突然因"写反诗"遭到逮捕,这便是历史上著名的"乌台诗案"。当时变法派的李定、舒亶及骑墙派大臣王珪都想将他置于死地,幸赖太皇太后曹氏和大臣吴充、同年进士章惇等人解救,也包括神宗的省悟,他最终没有被施以极刑,只被贬为黄州团练副使,于元丰三年(1080)二月,来到了长江边上这座小城"监督改造"。这是他仕途上第二次遭受打击,而且是相当沉重的打击,以致他到了黄州后对仕途几乎完全绝望,于是修建东坡雪堂,躬耕堂下,打算终老于此了。这一时期,他深深感到了仕途的险恶,起初连诗文都很少再写,直到元丰四年、元丰五年时,缓过些神来的他才渐渐恢复了旧有的创作激情,记录下那段不凡岁月的点点滴滴。

这一待就是四年多,直到元丰七年(1084)四月,才得到量移汝州仍任团练副使的任命。这段日子里,苏轼在黄州知州陈轼、继任知州徐大受、通判孟亨之的遮护下,在黄州人潘大临等人的关照下,在夫人王闰之、爱妾朝云的亲情呵护下,熬过了艰难的岁月,同时增加了很多人生的阅历,看穿了很多人情世态。一年后,他对仕途彻底死了心,向朝廷申请归老于常州宜兴,很快得到了恩准。谁知命运总是捉摸不定,元丰八年(1085)初神宗驾崩,哲宗即位,太皇太后高氏垂帘听政,立刻起用老臣司马光、吕公著主政。一时间局势大变,苏轼也迎来了仕途上的第二春,很快被起用为登州知州,到任几天便受召回朝,被命为中书舍人,年内再擢为翰林学士。对于一个文士来说,这几乎达到了人生的顶峰。从元祐元年(1086)到元祐四年(1089),苏轼既出尽风头,又饱尝了宦海倾轧。可悲的是,此时倾轧他的并不全是变法派人物,不少人恰恰是司马光大旗下的旧党官员。这些官员没能团结一致,却自我分裂成三个派系,这就是我们常说的蜀党、洛党和朔党。变法派官员以及旧党三派官员都在争取对朝政的控制权,不惜互相攻击,处在最弱势的蜀党受到了十分猛烈的攻讦,而苏轼又是蜀党的标杆人物,这就注定了他必须再次离开朝廷。为了达到把苏轼踢出朝廷的目的,侍御史王觌上奏:"苏轼去冬学士院试馆职策题,自谓借汉以喻今也。其借而喻今者,乃是王莽、曹操等篡国之难易,缙绅见之,莫不惊骇。"监察御史赵挺之也为此屡上弹劾之文。监察御史王彭年上书言苏轼担任侍读时"密藏意旨,以进奸说"。诸如此类,不一而足。苏轼自知难以立身于朝,只得力请辞官,元祐四年(1089),得到了杭州知州的任命。此时他虽然心力交瘁,还是没忘记为杭州百姓做些实实在在的事,比如清理葑草、疏浚河道,使杭州变得更加美丽。

苏轼在杭州干足三年,元祐七年(1092)二月,改知扬州。当年九月,又鬼使神差地被召回朝,当了更大的官——端明殿学士兼翰林侍读学士、守礼部尚书。如果没有政治上的风云突变,苏轼或许能在这个位置上待几年,可惜天有不测风云,垂帘听政八年多的太皇太后高氏于元祐八年(1093)九月因病辞世。哲宗亲政后,立刻调转风向,起用变法派的老臣章惇主政。隐忍了多年的章惇可不管什么蜀党、朔党还是洛党,只要是出于司马光旗下的官员,一律赶尽杀绝。于是乎旧党官员接连被贬出朝廷,苏轼也被贬到中山府去当知府。然而这仅仅是个开端,绍圣元年(1094),厄运再次光顾了他,被贬为岭南的英州知州。走到半路,追贬惠州安置的诏命又来了。仅仅一年多,苏轼经历了天翻地覆的巨变,由翰林承旨的高官骤然成了贬谪岭南的罪犯。从绍圣元年始,苏轼过起了比黄州团练副使更艰难的日子。此前的元祐八年(1093)八月,他的夫人王闰之卒于汴京,所以此时遭贬南迁,身边只带了幼子苏过和爱妾朝云。不过这次遭贬,他的情绪并没有初贬黄州时那么糟糕,大概是"世路如今已惯,此心到处悠然"的缘故吧。遗憾的是,一年多后,朝云死在惠州,苏轼身边连一个女人都没有了。好不容易熬到绍圣四年(1097),一场更大的灾难再次降临,他被追贬到了海南的儋州。在古代,那是一个内地官员视为有去无回的死亡之地。然而由于他越来越达观的人生态度,竟奇迹般地熬到了哲宗去世、徽宗即位的元符三年（1100）。大赦使他从儋州重新回到内地，而且如愿以偿地回到了他梦寐以求的常州故宅。不过这位历尽万难的老人，终因内热过度无法排解，到达常州宜兴一个多月便与世长辞了。

二、苏轼的词

词这种文学形式在最初兴起时，仅仅是民间的俚语小调，是不登大雅之堂的配乐演唱小曲，后因其形式活泼，内容也大多是歌咏生活中的种种情感，慢慢引起了文人们的关注。大约在中晚唐以后，才陆续出现了出自文人之手的词。五代时期，词的衍续主要集中在南唐和后蜀，这是因为在那段动荡不安的年代里，这两个偏国相对安定，又都比较富庶，贵族阶层的享乐欲望十分强烈，于是大量以词为载体的绮丽之作开始出现，成就最大的，当属南唐中宗李璟和后主李煜。宋朝建国后，词在中原地区并没有马上出现繁荣的局面，这一点从唐圭璋辑录的《全宋词》即可证明。到宋仁宗庆历以前，只有潘阆写过几首《酒泉子》，范仲淹写过几首杂词，接下来便是柳永了。柳永是个风流公子，一生中很多时间在花街柳巷里度过，他的词大多数属于艳情词。当时号称"凡有井水饮处，皆能歌柳词"。这个时期，宋朝进入到完全安定的状态，再加上宋朝抑武重文的基本国策，使得文人士大夫不但政治地位很高，生活也很安逸和考究，于是一些身在高层的文人开始醉心于词的创作和鉴赏，逐渐形成了以晏殊为领军人物的创作群体。这些人的词作，都还沿袭着南唐、后蜀绮靡香艳的风格，只不过比起柳永的词更加典雅而已。在很长一段时间里，这种既定的风格几乎没有多少改变。

苏轼的出现，极大地拓展了词的创作范围和空间。在他看来，词不能仅仅作为咏妓女、咏美人、咏风花雪月的专属工具，而应该向"言志"

的诗靠拢，承载人们各种各样的情感元素。他用自己的实践证明，这是完全可以做到并且可以做得很好的事，于是他笔下的豪放词汩汩而出，大大丰富了词作的内容和题材。后来有人把苏轼的词作理念称为"以诗为词"，更多的人则是把他的创作归结为"开创豪放一派"，总之这种"苏轼现象"，客观上使宋词的创作走向了更加宽广、更加丰富多样的繁荣时代。从这一点上说，对宋词发展贡献最大的有两个人：一是柳永，把旖旎香艳写到了极致；二是苏轼，把壮志豪情写到了极致。虽然从宋到清不少人批评苏轼"不晓音律"，属于外宗，其实这丝毫不影响他在词史上不可撼动的崇高地位。

客观地说，苏轼的"以诗为词"和"开创豪放一派"或许最初并不是出于理性的思考，而是历史给了华夏民族一个豪放不羁的苏轼——他的性格注定了只要他肯涉足于词的创作，就绝不会墨守成规，不会蹈袭前人的老路。因为这个人一生中所有的行为，都是在突破前人、突破自我中蹒跚而行，只不过有些事他想突破而突不破，于是就成了失败者。比如他想在治国理念上有所突破，不被历史允许；他想在佛学理论上有所突破，可惜最终不得不承认"着力即差"；他甚至想在酿酒工艺上有所突破，结果酿出了比醋还酸的酸汤。而他想在书法绘画理论上有所突破，于是成为了书法大家和绘画理论的成功者；他想在烹饪上有所突破，于是有了流传千载的"东坡肉"，有了"软蒸饭，烂煮肉；温羹汤，厚毡褥；少饮酒，惺惺宿；缓缓行，双拳曲；虚其心，实其腹；丧其耳，立其目；久久行，金丹熟"的成功养生秘诀。苏轼是个勤于思考、勇于实践的人，这完全是由于他特定的性格所致，绝不是靠拜师学艺能够达到的境界。我一直认为中国历史上最杰出的人物，都是天生其才：孔子是自学成才的典范，而他几千个弟子，哪个超越他了？蒲松龄连个进士都考不上，却写出了名垂千古的《聊斋志异》。任何时代的所谓"出身"，只不过是统治者制定的游戏规则，与真正意义上的人才完全不是一码事。在词的创作上，苏轼绝非正统的"学院派"，南宋的辛弃疾更不是正统的"学院派"，可到了今天，"明月几时有？把酒问青天""大江东去浪淘尽，千古风流人物""老夫聊发少年狂""壮士旌旗拥万夫""生子当如孙仲谋"等词句，几乎是妇孺皆知。我认为文学创作的开拓与创新，很多情况下是由于特定作者的特定性格决定的，而不是庸俗教育所能奏效的。

苏轼并非属于完全彻底地"离经叛道"，他同时也写过很多柔丽美艳的词，所以"开创豪放一派"或许最初并不是出于理性的思考，他只是认为词不应该仅仅限于一种格套、不准越雷池一步而已。苏轼的婉约词写得并不比其他名家差，这是因为他的性格中既有大江东去的万丈豪情，又有怜香惜玉的柔情万种，是个感情最丰富最完整、行事最磊落最坦诚的真男人。他心里没有肮脏和阴暗，对别人没有任何防范和猜忌，他喜欢朋友，以至于不辨真假，屡屡遭受"朋友"的暗箭；他喜欢女人，但只喜欢心性聪慧能懂他的女人，而不是那些射干狐狸。他的婉约词，大多是为友情、爱情所作，所以同样受到后人的喜爱。如歌咏爱妾朝云的《浣溪沙·端午》"彩线轻缠红玉臂，小符斜挂绿云鬟。佳人相见一千年"，既写出朝云的妩媚，更写出要爱她千年的真情实感，用现在的话说，这是"最美的爱情"，而绝不是对女性的轻薄。

苏轼的词不拘一格，还体现在他常常把田园风貌写进词中，这多少受到了陶渊明田园诗的影响。如《浣溪沙·簌簌衣巾落枣花》是最典型的"田园词"："簌簌衣巾落枣花，村里村北响缲车。牛衣古柳卖黄瓜。酒困路长惟欲睡，日高人渴漫思茶。敲门试问野人家。"这类词反映的是苏轼热爱自然、努力把自己融入自然的向往和追求，也是襟怀坦荡的君子们共同的生命追索。

本书共选了苏轼词132首，大体涵盖了叙事、赠答、咏史、田园、咏物等各个类别的佳作，同时照顾到豪放、婉约等不同风格的作品。我想，读罢这些荡涤心灵的优美文字，我们或许会对这位千年等一回的文学巨人有更深刻更完整的认知。

李之亮
2014 年 1 月于北京昌平

目 录

水调歌头(明月几时有) ………………………………………… 1

水龙吟(次韵章质夫杨花词) …………………………………… 3

永遇乐(彭城夜宿燕子楼,梦盼盼,因作此词) ……………… 5

洞仙歌(冰肌玉骨) ……………………………………………… 7

水调歌头(安石在东海) ………………………………………… 8

卜算子(黄州定惠院寓居作) …………………………………… 12

满庭芳(蜗角虚名) ……………………………………………… 14

无愁可解(光景百年) …………………………………………… 16

青玉案(送伯固归吴中) ………………………………………… 19

临江仙(夜归临皋) ……………………………………………… 21

定风波(莫听穿林打叶声) ……………………………………… 22

江城子(乙卯正月二十日夜记梦) ……………………………… 24

贺新郎(乳燕飞华屋) …………………………………………… 25

一丛花(初春病起) ……………………………………………… 27

水龙吟(小舟横截春江) ………………………………………… 29

满庭芳(归去来兮) ……………………………………………… 31

满庭芳(香叆雕盘) ………………………………… 34

水调歌头(快哉亭作) ……………………………… 36

满江红(寄鄂州朱使君寿昌) ……………………… 39

满江红(东武会流怀亭) …………………………… 42

念奴娇(赤壁怀古) ………………………………… 44

沁园春(赴密州早行,马上寄子由) ……………… 48

木兰花令(次欧公西湖韵) ………………………… 50

木兰花令(次马中玉韵) …………………………… 52

西江月(真觉赏瑞香二首) ………………………… 54

西江月(坐客见和复次韵) ………………………… 56

西江月(世事一场大梦) …………………………… 58

踏莎行(山秀芙蓉) ………………………………… 59

西江月(送钱待制) ………………………………… 62

西江月(照野弥弥浅浪) …………………………… 64

西江月(平山堂) …………………………………… 65

西江月(送别) ……………………………………… 67

临江仙(细马远驮双侍女) ………………………… 70

临江仙(辛未离杭至润别张弼秉道) ……………… 72

临江仙(一别都门三改火) ………………………… 74

临江仙(疾愈登望湖楼赠项长官) ………………… 76

渔家傲(千古龙蟠并虎踞) ………………………… 78

渔家傲(七夕) ……………………………………… 81

鹧鸪天(林断山明竹隐墙) ………………………… 82

鹧鸪天(笑捻红梅亸翠翘) ………………………… 84

定风波(两两轻红半晕腮) 86

定风波(重阳) 88

定风波(感旧) 90

定风波(月满苕溪照夜堂) 92

定风波(南海归赠王定国侍人寓娘) 95

定风波(春情) 97

定风波(重九涵辉楼呈徐君猷) 99

定风波(送述古) 101

定风波(有感) 102

定风波(自述) 104

南乡子(赠行) 105

南歌子(游赏) 108

南歌子(湖景) 109

减字木兰花(郑庄好客) 112

南歌子(别润守许仲涂) 114

南歌子(湖州作) 115

南歌子(暮春) 116

好事近(黄州送君猷) 118

鹊桥仙(七夕和苏坚韵) 119

望江南(超然台作) 121

望江南(暮春) 123

卜算子(感旧) 125

瑞鹧鸪(观潮) 126

十拍子(暮秋) 128

清平乐(秋词) ……………………………………… 130

昭君怨(送别) ……………………………………… 132

八声甘州(寄参寥子) ……………………………… 134

三部乐(情景) ……………………………………… 137

阮郎归(初夏) ……………………………………… 139

江神子(梦中了了醉中醒) ………………………… 141

江神子(猎词) ……………………………………… 144

江神子(恨别) ……………………………………… 146

蝶恋花(春景) ……………………………………… 148

蝶恋花(送春) ……………………………………… 150

蝶恋花(述怀) ……………………………………… 152

行香子(寓意) ……………………………………… 154

行香子(述怀) ……………………………………… 157

菩萨蛮(天怜豪俊腰金晚) ………………………… 159

菩萨蛮(新月) ……………………………………… 161

菩萨蛮(七夕) ……………………………………… 163

菩萨蛮(买田阳羡吾将老) ………………………… 164

虞美人(有美堂赠述古) …………………………… 165

菩萨蛮(西湖) ……………………………………… 168

哨遍(为米折腰) …………………………………… 169

满江红(忧喜相寻) ………………………………… 173

点绛唇(己巳重九和苏坚) ………………………… 177

点绛唇(庚午重九再用前韵) ……………………… 179

殢人娇(或云赠朝云) ……………………………… 181

如梦令(水垢何曾相受) …… 183

如梦令(有寄) …… 185

如梦令(春思) …… 186

南歌子(再用前韵) …… 187

减字木兰花(送东武令赵晦之) …… 189

减字木兰花(双龙对起) …… 192

减字木兰花(立春) …… 194

浣溪沙(新秋) …… 196

浣溪沙(游蕲水清泉寺。寺临兰溪,溪水西流) …… 197

浣溪沙(渔父) …… 199

浣溪沙(九月九日二首) …… 200

浣溪沙(和前韵) …… 202

浣溪沙(咏橘) …… 203

浣溪沙(雪颔霜髯不自惊) …… 205

浣溪沙(前韵) …… 207

浣溪沙(簌簌衣巾落枣花) …… 209

浣溪沙(软草平莎过雨新) …… 210

浣溪沙(荷花) …… 212

浣溪沙(赠闾丘朝议,时还徐州) …… 213

浣溪沙(有赠) …… 215

浣溪沙(罗袜空飞洛浦尘) …… 217

浣溪沙(扬州赏芍药樱桃) …… 219

浣溪沙(端午) …… 220

浣溪沙(感旧) …… 221

浣溪沙（自适） ………………………… 223

渔家傲（赠曹光州） ……………………… 225

江城子（墨云拖雨过西楼） ……………… 227

减字木兰花（江南游女） ………………… 228

满庭芳（归去来兮） ……………………… 230

南歌子（见说东园好） …………………… 233

点绛唇（闲倚胡床） ……………………… 235

虞美人（持杯遥劝天边月） ……………… 236

南乡子（宿州上元） ……………………… 238

浣溪沙（缥缈红妆照浅溪） ……………… 240

浣溪沙（送叶淳老） ……………………… 241

减字木兰花（以大琉璃杯劝王仲翁） …… 243

木兰花令（元宵似是欢游好） …………… 245

虞美人（冰肌自是生来瘦） ……………… 247

念奴娇（中秋） …………………………… 248

醉翁引（琅然） …………………………… 250

渔父（渔父醉） …………………………… 254

渔父（渔父醒） …………………………… 256

生查子（诉别） …………………………… 257

西江月（梅花） …………………………… 258

水调歌头（明月几时有）

丙辰中秋①，欢饮达旦，大醉，作此篇，兼怀子由②。

明月几时有？把酒问青天③。不知天上宫阙，今夕是何年。我欲乘风归去④，又恐琼楼玉宇⑤，高处不胜寒⑥。起舞弄清影，何似在人间。　　转朱阁，低绮户⑦，照无眠。不应有恨，何事长向别时圆？人有悲欢离合，月有阴晴圆缺，此事古难全。但愿人长久，千里共婵娟⑧。

【注释】

①丙辰：神宗熙宁九年（1076），苏轼当时41岁，任密州（今山东诸城）知州。　②子由：苏轼的弟弟苏辙，字子由。此时苏辙在齐州（今山东济南）任节度掌书记。　③"明月"二句：化用李白《把酒问月》诗："青天有月来几时，我欲停杯一问之。"　④乘风归去：作者想象之词，谓能乘着清风飞到月宫。　⑤琼楼玉宇：月亮中的华丽宫阙。《大业拾遗记》载，唐人瞿乾佑在江边赏月，有人问他："月中有何物？"瞿乾佑指给他看，但见"月规半天，琼楼玉宇灿然"。　⑥不胜(shēng)：禁受不住。　⑦低绮(qǐ)户：指月影渐移，使锦绣的门窗影子逐渐变低。绮户，雕绘华美的窗户。　⑧千里共婵娟：指天下共享一轮明月。婵娟，美好，这里指月中的嫦娥容貌姣好。

【解析】

这首词是苏轼的名篇佳作之一，古往今来，传诵不歇。宋人胡仔《苕溪渔隐丛话》后集中说:"中秋词自东坡《水调歌头》一出,余词尽废。"确非虚言。全词主题是怀人,时间在中秋之夜。作者既写出了人与人之间的感情需要,又以宽广的胸怀表示人不可因离别而陷入愁思,而应以乐观旷达的态度对待人生。全词充满了对生活的热爱,以及对人生哲理的深深思索,除了美感之外,还能给读者以处世的启迪。

上阕用浪漫主义的写作手法。面对一轮明月,作者驰骋丰富的想象,勾画出一个天上的世界。"我欲乘风归去",是说自己很希望能像仙人一样,摆脱世俗的羁累,飞升到广袤无垠的天国,体现了作者在仕途上受挫后压抑沉闷的情绪。中国古代知识分子,一旦在仕途上受到挫折,往往需要借助于道家学说来加以解脱。苏轼作为一个封建士子,也必然受到道家思想的深厚影响。可贵的是,他没有因暂时的逆境而丧失对人生的追索。他觉得天上的琼楼玉宇固然美好,但毕竟有寒凉之感,所以打消了飞仙的念头,深感还是人间更加美好,更有真情。这几句话不仅把作者的生活态度表达得十分清楚,同时还有告诫世人的意味,"高处不胜寒",是在规劝人们不要觉得仙境之中就万事顺遂,人既为万物之灵,就要真真切切地领悟人生的真谛。

下阕佳句迭出,先说"人有悲欢离合,月有阴晴圆缺",揭示出万事万物的必然规律:一个月之中,月儿又圆又亮,仅仅一两日而已;人生之中,"不如意事常八九,能与人言无二三"是再正常不过的事。尽管如此,人毕竟还有最美好的情感,不要因为有失落、悲痛、折磨、苦难,就怨天尤人。把自己放在"渺沧海之一粟"的大背景下体味,就不会为一点点的得失悲欢而萦心系怀了。接着又说"但愿人长久,千里共婵娟",这也是全词的高潮。作者把对人生最美好的祝愿献给千里之外的手足兄弟,同时也把这份祝愿献给天下所有的人。正因为这句话具有十分积极的意义,所以成了千古绝唱,成了人们相互祝福的常用语。苏轼这种博爱胸襟，是他人格的主流，他虽然也有"悲欢离合"，也有愤懑不平，但他心中总是希望大家都好。宋人高文虎《蓼花洲闲录》中有这样几句话："苏子瞻泛爱天下士，无贤不肖，欢如也。尝言：'上可陪玉皇大帝，下可陪卑田院乞儿。'子由晦默少许可，尝戒子瞻择友，子瞻曰：'眼前见天下无一个不好人，此乃一病。'"正是由于他觉得"天下无一个不好人"，他才更加热爱生活，热爱生命，才希望天下所有人都能互敬互爱，共享一轮明月。

水龙吟（次韵章质夫杨花词①）

似花还似非花②，也无人惜从教坠③。抛家傍路，思量却是，无情有思④。萦损柔肠⑤，困酣娇眼⑥，欲开还闭。梦随风万里，寻郎去处，又还被、莺呼起⑦。　　不恨此花飞尽，恨西园、落红难缀⑧。晓来雨过，遗踪何在？一池萍碎⑨。春色三分，二分尘土，一分流水。细看来，不是杨花，点点是、离人泪。

【注释】

①次韵：依照别人的原韵写诗或填词。章质夫：章楶（jié），字质夫，建州浦城（今福建浦城）人，历官吏部郎中、同知枢密院事。他曾写过一首《水龙吟·杨花》。苏轼用他的原韵赋此词。　②似花还似非花：看上去像花却又不是传统意义上的花。　③从教坠：任凭它飘落坠地，无人理会。　④无情有思：看似无情，却自有它的愁思。　⑤萦：愁思萦回。柔肠：杨柳枝条柔细，故以为喻。　⑥娇眼：古人常称初生的柳

叶为眼。此处娇眼指柳叶。　⑦又还被、莺呼起：唐金昌绪《春怨》诗："打起黄莺儿，莫教枝上啼。啼时惊妾梦，不得到辽西。"此处化用其意。⑧落红难缀：片片落花难以连缀恢复成原来的花朵。　⑨一池萍碎：古称池中浮萍为飞絮入池经宿所化，故称。

【解析】

　　章楶的《杨花词》说："燕忙莺懒花残，正堤上、柳花飘坠。轻飞点画青林，谁道全无才思。闲趁游丝，静临深院，日长门闭。傍珠帘散漫，垂垂欲下，依前被、风扶起。　兰帐玉人睡觉，怪春衣、雪沾琼缀。绣床旋满，香球无数，才圆却碎。时见蜂儿，仰黏轻粉，鱼吹池水。望章台路杳，金鞍游荡，有盈盈泪。"

　　不难看出，章氏咏杨花并没有用什么比况，上阕说杨花漫天飞舞，飘飞在深院长门；下阕说深闺中的美人见到杨花，想到丈夫冶游于欢场，不免坠下盈盈粉泪。不能说不动情，但与苏轼的和词相比，后者明显胜出一筹。看苏词的上阕，首句"似花还似非花"，表面上说杨花仅仅是一种飞絮，不是真正意义上的花，暗中却隐含深意：这些飞絮，与像"花"一样的闺中女子命运全同。清刘熙载《艺概》说："东坡《水龙吟》起句云：'似花还似非花。'此句可作全词评语，盖不离不即也。"从首句始，以下全部以拟人的手法写去。这无人怜惜的飞絮到处飘飞，抛家傍路，究竟是为什么呢？原来是在"寻郎去处"。可惜这种不舍不弃的行径，竟无法惹起他人的注意，黄莺的鸣叫，轻易把刚刚"傍路"的杨花又惊了起来。下阕更加缠绵悱恻，"晓来雨过，遗踪何在？一池萍碎"，这可怜的杨花哪里经得住狂风暴雨的袭击，它被刮进池塘，变成了一池碎萍。面对此景，作者点破主题，说这一池碎萍原本都是思妇辛酸的眼泪。郑文焯《手批东坡乐府》说："煞拍画龙点睛，此亦词中一格。"意思是说这种拟人的手法直至最后才被点破，是填词的一种特殊风格。

此词虽然表面看来是咏物，实际上全在言情，作者只是借杨花的表象，来抒写被爱情所遗忘的思妇凄苦不堪的情怀。杨花落在地上被人踏作尘土，落在水中被水浸成浮萍，这种为爱而生、为爱而死却始终没有得到真爱的飞絮，多么像被弃置在闲房、凄苦无依的孤身女子。

永遇乐（彭城夜宿燕子楼，梦盼盼，因作此词①）

明月如霜，好风如水，清景无限。曲港跳鱼②，圆荷泻露③。寂寞无人见。紞紞如三鼓④，铿然一叶⑤，黯黯梦云惊断⑥。夜茫茫，重寻无处，觉来小园行遍。　　天涯倦客⑦，山中归路，望断故园心眼⑧。燕子楼空，佳人何在？空锁楼中燕。古今如梦，何曾梦觉⑨，但有旧欢新怨。异时对、黄楼夜景⑩，为余浩叹。

【注释】

①彭城：旧郡名，宋代为徐州。燕子楼：古楼阁名，故址在今江苏徐州。白居易《燕子楼诗序》："徐州故尚书（张建封）有爱妓曰盼盼，善歌舞，雅多风态。尚书既没，彭城有旧第，第中有小楼名燕子。盼盼念旧爱而不嫁，居是楼十余年。"　②曲港：弯弯曲曲的水港。　③圆荷泻露：圆圆的荷叶当中滚动着露珠。　④紞（dǎn）如：击鼓的声音。如，词后缀，无义。三鼓：报三更的鼓声。　⑤铿（kēng）然：金石撞击的声音。此处指在极静的夜间，一叶落地，其响便如金石相击一般震响。　⑥"黯黯"句：化用宋玉《高唐赋》序中楚顷襄王与巫山神女欢会的故事。此

处指作者的梦境。 ⑦天涯倦客：浪迹天涯身心俱疲的人。此处是作者自指。 ⑧故园心眼：指作者因怀念故园而望眼欲穿。 ⑨梦觉（jué）：梦醒。 ⑩黄楼：苏轼元丰初年知徐州时建在城东门的楼阁。苏辙《栾城集》卷十七《黄楼赋并叙》："熙宁十年秋七月乙丑，河决于澶渊，东流入巨野，北溢于济南，溢于泗。八月戊戌，水及彭城下，余兄子瞻适为彭城守。……乃请增筑徐城，相水之冲，以木堤捍之，水虽复至，不能以病徐也。故水既去，而民益亲。于是即城之东门为大楼焉，垩以黄土，曰：'土实胜水。'徐人相劝成之。"

【解析】

这首词作于神宗元丰元年（1078），当时作者任徐州知州。全词以唐代张建封与关盼盼的爱情故事为线索，且将这条线索贯穿始终，而作者真正的用心，却是通过对燕子楼的凭吊抒发自己的人生感慨。作者步入仕途后，一直坎坎坷坷，这使他颇感身心疲惫，于是产生了退隐归乡的念头。这种思想的基础是作者悟出了"人生如梦"的真谛：当年的张建封是何等辉煌，爱妾关盼盼又是何等痴情，真可谓"英雄美人"，如今却早已化为一场春梦。美人曾经居住的楼阁上，不过栖息着几只燕子而已。如今自己是一州之长，也有黄楼建在城东，可谁知道自己化为泥土之后，会有谁面对此楼发出感慨？如果我们从积极的方面去理解当时作者的内心，可以说苏轼是个不以名利萦怀的旷达之士，但他毕竟是个凡人，他深深懂得，自己并不比张建封高明，也依然有着"旧欢新怨"，这种矛盾心情才是真实可信的，如果没有常人的感情，那苏轼就不成其为苏轼；而如果仅有常人的旧欢新怨，没有超越世俗的阔大胸怀，那苏轼同样也不成其为苏轼。"燕子楼空"，一个"空"字，道出了一切尘俗恩怨到头来都化为虚空的道理，而这个"空"又没有脱离燕子楼这个基础，没有摆脱张、关二人缠绵恩爱的影子，因此这个"空"只是相对的空、宏观意义上的空，是从"旧欢新怨"中生发出来、浓缩之后的人生感悟。与没有"有"就没有"无"，"无"是相对于"有"的道理相同。冯振《诗词杂话》说："燕子楼空，佳人何在？空锁楼中燕。化实为虚，不着迹象。"也是在赞赏"空"字之妙。

洞仙歌（冰肌玉骨）

余七岁时，见眉州老尼，姓朱，忘其名，年九十岁。自言尝随其师入蜀主孟昶宫中①。一日大热，蜀主与花蕊夫人夜纳凉摩诃池上②，作一词，朱具能记之。今四十年，朱已死久矣，人无知此词者。但记其首两句。暇日寻味，岂《洞仙歌令》乎？乃为足之云。

冰肌玉骨，自清凉无汗。水殿风来暗香满③。绣帘开，一点明月窥人，人未寝，欹枕钗横鬓乱。　起来携素手，庭户无声，时见疏星度河汉④。试问夜如何？夜已三更，金波淡⑤，玉绳低转⑥。但屈指、西风几时来，又不道流年⑦，暗中偷换。

【注释】

①蜀主孟昶：五代时后蜀君主孟昶，934年至965年在位。宋太祖乾德三年（965）兵败降宋，不久病死于汴京。　②花蕊夫人：孟昶的宠妃，姓徐，青城（今四川都江堰）人。孟昶封其慧妃。以其美艳，别号花蕊夫人。摩诃池：后蜀宣华苑内的池塘，始建于隋。孟昶即位后大加疏凿，又在其旁广筑亭榭，遂为皇家园囿。　③水殿：水上的宫殿，指建在

摩诃池中的宫室。暗香：池荷散发出的清香。 ④河汉：银河。 ⑤金波：月亮倒映在池水上的波光。 ⑥玉绳低转：指夜色已深。玉绳，星名，在北斗七星第五星（玉衡）的北面。 ⑦不道：不知不觉地。流年：易于流逝的年华。

【解析】

这首词是为补足蜀后主孟昶夏夜纳凉的残句而作。从作者的小序来看，颇有点游戏笔墨的味道，然读罢全词，还是能感受到作者是在感叹人生易老，时光易逝。

或许是囿于孟昶残句的限制，苏轼所续几乎全是描写宫廷生活的笔墨，然而自首至尾却没有富丽堂皇的渲染，词中连用"暗香""绣帘""明月""疏星""金波""玉绳"等空灵脱透的词语，把皇家的园囿写得清丽出尘，令人感到心神飞越。上阕虽然不着一个"热"字，但是"人未寝"的原因还是天气炎热。由于天热睡不着，男主角才不得不起身，牵着美人的手到宫外纳凉。您看这"热"与"凉"之间的关系安排得多么巧妙。由热而盼凉，联想到夏去秋来、春去夏来，这日复一日的更换，不是悄然间就把人变老了吗？作者在描绘美丽夜色的同时，把这种"逝者如斯"的惋惜不露痕迹地嵌入其中，可谓情景交融。

水调歌头（安石在东海①）

余去岁在东武②，作《水调歌头》以寄子由③。今年，子由相从彭门百余日④，过中秋而去，作此曲以别余⑤。以其语过悲，乃为和之。其意以不早退为戒⑥，以退而相从之乐为慰云耳⑦。

安石在东海，从事鬓惊秋⑧。中年亲友难别，丝竹缓离愁⑨。一旦功成名遂⑩，准拟东还海道⑪，扶病入西州⑫。雅志困轩冕⑬，遗恨寄沧洲⑭。　岁云暮⑮，须早计，要褐裘⑯。故乡归去千里⑰，佳处辄迟留⑱。我醉歌时君和⑲，醉倒须君扶我，惟酒可忘忧⑳。一任刘玄德，相对卧高楼㉑。

【注释】

①安石：东晋名士谢安，字安石。东海：指谢安隐居的会稽（今浙江绍兴），其地在中原之东，东面为大海，故云。《晋书·谢安传》说他"初辟司徒府，除佐著作郎，并以疾辞。寓居会稽，与王羲之及高阳许询、桑门支遁游处，出则渔弋山水，入则言咏属文，无处世意。扬州刺史庾冰就以安有重名，必欲致之，累下郡县敦逼，不得已赴召，月余告归"。②去岁在东武：指作者神宗熙宁九年（1076）担任密州知州。东武，古县名，在今山东诸城，北朝后魏时置高密郡，治东武县。宋代密州治所在诸城，故作者以东武代指密州。　③作《水调歌头》以寄子由：这首《水调歌头》即本书所选的第一篇。子由，苏轼弟弟苏辙。　④子由相从彭门百余日：熙宁十年，苏辙由齐州掌书记调任签书应天府（今河南商丘）判官，同年四月，苏轼由密州知州调任徐州知州，兄弟二人相约在徐州相见。苏辙在徐州与苏轼流连了三四个月，直到这年九月，才从徐州前往应天府上任。彭门，徐州的俗称。　⑤作此曲以别余：指苏辙写了一首《水调歌头》与其兄相别。苏辙的《水调歌头》全词为："离别一何久，七度过中秋。去年东武今夕，明月不胜愁。岂意彭城山下，同泛清河古汴，船上载凉州。鼓吹助清赏，鸿雁起汀洲。　坐中客，翠羽帔，紫绮裘。素娥无赖，西去曾不为人留。今夜清尊对客，明夜孤帆水驿，依旧照

离忧。但恐同王粲，相对永登楼。" ⑥其意以不早退为戒：苏辙那首词主旨是讽劝苏轼应及早退步抽身，离开污浊的官场。 ⑦退而相从之乐：脱离官场，兄弟相从的乐趣。云耳：句末语气词。 ⑧从事鬓惊秋：谓谢安在会稽受征辟为僚属时，已经四十多岁。从事，州郡中的僚属。鬓惊秋，鬓发已经发白。 ⑨"中年亲友难别，丝竹缓离愁"二句：《晋书·王羲之传》："谢安尝谓羲之曰：'中年以来，伤于哀乐，与亲友别，辄作数日恶。'羲之曰：'年在桑榆，自然至此。顷正赖丝竹陶写，恒恐儿辈觉，损其欢乐之趣。'朝廷以其誓苦，亦不复征之。"此处用谢安与王羲之对话的典故，表达兄弟之间的离别之苦。丝竹，指乐曲。 ⑩功成名遂：功成名就。 ⑪准拟：一准是。东还海道：回到东州大海之滨。 ⑫扶病入西州：抱病又回到了京城。以上三句仍用谢安的典故，说谢安功成名就之后，决心仍回会稽隐居，不料后来虽然有病，却还是回到了都城。《晋书·谢安传》："安虽受朝寄，然东山之志始末不渝，每形于言色。及镇新城，尽室而行，造泛海之装，欲须经略粗定，自江道还东。雅志未就，遂遇疾笃。上疏请量宜旋旆……诏遣侍中慰劳，遂还都。闻当舆入西州门，自以本志不遂，深自慨失。"此处意在向苏辙表明人生的困惑：大丈夫立身于世，本当以事业为重，可惜事业成就之后，却往往耽搁了退隐之趣，谢安就是很好的例子。苏轼完全同意弟弟的意见，也主张不失时机地选择退隐，不可像谢安一样，待到再想东山高卧的时候，已经病入膏肓，来不及了。 ⑬雅志困轩冕：高雅的志趣为功名所困。雅志，指退隐的高致。轩冕，轩车冠冕，高官所乘的车子和所戴的冠，代指高官。 ⑭遗恨：深深的遗憾。沧洲：江潭之滨，代指隐士所居之处。 ⑮岁云暮：岁末。此为古人表示岁末常用的熟语。《古诗十九首》："凛凛岁云暮，蝼蛄夕鸣悲。"此处表示的是人生的晚年。 ⑯要褐（hè）裘：要换成粗布衣裳。指隐居乡野。褐，粗麻布制成的衣裳。 ⑰故乡归去千里：

苏轼故乡在蜀中眉州，距中原数千里之遥，故称。 ⑱佳处：山水胜境之处。迟留：逗留，流连。 ⑲我醉歌时君和：我喝醉唱歌时你可以赓和。 ⑳酒可忘忧：古人称酒乃忘忧之物。《晋书·顾荣传》："惟酒可以忘忧，但无如做病何耳。" ㉑"一任刘玄德，相对卧高楼"二句：任凭刘备高卧百尺楼上睥睨他人。《三国志·魏书·陈登传》："许汜与刘备并在荆州牧刘表坐，表与备共论天下人，汜曰：'陈元龙湖海之士，豪气不除。'……备问汜：'君言豪，宁有事邪？'汜曰：'昔遭乱过下邳，见（陈登）元龙。元龙无客主之意，久不相与语，自上大床卧，使客卧下床。'备曰：'君有国士之名，今天下大乱，帝主失所，望君忧国忘家，有救世之意，而君求田问舍，言无可采，是元龙所讳也，何缘当与君语？如小人，欲卧百尺楼上，卧君于地，何但上下床之间邪？'表大笑。"

【解析】

这首词作于神宗熙宁十年八月，当时苏轼刚到徐州知州任不久，相聚三四个月的弟弟苏辙准备到应天府（今河南商丘）赴任，作者写了这首词为他送行，同时也是对苏辙赠给他的那首《水调歌头》的回应。全词用了不少典故，但因都是熟典，并没有降低词作的艺术魅力。苏轼认为，人生一世，建功立业是非常重要的，但退归田园逍遥自乐更是士子的渴求，两者之间孰轻孰重，有时候很难取舍，正如孟子所说的"穷则独善其身，达则兼济天下"，士子入仕，风风雨雨几十年，肯定不会一帆风顺，必然是有穷有达。话虽这么说，真正落实到一个人头上，其实是很难把握的。作者举晋代名士谢安为例，谢安流连山水不入俗流已到四十多岁，还是没能把握自身，以致官居高位，等到在朝受到他人忌恨，再想回到退隐之处已经晚了，生命快到尽头了。客观来看，苏轼从少年时就没有出人头地的念头，遗憾的是他过于聪明，朝廷的任何考试，他都能轻轻松松地夺魁，在那个时代里，像他这样的人，不走仕途几乎不可能，而他的确不是当官的料，由于文思太敏捷，以致经常受到他人的忌恨，而他又是个没有城府的爽直汉子，这就更难适应官场的倾轧。可以说，苏轼从当官的第一年起，一直处在蹭蹬状态中，他厌恶官场又成了必然，这种纠结和矛盾心理，在这首词中体现得十分充分。

从结构上看，词的层次很分明，上阕谈古人谢安的一生，抓住了谢安最具特色的性格特征：毕生都想做个出世闲人，命运却把他推到了政治的前台，及至幡然悔悟，已到了油灯将尽的晚年。下阕回到自身：有鉴于谢安的榜样，自己应该及时把握，急流勇退。或许有人会问：此时的苏轼不是走得顺风顺水吗？为什么会有如此消极的想法呢？要弄清这一点，还要和当时的政治大背景联系起来。熙宁初年，正是王安石变法搞得轰轰烈烈之时，而苏轼是不赞成变法并且直言反对的人之一，自然会受到变法集团的打压。这种有志不得伸的郁闷，政治上的彷徨和无奈，是他产生退隐想法的直接原因。他是个性情中人，缺少政治家的含蓄和变通，所以仕途上一有不合心意之事便使性子，闹情绪。然而我们能够体会到，他内心并没有陶渊明那样愤而辞官的决心，对仕途还有着依依不舍的眷恋之情，不管他说得多么决绝，我们都不必真的相信，那只是"体制内"的人发发牢骚罢了。

卜算子（黄州定惠院寓居作①）

缺月挂疏桐，漏断人初静②。时见幽人独往来③，飘渺孤鸿影。惊起却回头，有恨无人省④。拣尽寒枝不肯栖，寂寞沙洲冷。

【注释】

①黄州：宋代州名，治所在今湖北黄冈。定惠院：故址在今黄冈东南。苏轼被贬为黄州团练副使时，曾在此院寓居。 ②漏断：夜漏中的滴水渐少，声音渐轻。指夜深时分。 ③幽人：《周易·履卦》："幽人贞吉。"原指幽囚的人。苏轼被谪居黄州，如同囚犯，故以幽人自况。
④省（xǐng）：理解，了解。

【解析】

这首词作于神宗元丰三年（1080），当时苏轼45岁。由于苏轼与当政者意见不合，受到小人李定、舒亶等人的陷害，下御史台狱，即宋史上有名的"乌台诗案"。因不少大臣极力解救，他才免于死罪，被贬为黄州团练副使、不签书州事。作者刚到黄州时，心情极为苦闷，他在写给李鹰的信中说："得罪以来，深自闭塞。扁舟草履，放浪山水间，与渔樵杂处，往往为醉人所推骂，自喜渐不为人识。"在政治上受到致命打击后，作者如惊魂未定的鸿雁，只希望默默以求全，不为人所知，尤其是不要进入当权者的视线，生怕大祸再次降临。最能体现这种心情的，就是本词的末句："拣尽寒枝不肯栖，寂寞沙洲冷。"这既是他当时的实际处境，又是当时的真实心态。据说他的朋友陈慥见他在黄州过于凄苦，请他到武昌去住，他给陈慥回信说："又恐好事君子便加粉饰，云擅去安置所，而居于别路。传闻京师，非细事（小事）也。"他宁可规规矩矩地待在黄州这片冰冷的沙洲上，也不敢随意择木而栖。

词的上阕与下阕有个很明显的转换：上阕写孤居于定惠院，以"疏月梧桐""漏断人静""幽人独往来"等自然景致和个人行止表达孤独寂寞之态，恰如一只离群的鸿雁，这里从人到雁是一种比喻。下阕只言雁而不言人,虽然仍是一种比喻,实际主角的替代却悄悄地完成了。黄苏《蓼园词选》说:"此东坡自写在黄州之寂寞耳,初从人说起,言如孤鸿之冷落,下专就鸿说,语语双关,格奇而语隽,斯为超诣神品。"正指出这种主角转换的巧妙构思。

从意境上说,此词可谓空灵之作,全词营造了一个十分静谧的场景,然而这种静谧中,却有一个孤独的生命在活动,这就是无声有恨的落雁。我们可以想见:在万籁俱寂的大自然中,作者的胸中却如江海翻腾,不可遏止。这种自然与人、动与静、无声与有声的交织,使全词达到相当高的艺术境界。据说友人黄庭坚见到此词后赞不绝口,说道:"语言高妙,似非吃烟火食人语。非胸中有万卷书,笔下无一点尘俗气,孰能至此?"

关于这首词,还有个很传奇的故事。《古今词话》引《女红余志》载,惠州温氏的小女名叫超超,已经到了嫁人的年龄,却迟迟不肯出嫁。听说大学士苏轼贬到此地,兴奋地说:"这不正是我该嫁的人吗?"于是每天都在苏轼窗外听他吟咏诗词,一旦苏轼有所觉察便马上跑开。后来苏轼闻知,寻思道:"不如就把她说给王郎,成其夫妇。"可惜此事还没来得及办,他又被贬到海南儋州。等他回到内地时,温超超已经去世,埋葬在一片沙滩上。苏轼有感于超超的痴情,写下这首《卜算子》作为纪念。这个故事凄楚动人,即便是后人附会,也给人们留下了美好的回味。

满庭芳(蜗角虚名①)

蜗角虚名,蝇头微利,算来着甚干忙②。事皆前定,谁弱又谁强?且趁闲身未老,尽放我、些子疏狂③。百年里,浑教是醉④,三万六千场⑤。　　思量、能几许,忧愁风雨,一半相妨⑥。又何须,抵死说短论长⑦。幸对清风皓月,苔茵展⑧、云幕高张⑨。江南好⑩,千钟美酒⑪,一曲《满庭芳》。

【注释】

①蜗角:蜗牛的触角,喻极其微小。 ②着甚:为了什么,有什么必要。干忙:空劳,瞎忙。 ③些子:一些,一点。疏狂:不受拘束的疏懒狂放。 ④浑教:全都是。 ⑤三万六千场:一年三百六十多天,就算活一百年,也不过三万六千场大醉而已。 ⑥一半相妨:谓忧愁和风雨有一半时间相侵而令人感到不舒服。 ⑦抵死:拼命地,不顾一切地。说短论长:论说何为正确何为错误。 ⑧苔茵展:成片的绿草青苔如同褥子一样展开在眼前。 ⑨云幕高张:白云像帷幕一样高高地张挂在天空。 ⑩江南:此处指作者谪居的黄州。 ⑪千钟:千杯。《孔丛子·儒服》:"尧舜千钟,孔子百觚。"

【解析】

这首词用俗语写成,通俗易懂又不失雅趣。词作于作者被贬谪到黄州后的第三年。在经历了政治上巨大的打击后,作者对仕途的险恶有了更清醒的认识,对功名利禄看得更淡,甚至可有可无。这期间写的前、后《赤壁赋》等作品,都反映了他相同的人生态度。开篇二句"蜗角虚名,蝇头微利",一语道破对人生的看法。古代大多数士子终生所汲汲者,不过是名与利两样东西而已,如果能站在更高的层面上看,所谓名利,得到了也不过如蜗角、蝇头那么点可怜的东西,却引来无数人为之发狂,为之不顾一切,甚至不惜把性命都搭进去。其实人的一切都是命定的,说不清谁比谁强,谁比谁弱。一旦把名利看破与世无争,你会得到意想不到的收获,那就是不受任何羁绊的自然馈赠——唯江上之清风与山间之明月,耳得之而为声，目遇之而成色，取之不尽，用之不竭。参透了这层奥妙，人一下子会变得豁然开朗，一身轻松，何乐而不为？

朝廷贬苏轼为黄州团练副使，后面还跟着一句"不签书州事"，也就是说，他名义上还是朝廷命官，实际上不允许他过问黄州的任何公事，这一年他45岁，所以词中称自己是"闲身未老"。趁着无官一身轻的壮年时期，何不尽享大自然的赐予，去过"今朝有酒今朝醉""仰天大笑出门去"的自在生活？人生百年，只要参与社会的竞争，至少会有一半的时光是郁闷忧愤的，这不是自寻烦恼又是什么？放开功名，蔑视利禄，得乐且乐，得醉且醉，反倒什么烦恼都没有了。不就是百年一瞬嘛，怎么过得舒坦就怎么过，才是真正的聪明人嘛。喝喝小酒，唱唱歌曲，幕天席地，放浪形骸，活出个自我来，岂不强似为了毫无意义的是是非非争短论长？

历来多有学者对此词剖析论述，大多都称这个阶段的苏轼是老庄思想占了上风，看破了红尘。其实就苏轼的性格而言，这种所谓的"看破"并不是真正意义上的生命转折，仅仅是用来调节生存状态为自己开的药方罢了。道理很简单，如果他真参透了人生，以后节节高升一直做到礼部尚书的那个苏轼就不可能出现了。如果我们一定要给此时的苏轼做个阶段性结论的话，只有三个字：想得开。为这三个字做个注解，只有一句话：别钻牛角尖。仅此而已。既然"事皆前定"，你非要想不开，非要钻牛角尖，谁还能救得了你？

无愁可解（光景百年）

国工范日新作越调《解愁》①，洛阳刘伯寿闻而悦之②，戏作俚语之词③，天下传咏，以为几于达者④。龙丘子犹笑之⑤："此虽免于愁,犹有所解也。若夫游于自然而托于不得已,人乐亦乐,人愁亦愁,彼且恶乎解哉⑥?"乃反其词,作《无愁可解》云。

光景百年,看便一世⑦,生来不识愁味。问愁何处来,更开解个甚底⑧?万事从来风过耳,何用不着心里⑨。你唤做、展却眉头,便是达者,也则恐未⑩。　此理,本不通言⑪,何曾道、欢游胜如名利。道即浑是错⑫,不道如何即是⑬?这里元无我与你⑭,甚唤做、物情之外⑮?若须待醉了、方开解时,问无酒、怎生醉?

【注释】

①国工:国家级的音乐高手。越调:古燕乐调名。　②刘伯寿:刘几,字伯寿,曾知宁州、邠州、泾州,参加过平定岭南侬智高的战斗。后官秦凤路总管。神宗即位后任保州知州。六年后自请致仕,隐居嵩洛二十年。《宋史》卷二六二有传。　③俚语:俚俗的语言,即以俚俗之言写词。　④几于达者:意谓世人皆以刘几为通达不俗的高士。　⑤龙丘子:陈慥,字季常,凤翔知府陈希亮第四子。苏轼任凤翔府签判时曾与之游。晚年隐居于黄州岐亭,自号龙丘居士,庵居蔬食,徒步往来于山中。苏轼贬到黄州后,与他多有交往,其名始著。　⑥彼且恶乎解哉:你将如何解说呢?　⑦看便一世:转眼间就是一辈子。　⑧甚底:唐宋时俗语,相当于今言"什么"。　⑨何用不着心里:哪里用得着说什么不放在心里。着,放置。　⑩也则恐未:恐怕也未必。　⑪不通言:不是人人都能领悟的言语。通言,通俗易懂的言语。　⑫道即浑是错:意谓"欢游胜如名利"这句话全是错的。　⑬不道如何即是:不说又怎么能明白什么是对的呢?　⑭元无:原本就没有。　⑮物情:人情事理。

【解析】

这首词的词牌叫《无愁可解》，其实是苏轼自创的，不属于乐府旧调。可以看出，这个词牌与全词的内容是互相关联的，严格意义上说，这首词称不上"词"，不过是作者游戏笔墨的俚俗之作，加上"无愁可解"四个字作为标题罢了。

虽说是游戏笔墨，却反映出作者在逆境中以老庄思想平衡自我的深度思索。此时作者因"乌台诗案"被贬到黄州，遭受了仕途上最沉重的一次打击，使他不得不对人生的意义进行重新的思考，又因一个偶然的机会遇到了早年的公子哥、今天的高士陈季常，深深触动了他的内心。陈季常也曾是个一心想驰骋当世的豪贵公子，然而数年之后，他却选择了隐居生活，不与外界有丝毫往来。他身上反映出的巨大反差，使苏轼更感到俗世是完全可以置之不顾的。之所以时时愁情萦心，都是因为对人世有所追求，如果能排除俗世的缠绕，还有什么愁可言？故而开篇几句便直入主题，说自己看清了人生的根本：人生很短暂，转眼间就过完了。就拿自己来说，平生就不知道什么叫愁，何谈开解？苏轼说此话是有所遮掩的，他并不是天生就不识愁滋味，此前他也曾对王安石变法提出过很多批评，甚至在当地方官时对新法有所抵制，那时他能没有愁吗？而当他遭人陷害，差点儿丢了性命，侥幸逃过死劫被流放到黄州，才不得不把天大的愁闷暂时撂开，变得通达放旷，过起"绝不言愁"的日子来。这段时间里主导他行为的，基本上都是老庄思想，这种思想在他居于黄州的几年里越来越深刻，以至后来写的前、后《赤壁赋》，以及大量看破红尘陶然自乐的诗文，都反映出他利用老庄虚无思想对自己内心进行了成功的调节，使他在逆境中平安地度过每一天。中国古代知识分子，大都是儒、释、道三家思想的融合体。儒家提倡"穷则独善其身，达则兼济天下"，含有与世无争、随遇而安的慎独修养；佛家主张轻视现世追求来生，也是在劝告人们不必为当世名利舍命追逐。这些精髓与老庄的虚无融为一体，有时甚至很难分清究竟是哪些思想在起主要作用，不过这并不重要，重要的是这些身处逆境的士子们能够把心态平和下来，就足够了。

很多时候话好说，真想达到高境界，自觉做到"生来不识愁味""欢游胜如名利"也是相当难的，毕竟每个人都生活在尘世当中，苏轼也不例外，他洋洋洒洒说了那么多，到最后却不打自招地透露出想达到老庄指示的境界缺不了酒：问无酒、怎生醉？这一句话彻底说漏了嘴：闹了半天他苏轼的"无愁"全是装出来的，他的修养还远没达到忘却尘世名利的地步，那就喝酒去吧！

青玉案（送伯固归吴中①）

三年枕上吴中路②，遣黄犬③，随君去。若到松江呼小渡④，莫惊鸳鸯，四桥尽是⑤，老子经行处⑥。　《辋川图》上看春暮⑦，常记高人右丞句⑧。作个归期天定许，春衫犹是，小蛮针线⑨，曾湿西湖雨⑩。

【注释】

①伯固：苏轼好友苏坚的字。苏坚是苏州人，苏轼任杭州知州时，苏坚为其幕僚，因苏坚工于诗文，故二人交情深厚。吴中：指苏州。　②三年枕上吴中路：哲宗元祐中苏轼知杭州三年，苏坚一直在他属下担任监杭州商税，二人常往来于吴中。枕上，作者卧于枕上的回忆。　③黄犬：

《晋书·陆机传》载：陆机有犬名黄耳。陆机在洛阳时，曾将书信系于犬颈，黄耳便将此信带到了吴中家里，而且带回了家人给他的书信。此处指作者送苏伯固时，希望今后仍有书信往来。 ④松江：即今吴淞江，源出太湖，东南流至今上海与黄浦江合流进入大海。 ⑤四桥：苏州的四座桥梁。 ⑥老子：作者自谓之辞。 ⑦《辋（wǎng）川图》：唐代大画家王维有别墅在陕西蓝田的辋川，他曾在蓝田清凉寺壁上绘有《辋川图》。此处以《辋川图》代指隐居之处。 ⑧高人：高蹈隐居之人。右丞：王维曾官尚书右丞，世称"王右丞"。 ⑨小蛮：唐代诗人白居易的爱妓。他曾有"樱桃樊素口，杨柳小蛮腰"的诗句。此处以小蛮喻作者的爱妾朝云。作者熙宁年间任杭州通判时，曾将官妓朝云收入室中，后纳为妾。 ⑩西湖：今杭州西湖。

【解析】

　　这是一首送别词，是作者担任杭州知州送幕僚苏坚返回苏州时所作。上阕用陆机黄犬的故事，突出了作者与苏坚之间依依不舍之情，由送别又想到自己的足迹踏遍吴中。虽然词中表现出对所历之处的眷恋，更多的则是感慨宦海浮沉的疲惫。这是一种矛盾的心情，却是一种真实的感情。下阕转向对归隐生活的向往，这种心理需求，已经在上阕作了充分的铺垫，所以不显得突兀，给人的感觉是顺理成章。

　　由于作者入仕后不久便与当权者政见不合，故而长期奔走于地方吏职，作者因此而备感压抑，产生了寻求解脱的愿望。然而人毕竟是有情之物，比如苏坚，便被作者引为知己，临别之际，两情依依，描写虽然直露，但真实感人。又比如爱妾朝云，也是苏轼人生旅途上不可或缺的红粉知己。她虽是女流之辈，但通晓大义，重视真情，在苏轼的生命历程中扮演了非常重要的角色。他在感慨宦海无情时，才更觉得朝云是他最可信赖的依托,他充满深情地赞美朝云对他的关爱,这种关爱是不图回报的,所以才使作者对她如此一往情深。况周颐《蕙风词话》说:"'曾湿西湖雨'是情语,非丽语。"理解十分准确。

这首词在较广的层面上讴歌了人间真情,也展现了作者不为权势所屈、宁可退隐乡间也不媚上的高尚情操。与其说它是一首送别词,倒不如说是一首言志词更为确切。

临江仙（夜归临皋①）

夜饮东坡醒复醉②,归来仿佛三更③。家童鼻息已雷鸣④,敲门都不应,倚杖听江声。　　长恨此身非我有,何时忘却营营⑤?夜阑风静縠纹平⑥,小舟从此逝,江海寄余生。

【注释】

①临皋(gāo):黄州临长江的一个地方,作者贬居黄州时所建的居室就在这里。　②东坡:苏轼谪居黄州的第三年,在黄州东坡地上建了一座东坡雪堂,其号"东坡居士"即由此而得。　③仿佛:大约。　④鼻息已雷鸣:呼噜打得震天地响。　⑤营营:辛苦忙碌的追求。《庄子·庚桑楚》:"无使汝思虑营营。"　⑥縠(hú)纹:绉纱似的皱纹。喻水上细细的波纹。

【解析】

这首小词写得很直白,没有一句含蓄的话,却有着震撼人心的力量,大概是作者所抒发的感情带有普遍性，所以能与很多人产生共鸣。在封建时代，绝大多数正直的士子或多或少、或早或晚都会有倦于俗世纷争的出世情怀。作者虽然是位襟怀旷达的士子，但接连不断的贬斥和精神上的折磨仍使他备感委屈，备感心力交瘁，所以他渴望弃绝世俗的羁绊，寻求一个真正的自我。在那个时代里，要想做到这一点，唯一的途径就是离开名利场，去到"江海寄余生"。

作者很注意气氛的营造，开篇写在东坡雪堂"醒复醉"，把自己因极度苦闷而不顾死活的饮酒之态刻画得生动传神，此后的所有思想活动，便都是在"醉"态之中产生的了。其实他并没有真醉（据说苏轼很喜欢喝酒，但酒量十分有限），正相反，这点酒似乎把他的思想浇得更冷静了些。人生就是这么有趣：正常状态下，人们往往罩着一层虚伪的面纱，恰恰是在酒后，才肯把内心深处的真情实感赤裸裸地吐露出来。看下阕这些愿望，我们绝不会认为这是酒后的疯话，而是一首迫切需要寻求真我的狂想曲。作者在营造了"醉酒"的气氛后，又特地描写"家童鼻息已雷鸣"，以至敲碎了门他都听不见。这种描述不仅具有浓厚的生活情趣，更重要的是体现出作者与家童之间的重大思想差距：为官宦者身非我有，倒不如无知的家童，不会因宦海浮沉而苦恼得睡不着觉，于是产生了"何时忘却营营"的感慨。这也正如蒙尘的天子感叹自己没有田舍翁那样潇洒，其道理相同。

定风波（莫听穿林打叶声）

三月七日[①]，沙湖道中遇雨[②]。雨具先去[③]，同行皆狼狈，余独不觉。已而遂晴，故作此词。

莫听穿林打叶声，何妨吟啸且徐行。竹杖芒鞋轻胜马④，谁怕？一蓑烟雨任平生⑤。　料峭春风吹酒醒⑥，微冷，山头斜照却相迎。回首向来萧瑟处⑦，归去，也无风雨也无晴。

【注释】

①三月：指神宗元丰五年（1082）的三月。此时苏轼仍在黄州贬所。

②沙湖：湖泊名，在今湖北黄冈东南三十里。苏轼此次是到沙湖看地，准备在那里筑屋归老。　③雨具先去：防雨的用具先已放在家中，没有带来。　④芒鞋：草鞋。轻胜马：走起路来比骑马还轻快。　⑤一蓑烟雨任平生：意谓自己从来都是身披蓑衣，任凭风吹雨打，过着亲近自然的生活。　⑥料峭：寒意尚浓。　⑦萧瑟：下雨刮风的声音，代指风雨。

【解析】

这首词写作者去沙湖路上遭遇风雨的情景。从字面上看像是一幅田间写照，但我们不可忘了它的背景。此时苏轼贬居黄州已是第三个年头，他已断绝了仕途之想，又身为羁臣，不可能返回家乡，所以打算在黄州沙湖躬耕垄亩，做个避世的田舍翁。

出行遇到风雨本是司空见惯的事，然而这阵风雨对于作者来说，感受却大不相同。自然界的风风雨雨，如同人生经历的坎坷不幸道理相同，所以古往今来，人们总是形象地把人的一生称为"风雨人生"。这首词揭示的正是这样一种人生哲理。

上阕开篇即写途中遇雨，作者的态度是不怕，边吟啸边徐行，表现了作者不以仕途得失萦心的开阔胸怀，这也与此行的目的有直接的关系，他要到沙湖买地卜居，本身就是想"一蓑烟雨任平生"，如果连这点风雨都禁受不得，还算什么大丈夫？只要你对风雨采取处之泰然的态度，那么任何"风雨"都奈何不得你。下阕写风雨过后,山头夕照重新出现,驱散了风雨给人带来的寒冷,再回过头去看那受风被雨之处,早已是"也无风雨也无晴"的静谧境界了。风雨总有停歇时,坎坷总有平坦时,人生的旅途也总有否极泰来的一天,只要你把"物"与"我"的规律摸透,即使暂时处于逆境,也大可不必怨天尤人,丧失对生活的憧憬和追求。

江城子（乙卯正月二十日夜记梦①）

十年生死两茫茫②,不思量,自难忘。千里孤坟③,无处话凄凉。纵使相逢应不识,尘满面,鬓如霜④。　　夜来幽梦忽还乡,小轩窗⑤,正梳妆。相顾无言,惟有泪千行。料得年年肠断处,明月夜,短松冈⑥。

【注释】

①乙卯：神宗熙宁八年（1075）。苏轼此时40岁,在密州知州任上。

②十年生死：作者的结发妻子王弗于英宗治平二年（1065）病逝,至此已经过了十年。两茫茫：两地茫茫,意思是说一在人间,一在泉下。

③千里孤坟：王氏的坟在苏轼老家眉山,与密州相隔数千里之遥。

④"尘满面"二句：作者自谓这十年之中,自己奔波劳碌,已是风尘满面,两鬓斑白,即使与亡妻相见,恐怕她也认不出来了。　⑤轩窗：窗户。唐孟浩然《同王九题就师山房》诗："轩窗避炎暑,翰墨动新文。"

⑥短松冈：长满小松的山冈。指王氏的坟墓。

【解析】

这是一首悼亡词。苏轼是很爱他妻子的,他与王弗两小无猜,感情弥笃。中进士后,王弗陪伴他到凤翔府任官,任满回京不久,二十几岁的王弗便因病去世。为了表示对妻子的挚爱,苏轼再娶王弗的堂妹王闰之为继室。

上阕直抒胸臆,感叹与妻子相别已整整十年。这句话既表达了与所爱之人生离死别的怆痛,又感慨自己在这十年中是何等地忍受煎熬。接下来叙述仕途的坎坷,由于奔走于仕宦之途,如今的苏某已是个尘土满面、两鬓发白的老者了。下阕写梦境。由于对妻子一往情深,所以梦见亡妻,也是情理之中的事。而梦境又是如此真切地"相顾无言,惟有泪千行",这正是久别重逢的恩爱夫妻最真实的写照。可惜这次相逢仅仅是瞬间一梦,这就更加重了悲凉的气氛。结尾表达了对妻子永远不能忘怀的真挚情感:那埋葬着爱妻的青松小冈,将成为今后永远令他肠断的地方。

贺新郎(乳燕飞华屋①)

乳燕飞华屋。悄无人、桐阴转午②,晚凉新浴。手弄生绡白团扇③,扇手一时似玉④。渐困倚、孤眠清熟⑤。帘外谁来推绣户?枉教人、梦断瑶台曲⑥。又却是、风敲竹⑦。　石榴半吐红巾蹙⑧。待浮花、浪蕊都尽⑨,伴君幽独。秾艳一枝细看取⑩,芳心千重似束⑪。又恐被、西风惊绿⑫。若待得君来向此,花前对酒不忍触。共粉泪、两簌簌⑬。

【注释】

①乳燕：刚刚学飞的雏燕。 ②桐阴转午：梧桐树的影子渐渐移动，表明已到午后。 ③弄：玩弄。绡：生丝织成的白色织品。 ④扇手一时似玉：团扇和女子的纤手都像是美玉雕成。 ⑤清熟：睡得很香。 ⑥瑶台曲：古曲名，原名《临高台》。《乐府诗集》卷十六引《乐府解题》："（南朝）宋何承天《临高台篇》曰：'临高台，望天衢，飘然轻举凌太虚。'则言超帝乡而会瑶台也。"瑶台，传说中仙人所居的琼台。 ⑦风敲竹：风吹竹响。 ⑧红巾蹙（cù）：形容石榴花半开时，就像紧缩成一团的红纱巾。 ⑨浮花、浪蕊：指那些应时而开、易开易落的花。 ⑩秾（nóng）艳：花木茂盛而鲜艳。唐司空图《效陈拾遗子昂感遇》诗之二："北里秘秾艳，东园锁名花。" ⑪芳心：指石榴花的花蕊。 ⑫惊绿：指石榴被秋风吹落了花，只剩下绿叶。 ⑬两簌簌：意谓花瓣与眼泪一同落下。

【解析】

关于这首词的写作背景，杨湜《古今词话》说："苏子瞻守钱塘，有官妓秀兰，天性黠慧，善于应对。一日，湖中有宴会，群妓毕集，唯秀兰不至，督之良久方来。问其故，对以沐浴倦睡，忽闻叩门甚急，起而问之，乃乐营将催督也。子瞻已恕之，坐中一倅（州通判）怒其晚至，诘之不已。时榴花盛开，秀兰折一枝借手告倅，倅愈怒。子瞻因作《贺新凉》，令歌以送酒，倅怒顿止。"也有人不同意这种说法，宋胡仔《苕溪渔隐丛话》说："东坡此词，冠绝古今，托意高远，宁为一妓而发耶？'帘外'三句用古诗'卷帘风动竹，疑是故人来'之意。'石榴半吐'五句，盖初夏之时，千花事退，榴花独芳，因以写幽闺之情也。野哉杨湜之言,真可入笑林矣。"

苏轼虽有大丈夫襟怀,也不乏嬉笑调侃之作。细细品味此词,作者除了咏美人与石榴花之外,似乎还有更深一层的寓意。黄苏《蓼园词选》说:"前一阕写所居之幽僻,次阕又借榴花以比此心蕴结,未获达于朝廷,又恐其年已老也。"按黄氏的说法,此词也属托物言志之作。我们姑且依照黄氏的思路来看。

上阕写独居华屋的美人,在无聊懒散中悄然睡去。梦中听见有人敲门,醒来方知是一场空喜。下阕专咏石榴花,写到石榴花不与百花争艳,而是在"浮花、浪蕊"谢尽之后才一枝独秀,然而这秀色同样不能持久,正如美人的青春不能永驻,最终只能是以"共粉泪、两簌簌"作为悲凉的结局。把这个结局理解为作者抒发怀才不遇之感,也是合乎情理的。

一丛花（初春病起）

今年春浅腊侵年①,冰雪破春妍②。东风有信无人见③,露微意、柳际花边。寒夜纵长,孤衾易暖④,钟鼓渐清圆⑤。　朝来初日半含山⑥,楼阁淡疏烟。游人便作寻芳计⑦,小桃杏、应已争先。衰病少情⑧,疏慵自放⑨,惟爱日高眠。

【注释】

①春浅:立春来得较早。腊侵年:指立春节气在上一年的腊月,即元旦(今人所说的春节,古人称之为元旦)尚未来到,已经立春了。　②冰雪破春妍:意谓已到春季,却下了一场雪,推迟了美艳春景的到来。　③东风有信无

人见:到了东风送暖的季节,人们却还没真正领略到。 ④孤衾:一床被,指独宿。南朝梁柳恽《捣衣》诗:"孤衾引思绪,独枕怆忧端。" ⑤清圆:声音清亮而圆润。 ⑥初日半含山:谓初生的太阳光辉一半还掩在山后。 ⑦寻芳:找寻春花春草,即踏青。 ⑧少情:没情没绪。指没有寻芳踏青的情绪。 ⑨自放:放任自己。

【解析】

这首词也是作者知密州时所作,写的是病中醒来的早晨。整体的情绪是"疏慵自放",所以他眼中的一切都是猜想,只有那个暖被窝是实实在在的。苏轼在密州,总体心情比较消极慵懒,像"左牵黄,右擎苍"那样的日子委实不多。王安石变法到了熙宁末年,负面作用越来越显现出来,再加上吕惠卿又推出一个"手实法",百姓被官府剥夺得越来越厉害,几乎到了无以为生的地步。手实法是对此前青苗等法的补充,该法规定所有民户的资产由官府统一核定,民户认可后按上手印,以后收取各种税费等均以此为据。然而在实施过程中,官府往往选在丰收之时进行登记,以后即使出现天灾人祸,官府还要按照原标准收取,迫使很多经济能力本来十分脆弱的农户倾家荡产。苏轼作为一州父母官,执行新法责无旁贷,他明明知道大多数新法都是与民争利,又必须无条件执行,内心的咬啮和痛苦可想而知,这也正是他总也打不起精神的重要原因。

上阕开篇点名写作的时间是这年的初春,突然而来的大雪把本该来临的风信延迟了,以致春意仅仅似有似无地显现在"柳际花边"。随后进入到自身状态的描写:天气虽然寒冷,被窝却是暖和的,借着养病,索性在床上多赖一会儿,何须管它钟鼓报到什么时刻。下阕写起床之后临窗而望,红日初升,楼阁之间烟霭朦胧,于是想象着这场雪后,必然进入百花争艳的时节,而最先盛开的当属桃杏,那将是多么美丽的一番景色。尽管此时人们已开始准备游春，他却还是因心灵上的病痛和身体上的病痛懒懒散散打不起精神。全词透出的，一是作者对大自然的眷恋，二是发散自己事事不如意的灰懒之情。

水龙吟（小舟横截春江）

闾丘大夫孝终公显尝守黄州①，作栖霞楼②，为郡中胜绝。元丰五年，余谪居于黄。正月十七日，梦扁舟渡江，中流回望，楼中歌乐杂作。舟中人言：公显方会客也。觉而异之，乃作此词。公显时已致仕在苏州。

小舟横截春江，卧看翠壁红楼起③。云间笑语，使君高会④，佳人半醉。危柱哀弦⑤，艳歌余响，绕云萦水。念故人老大⑥，风流未减，独回首、烟波里。　　推枕惘然不见，但空江、月明千里。五湖闻道，扁舟归去，仍携西子⑦。云梦南州⑧，武昌南岸⑨，昔游应记。料多情梦里，端来见我⑩，也参差是⑪。

【注释】

①闾丘大夫孝终公显：闾丘孝终为名，公显是他的字。尝守黄州：曾任黄州知州。范成大《吴郡志》卷二十六载："闾丘孝终字公显，郡（苏州）人。尝守黄州。苏文忠公在东坡时，与交从甚密。公后经从，必访孝终，赋诗为乐。孝终既挂冠，与诸名人耆艾为九老会。"这段记载与史实有出入。苏轼贬到黄州时，闾丘孝终已经致仕回到了苏州。苏轼与闾丘孝终的相识，当在元丰之前。　②栖霞楼：黄州旧楼名，闾丘孝终知黄州时

重新整修。　③翠壁：青绿色的墙壁。红楼：指栖霞楼。　④使君高会：指闾丘知州正在与僚属们举行宴会。　⑤危柱：高高的琴柱。哀弦：凄切动听的琴声。　⑥故人老大：指闾丘知州的年纪已经很大。　⑦五湖闻道，扁舟归去，仍携西子：此三句用春秋越国范蠡功成之后携西施扁舟五湖的典故，以赞闾丘孝终隐退苏州的心态。　⑧云梦南州：古云梦泽边的黄州。　⑨武昌南岸：黄州南岸的武昌。武昌在宋代为鄂州，与黄州隔江相望。　⑩端来见我：竟然前来与我相见。　⑪参差是：仿佛就是真的。

【解析】

　　这是一首记梦词，上阕所写全是梦境，下阕回到现实，而那个美好的梦境依然萦绕在作者的脑海中久久不散。苏轼与闾丘孝终相识在何时，现已无从查考，苏轼元丰三年被贬到黄州时知州为陈轼，不久为徐大受所代，直至元丰六年，都是徐大受在黄州任。后来苏轼经过苏州时，曾赴闾丘孝终府上饮酒，并写下《苏州闾丘江君二家雨中饮酒二首》，第二首说："五纪归来鬓未霜，十眉环列坐生光。唤船渡口迎秋女，驻马桥边问泰娘。曾把四弦娱白傅，敢将百草斗吴王。从今却笑风流守，画戟空凝宴寝香。"可见，此时闾丘孝终已经致仕住在苏州了。

　　能把作者和闾丘孝终联系在一起的媒介是那座栖霞楼：此楼乃前太守闾丘孝终所修，而今苏某鬼使神差地来到了黄州，并登临了栖霞楼，所以梦见与故人相见，就顺理成章了。此时二人的境遇大不相同，一个安然隐退，一个贬谪在此，触景生情，遂成梦境。上阕写作者梦中以小舟渡江，行至江中时，忽听见欢声笑语自空中传来，扭头回望，竟见黄州高耸入云的栖霞楼上，闾丘知州正在大宴宾客，丝竹管弦如行云流水，半醉佳人的歌声绕着白云飘荡在江波之上，好一派热闹景象。由此想到故友年纪老大还能如此风流，不免赞叹。

下阕写梦醒,推开枕头再想看时,才发现原来那番热闹不过是一场梦,此刻能见到的,只有奔流不息的长江和当空那轮明月。如今的间丘大人已如范蠡功成身退,携美女扁舟五湖了。尽管如此,想必他还惦记着黄州——那个他曾经当过父母官的小小江城,所以执意要来与我相见重叙旧情吧。写友情而不以回忆,不以触景生情,而以托梦的形式,可谓奇思妙想。刘乃昌《东坡词论丛》说此词"全篇只就梦中、梦后娓娓动听地依次写来,不明言怀友,而怀友之情,寄托于叙事,充溢于言表",可谓得其真味。从结构上看,也有从虚幻到真情的层层推进,并在最终一句道出了情之真、情之深的最高境界。郑文焯《手批东坡乐府》称:"突兀而起,仙乎仙乎!……上阕全写梦境,空灵中杂以凄丽;过片始言情,有沧波浩渺之致,真高格也。"

满庭芳（归去来兮）

元丰七年四月一日,余将去黄移汝①,留别雪堂邻里二三君子②。会李仲览自江东来别③,遂书以遗之。

归去来兮,吾归何处,万里家在岷峨④。百年强半⑤,来日苦无多。坐见黄州再闰⑥,儿童尽、楚语吴歌⑦。山中友⑧,鸡豚社酒⑨,相劝老东坡⑩。　云何,当此去,人生底事⑪,来往如梭⑫。待闲看,秋风洛水清波⑬。好在堂前细柳⑭,应念我、莫翦柔柯⑮。仍传语,江南父老⑯,时与晒渔蓑⑰。

【注释】

①去黄移汝:离开黄州到汝州赴任。苏轼元丰七年遇赦量移汝州,仍

为团练副使。虽然还属于谪宦，毕竟由江滨小城转移到了内地大郡。汝州在今河南省汝州市。　②雪堂邻里二三君子：在东坡雪堂与相交往的几位君子道别。　③李仲览：杨绘的弟子李翔。当时杨绘在江西，闻苏轼将移汝州，命李翔假道筠州先看望苏辙，而后到黄州看望苏轼，转达他对苏氏兄弟的问候。　④万里家在岷峨：即"家在万里之外的岷山峨眉山之间"的倒装。苏轼是蜀中眉州人，故称。　⑤百年强半：古人称人生为百年。强半，过半。这一年苏轼49周岁。　⑥坐见：分明见到。黄州再闰：在黄州已度过两个闰年。苏轼元丰三年初到黄州，元丰三年即有个闰九月。元丰六年有个闰六月，故称"再闰"。　⑦儿童尽、楚语吴歌：这里的孩子们说的是吴楚话，唱的是吴楚歌。黄州旧属楚国，与吴国相邻，故称其地为吴楚之地。　⑧山中友：黄州当地的友人。　⑨鸡豚：鸡和猪。豚，小猪，也泛指猪。社酒：古人于春、秋两个社日祭祀土地之神，饮酒庆贺，称所备的酒为社酒。此处泛指农家的村酒。　⑩相劝老东坡：黄州的友人们都劝他终老于东坡。意思是劝他不要离开黄州。　⑪底事：唐宋时俗语，相当于今言"何事"。　⑫来往如梭：此句连上句理解，意谓人生究竟为了什么，像梭子一样整天到处奔忙。　⑬洛水：古河流名，即今河南西部的洛河。此河流经苏轼将要赴任的汝州。　⑭堂前细柳：指苏轼种在东坡雪堂前的柳树。　⑮应念我、莫翦柔柯：看在我的面子上，请千万不要把它们柔细的枝条剪掉。柯，枝条。　⑯仍传语、江南父老：这是作者对"邻里二三君子"说的话，意谓请你们这些父老。　⑰时与晒渔蓑：经常替我晒一晒渔网和蓑衣。意思是说不定什么时候我还会回到这里。

【解析】

　　这是一首满含深情的道别词，正如小序所说，作者即将离开生活了近五年的黄州，离开与他相伴了五年的朋友，又逢江西老友杨绘派人来看望，令他感动至深。词的整体布局很有章法，即主要叙述与黄州旧友依依难舍的深情。作者把此词写给李仲览，更多表达的是感激之情，是把这篇文字作为礼品赠给李仲览的，这种感激，主要由小序承担，正文不再叙述。

上阕开篇即言到了归去的时候，可我又能归向何处呢？我的故乡是在蜀中啊。短短两句，把内心的矛盾和撞击都展现出来：在黄州待了五年，哪一天不想离开？真到了要离开的时候，又突然感到十分茫然：即便离开黄州，也难回到故乡的土地，无非是由黄州换成汝州罢了。内心的凄凉和无奈，不知是该喜还是该悲的迷惘，透过简短的文字流露无遗。"坐见黄州再闰，儿童尽、楚语吴歌"两句，表露的仍旧是难以开解的矛盾和纠结：在黄州待了这么久，听孩子们唱歌听了这么久，能不深深地留恋吗？这种矛盾和纠结，其实今天的人们也都有类似的体会，比如在工作的城市、当兵的山乡待久了一旦要离开那里，谁能不充满依依之情？"鸡豚社酒，相劝老东坡"二句，以极朴素的语言表达出极朴素的感情，这些和苏轼朝朝暮暮相处在一起的当地友人，拿出他们认为最好的东西，极力挽留他不要离去。请注意，上阕这最后一句已经埋下伏笔，下阕还要把这条线牵出来呢。

下阕感慨人生况味，或者说是在探讨生命的意义：天下熙熙，天下攘攘，几乎所有人都在往来穿梭四处游走，究竟是为了什么呢？此处不再多言，内中的原因，还是留给读者去体会吧，我东坡居士可真的跑累了。朝廷不是命我到汝州去吗？那好，那我就安心待在那里，去闲看"秋风洛水清波"吧。最末二句把上阕埋下的伏线重新拽出，转而对二三君子发出至深至切的请求：话虽这么说，难得命运安排我在黄州生活了数年之久，我也在这里倾注了太多的情感和心血，央求诸位千万为我看护好亲手种下的稚柳，晒一晒曾经用过的渔网和蓑衣，说不定哪一天，我真的还会回来——这不正是对友人们劝他老于东坡的回应吗？由此可以体会出，整首词不论伸出几多触角，始终没有偏离"人间真情"四个字。

满庭芳（香叆雕盘①）

香叆雕盘，寒生冰箸②，画堂别是风光③。主人情重④，开宴出红妆⑤。腻玉圆搓素颈⑥，藕丝嫩⑦、新织仙裳⑧。双歌罢⑨，虚檐转月⑩，余韵尚悠扬。　　人间，何处有⑪，司空见惯，应谓寻常⑫。坐中有狂客⑬，恼乱愁肠⑭。报道金钗坠也⑮，十指露、春笋纤长⑯。亲曾见，全胜宋玉，想像赋《高唐》⑰。

【注释】

①香叆（ài）雕盘：香气弥漫在彩盘之上。叆，本指云气浓盛，此处代指缭绕的香烟。雕盘，经过雕镂的盘子。　②寒生冰箸（zhù）：寒气从倒挂在屋檐的冰柱上生出。箸，筷子，这里代指冰柱。　③画堂别是风光：画堂里别有一番韵致。　④主人：指举行宴会的主人驸马都尉王诜。　⑤开宴出红妆：大摆筵席宴请来宾，并唤出美女为宴会助兴。　⑥腻玉圆搓素颈：形容女子的脖项洁白细嫩，宛如美玉揉搓而成。腻玉，质地细腻的玉石。　⑦藕丝嫩：细嫩如藕丝的细丝。李贺《天上谣》："粉霞红绶藕丝裙，青洲步拾兰苕春。"　⑧仙裳：指用藕丝织成的仙女之裙。　⑨双歌：两首歌曲。　⑩虚檐转月：月光从屋檐暗影处移动。言歌曲唱罢已经很久。　⑪人间、何处有：即"人间何处都有"，指歌舞吟唱的女子到处都能见到。　⑫司空见惯，应谓寻常：见得多了，大都是些寻常女

子,不足为奇。 ⑬坐中有狂客:作者自指,意谓在座的客人中有人为此女发狂。 ⑭恼乱愁肠:因无缘结识这样的女子而郁闷,心绪迷乱。 ⑮报道金钗坠也:告诉女子:你的金钗掉在地上了。 ⑯春笋纤长:谓女子如春笋般的十指又细又长。 ⑰全胜宋玉,想像赋《高唐》:谓当年宋玉写《高唐赋》,对美女的描画完全是出于想象。

【解析】

　　这首词作于元祐二年,当时苏轼在京城担任翰林学士。驸马都尉王诜很喜欢金石书画,是苏轼的老朋友。元丰初苏轼入狱,王诜也是极力解救他的人之一,并且因此事而遭贬,数年后才遇赦回到了京城。王诜是开国大将王全斌的后代,为人豪爽好客,这首词就是在王诜举行的宴会上写成的。这次宴会并非一般意义上的宴会,而是一次有准备的文人雅集。当时王诜把苏轼、苏辙、黄庭坚、秦观、李公麟、米芾、蔡肇、李之仪、郑嘉会、张耒、王钦臣、刘泾、晁补之和僧圆通、道士陈碧虚集于自家西园,后由李公麟画成《西园雅集图》,米芾写成《西园雅集图记》,被后世称为仅次于晋代兰亭雅集的文人聚会。张宗橚《词林纪事》载:"此阕当在王都尉晋卿席上,为啭春莺作也。"

　　这是以唯美手法写成的一首歌咏美人的词,开篇先赞王驸马画堂之美,为美人的出现做了铺垫。接着写王驸马为了酬谢众宾朋的捧场,特地唤出最喜欢的侍女啭春莺献歌助兴,由于啭春莺艳惊四座,下面的文字自然全都集中在她身上了。作者的爱美之心几乎达到了无法克制的地步,但在词中,他竟然没有一句描写此女面容,第一笔便落在女子的脖项上:那精美绝伦的脖项,简直就是美玉揉成,洁白细腻,美不胜收,读者看到这里,也会为之怦然心动,尽管还不知道她的面庞,但仅从这一笔描绘,还需要细究其如花美貌吗?接下来写的是女子的衣着,看那藕丝织就的新裙，不是仙女胜似仙女，再展歌喉，余音绕梁，沁人心脾，在苏轼眼里，这是个尽善尽美无与伦比的绝世佳人，不由得为之倾倒。

下阕感慨自己阅人不为不多，然而如此丽人却从未见过，于是心潮奔涌，自称狂人了。有趣的是，啭春莺早已名花有主，你再狂也是白狂，于是作者想了个聊解眼馋的点子，对女子说：你的金钗掉在地上了。女子听到此话，自然要俯身去拾。就是这一俯身，作者分明见到了她的纤纤十指，美如春笋，也算是片刻销魂吧。面对如此丽人，他忽然想起宋玉《高唐赋》里那位神女，肯定是宋玉凭着想象勾画出来的——如果他也能一睹啭春莺姑娘的芳容，必能写得更加传神。直到全篇结束，作者始终没写女子的明眸皓齿，却能把她"回眸一笑百媚生"的动人姿容表现得淋漓尽致，不能不说苏轼的确有高人一筹的大本事。

这首词展示的是苏轼婉约的一面，其中虽然不乏癫狂之语，但读起来只觉香艳却不落低俗，给读者留下的最深印象是女子的美艳，而不是男子的想入非非。所谓"狂客"，仅仅是作为女子"惑阳城，迷下蔡"的一个衬托，这或许更能令人玩味女子之美。

水调歌头（快哉亭作①）

落日绣帘卷，亭下水连空。知君为我，新作窗户湿青红②。长记平山堂上③，欹枕江南烟雨④，渺渺没孤鸿⑤。认得醉翁语，山色有无中⑥。　一千顷，都镜净⑦，倒碧峰⑧。忽然浪起，掀舞一叶白头翁⑨。堪笑兰台公子⑩，未解庄生天籁⑪，刚道有雌雄⑫。一点浩然气⑬，千里快哉风⑭。

【注释】

①快哉亭：黄州滨江的亭子。元丰六年，张怀民因事被贬到黄州，与苏轼相识，并有所交往。著名的《记承天寺夜游》，就是作者记到承天寺寻找张怀民的文字。元丰六年夏，张怀民在城南修建小亭，苏轼命名为"快哉亭"，并请其弟苏辙写了一篇《黄州快哉亭记》，文中说："清河张君梦得谪居齐安，即其庐之西南为亭，以览观江流之胜，而余兄子瞻名之曰'快哉'。盖亭之所见，南北百里，东西一舍。涛澜汹涌，风云开阖。昼则舟楫出没于其前，夜则鱼龙悲啸于其下，变化倏忽，动心骇目，不可久视。今乃得玩之几席之上，举目而足。西望武昌诸山，冈陵起伏，草木行列，烟消日出，渔夫樵父之舍皆可指数。此其所以为'快哉'者也。……今张君不以谪为患，窃会计之余功，而自放山水之间，此其中宜有以过人者。将蓬户瓮牖无所不快，而况乎濯长江之清流，揖西山之白云，穷耳目之胜以自适也哉？不然，连山绝壑，长林古木，振之以清风，照之以明月，此皆骚人思士之所以悲伤憔悴而不能胜者，乌睹其为快也哉？"　②新作窗户湿青红：谓张怀民特地为苏轼开了一扇窗户，以便开窗即能望见烟霭之间的青山红日。　③平山堂：欧阳修建在扬州蜀冈的堂。　④欹（qī）枕：斜靠在枕头上。　⑤渺渺没孤鸿：孤单的鸿雁在烟波中时隐时现。渺渺，缥缈。　⑥认得醉翁语，山色有无中：记得欧公曾有句词，用了"山色有无中"这样的话。欧阳修《朝中措·送刘仲原甫出守维扬》词："平山阑槛倚晴空，山色有无中。"言远山景色若隐若现。　⑦一千顷，都镜净：千顷长江，都像镜面一样洁净。　⑧倒碧峰：碧绿的山峰倒映在江面之上。　⑨掀舞一叶白头翁：指浪涛将一叶小舟掀了起来。白头翁，指摇船的白发老者。　⑩兰台公子：指战国时楚国人宋玉。《文选》宋玉《风赋》："楚襄王游于兰台之宫，宋玉景差侍。"后遂以兰

台公子为宋玉的代称。 ⑪未解庄生天籁：不理解庄子所说的天籁。《庄子·齐物论》："女闻人籁而未闻地籁，女闻地籁而未闻天籁夫！"天籁，指的是自然界的声响，如风声、鸟声、流水声等。 ⑫刚道：坚持要说。有雌雄：风分为雄风和雌风。《风赋》中说大王之风为雄风，庶人之风为雌风。 ⑬浩然气：正大豪迈之气。《孟子·公孙丑上》："（孟子）曰：'我知言，我善养吾浩然之气。''敢问何谓浩然之气？'曰：'难言也。其为气也，至大至刚，以直养而无害，则塞于天地之间。'" ⑭快哉风：宋玉《风赋》："有风飒然而至，王乃披襟而当之曰：'快哉此风！寡人所与庶人共者邪？'"

【解析】

　　这首词作于元丰六年，此时张怀民被贬到黄州，由于有相同的遭遇，所以苏轼很快和他成了朋友。张怀民在城南寓居之地修建了一间小亭，开窗即可见到长江景色，苏轼为它取名为快哉亭，写下此词。如果把全词拆开来分析，上阕可以称为无人的景物描写，下阕则上升到人的精神层面，道出了人的精神力量完全可以应对自然，应对社会。

　　上阕起首是对江山秀美的描绘：斜靠在亭上放眼四望，水天相接，青天红日，孤鸿隐显，烟霭迷蒙，不禁令作者想起欧阳修的词句"山色有无中"，烟霭之中，这里的青山不是和欧公描写的景致完全相同吗？下阕继续写景，不过烟霭已经散去，成了"上下天光，一碧万顷"的壮阔场景，原本平静的江面上突然卷起层层波浪，把江中的一条小舟连同船上的白发老翁腾空掀起。结果怎么样呢？作者没说，似乎也用不着说，因为那老翁早已练就了在惊涛骇浪中履险如夷的大本事。由浪过渡到风，是很自然的事，"无风不起浪"嘛。有了风浪，才有了老翁这个动态的影像过渡到"快哉"的基础，于是风变成了下面议论的主题：宋玉这家伙，硬说风分为雌雄,大王之风叫雄风,庶民之风叫雌风,真是太无知了。他根本不懂庄子所说的天籁是什么概念,那是来自纯自然界的声音和响动,是不受任何人为因素控制和左右的,既然如此,所谓大王之风、庶民之风就失去了区分的依据。既然天籁才是充满宇宙的正气,那个所谓的"大王"又怎能突破天籁的界限呢?从这个意义上说,人间原本就没有贵贱之分,有的只是人以什么态度去应对来自外界的问题,任何人只要胸中有浩然之气,面对世界感受到的,都是一吹千里的快哉之风。王水照先生说:"苏轼否定'大王''庶人'的贵贱界限,强调'浩然正气'的崇高地位,正是他的思想境界高出宋玉的地方。"(《苏轼》)细细想来,当年的宋玉未必傻到连风都分出个雌雄的地步,他或是在逢迎楚王,或是在揶揄楚王。然而不管他出于何种动机说那些傻话,都给后人留下了把柄——苏轼不就是抓住了他的把柄吗?有一点我们必须顾及:当年的宋玉是面对国君说话,此时的苏轼则是面对谪官而发议论,这样想来,宋玉被批显然有些冤枉,而苏轼借此申明自己的高远见识,更显出他的放旷无羁和把自然看得至高无上、把个人情操看得至高无上的阔大胸怀,这才是此词的精髓。

满江红(寄鄂州朱使君寿昌①)

江汉西来,高楼下、蒲萄深碧②。犹自带、岷峨雪浪③,锦江春色④。君是南山遗爱守⑤,我为剑外思归客⑥。对此间、风物岂无情,殷勤说。 《江表传》⑦,君休读。狂处士⑧,真堪惜。空洲对鹦鹉⑨,苇花萧瑟。不独笑书生争底事⑩,曹公黄祖俱飘忽⑪。愿使君、还赋谪仙诗⑫,追黄鹤。

【注释】

①鄂州：宋代州名，属荆湖北路，治所在今湖北武昌。朱使君寿昌：鄂州知州朱寿昌，字康叔，扬州人。历任通判剑州、陕州、荆南府，知阆州、广德军，通判河中府，最后知鄂州，时年已六十多岁。《宋史》有传。使君，汉代对郡太守的别称，宋人沿用，特指州郡里的知州知府。 ②蒲萄深碧：谓大江之水犹如葡萄美酒，显出深绿之色。 ③岷峨：四川境内的岷山和峨眉山。雪浪：谓江流激起的像雪堆一样的巨浪。 ④锦江：又名濯锦江，流经成都的一条河流，因用此江之水濯锦，色泽格外鲜丽，故名。此处代指蜀中成都。 ⑤南山：当是鄂州境内的山名，不详所在。遗爱守：谓朱寿昌是有遗爱的鄂州太守。遗爱，指官吏勤政爱民，留有惠爱，令人追思。《左传·昭公二十年》："及子产卒，仲尼闻之，出涕曰：'古之遗爱也。'" ⑥剑外：剑门关外。苏轼是蜀中眉州人，属于出剑门而在外为官的人，故称。 ⑦《江表传》：西晋史书名，主要记录三国时东吴人物。此处代指记录三国历史的书籍。 ⑧狂处士：东汉末年的狂士祢衡，字正平。此人恃才傲物，狂放不羁，孔融把他推荐给曹操，不为曹操所容，于是又把他推荐给江夏太守黄祖，后为黄祖所杀。 ⑨鹦鹉：祢衡曾写过一篇《鹦鹉赋》，他死后埋在汉阳城西南的沙洲。人们为了纪念他，便称此洲为鹦鹉洲。 ⑩不独笑：不单单是讥笑。书生：指祢衡。争底事：究竟争的是什么。祢衡因负气而惨遭杀害，苏轼认为这样死掉很不值得。 ⑪曹公黄祖俱飘忽：意谓曹操和黄祖不也很早就死了嘛。飘忽，转瞬即逝。 ⑫谪仙诗：指李白的《感兴》诗："西山玉童子，使我炼金骨。欲逐黄鹤飞，相呼向蓬阙。"谪仙，唐代诗人李白。据说李白刚到长安，秘书监贺知章前去探望，李白把前不久写成的《蜀道难》拿给他看。贺知章边读边大加赞赏，诗没读完，大声称赞他为"谪仙人"。

【解析】

　　黄州与鄂州隔江相望，所以苏轼刚到黄州，朱寿昌便与他有了交往，并派人给他送去两壶美酒。朱寿昌也是当时名人，以孝行闻名天下，故二人甚为相得。有学者说苏轼结识朱寿昌是由于寓居在黄州的原鄂州殿直王天麟的介绍，这是与事实不符的。苏轼文集中与朱寿昌往来的书信多达二十余封，第一封信是苏轼刚到黄州时朱寿昌写给他的。关于这一点，可以参考拙著《苏轼文集编年笺注》卷五九《与朱康叔二十一首》。细读此词，当是与朱寿昌交往很久以后的作品，时间大约在元丰四年至五年之间。也有学者说此词作于刚到黄州之时，抒写的是苏轼"惊魂初定后之惆怅落寞与追寻"。殊不知苏轼刚到黄州时，很少对人直陈怨愤，他与朱寿昌仅仅是惺惺相惜的"邻居"，并非旧人，初打交道，怎么可能如此放肆无忌？分析古人作品，不能离开当时的大背景，这是避免主观臆断的先决条件。

　　这首词以宏大的气象谈古论今，纵横捭阖，大有蔑视才俊、笑傲王侯之气。开篇四句写长江汹涌奔腾，与"卷起千堆雪"异曲同工，不过乡思是苏轼诗文永恒的主题，虽然此词主要是与鄂州知州朱寿昌倾谈，但仍没有忘记灌注进浓浓的乡情，似乎看到大江就想起它的源头，就想起它是途经蜀中才流到这里的，而且除了"岷峨雪浪"之外，还肯定地说它带来了成都濯锦江那非同寻常的春色。经过这番铺叙后，才回到朱寿昌和自己身上：你我一江之隔，身份却截然不同，你是朝廷贤太守，我是被遗弃在对岸的思乡之客。面对佳景，当然有许多话要说，那就索性敞开心扉说个痛快吧。

　　下阕笔锋陡转，把江景乡情全然抛开，细论起人生三昧来。作者首先提出一个命题：读书人什么书都可以读，却不可去读三国文章，为什么呢?因为那段历史揭示的全是你争我夺,甚至连小小文士祢衡都不甘示弱,参与到王侯将相、刺史太守的争斗中来,实在是太无聊了。你祢衡能写出精彩绝伦的《鹦鹉赋》,那就应该去做文章陶冶自身,何必往残酷血腥的地方钻呢?因才恃气而无辜受戮,多不值得呀。作者站在更高层面上对此加以评说:祢衡究竟在争什么,没有人能说得清,甚至连他自己都糊里糊涂就送了命。再怎么说祢衡也是个小人物,那些大人物又如何呢?曹操厉害,乱世奸雄,那又怎么样,还不是很快就成了一抔黄土?黄祖厉害,堂堂太守,那又怎么样,还不是和曹操一样,转瞬之间就下了黄泉?争的结果出来了:祢衡什么也没得到,曹操、黄祖同样什么也没得到,仅仅是为后人留下几则渔樵闲话罢了。在苏某看来,倒不如像李白那样放浪形骸,与世无争,活出个五彩斑斓的自己来。一切皆为虚无的思想在这首词里反映得十分充分,这与元丰五年写的《赤壁赋》可谓相得益彰。

满江红(东武会流怀亭①)

东武南城,新堤固、涟漪初溢。隐隐遍、长林高阜②,卧红堆碧③。枝上残花吹尽也,与君更向江头觅。问向前、犹有几多春,三之一④。　　官里事,何时毕⑤?风雨外,无多日。相将泛曲水⑥,满城争出。君不见兰亭修禊事⑦,当时坐上皆豪逸⑧。到如今、修竹满山阴⑨,空陈迹。

【注释】

①东武:古县名,此处代指密州州治所在的诸城县,在今山东诸城。

流怀亭：密州亭名。据本词，当在州城之南。 ②长林：茂密的树林。高阜：高冈。 ③卧红堆碧：指坠落的花瓣堆积在绿枝之下。 ④三之一：意谓自今往后的春日，只剩下三分之一了。古代在农历三月三日这一天行曲水流觞之戏，所以说往后的春日已经无多。 ⑤官里事，何时毕：官府里的事务何时算做完？意思是官府公务没完没了，只能忙里偷闲。 ⑥相将：相携，相跟。泛曲水：游于曲水之上。 ⑦兰亭修禊（xì）事：指晋代王羲之等人在山阴兰亭行曲水流觞的故事。王羲之《兰亭集序》："永和九年，岁在癸丑，暮春之初，会于会稽山阴之兰亭，修禊事也。群贤毕至，少长咸集。此地有崇山峻岭，茂林修竹，又有清流激湍，映带左右，引以为流觞曲水，列坐其次。虽无丝竹管弦之盛，一觞一咏，亦足以畅叙幽情。"禊是古人祓除不祥之祭，春、秋二季于水滨举行。农历三月上巳行春禊，七月十四日行秋禊。 ⑧坐上皆豪逸：即上文所谓"群贤毕至"。据《嘉泰会稽志》引《水经注》说，当时与会者共计四十一人，赋诗者谢安、孙绰等二十六人，不能赋诗而被罚酒者王献之、孔炽等十五人，都是当时名流。 ⑨山阴：晋代郡名，在今浙江绍兴。

【解析】

  这首词作于密州，时间是熙宁九年（1076），是苏轼来到密州的第三个年头。经过他的治理，密州已从一个盗贼横行、民不聊生的乱郡变成了和乐熙熙、秩序井然的州郡，所以他才有闲心来到曲水之滨，与同僚共行曲水流觞的雅戏。开篇"东武南城，新堤固、涟漪初溢"二句深得人们的赞赏。宋胡仔《苕溪渔隐丛话》后集卷二六说："'东武南城、涟漪初溢'……绝去笔墨畦径间，直造古人不到处，真可使人一唱而三叹。"意思是这两句词意蕴含蓄，自然流出，不见任何轨度。实则其后的"长林高阜""卧红堆碧"，也写得十分生动：前者是莽状树林和冈阜，虽然用了"长"和"高"两个意义相近的词,读者却能体会到高低错落的层次美,高高的冈阜上长着树林,冈阜之下同样长着树林,你说冈阜高,那长在冈阜上头的树林岂不比冈阜更高?你说树林高,那长在冈阜之下的树林显得并不高,这不正是作者想要的参差错落之美吗?至于"卧红堆碧",更是把落花和绿枝的对比摹状得恰到好处,甚至可以和李清照的名句"绿肥红瘦"相媲美。接下来用算数的方法感慨春色无多,既有惜春之情,又有人生韶华易逝的惋叹。

下阕紧接上句,点出官身的操劳与无奈,不过他还是忙里偷闲来到曲水畔,度过了一个与民同乐的上巳节。这个安排十分巧妙,作者没有描写这次流觞活动的具体细节,甚至跳过这些细节,直接过渡到抚今追昔的感叹之中:遥想当年王羲之等人的兰亭盛会,"一时多少豪杰"。而今如何?斯人已去,空留遗迹,可悲可叹。作者为什么不写密州的流觞?因为流觞的形式古往今来并没有什么变化,写来写去还是相同的笔墨。今天的流觞与晋人真正不同的,仅仅是他们内心的感受。如果说当年王羲之是为"群贤毕至,少长咸集"的场面感到骄傲,那么数百年后在密州的苏轼,更多想到的却是"天下没有不散的筵席"、抚今追昔备感苍凉的沉重。"到如今、修竹满山阴,空陈迹"十一个字,既强调了时空的漫长,又揭示了时空的短暂。"后之视今,亦犹今之视昔"(《兰亭集序》语),从短处看,兰亭雅集仿佛就在昨天;从长处看,兰亭雅集至今已经经历了十几个朝代的风云变幻,那是多么古老的年代啊。人生又何尝不是如此?"朝如青丝暮成雪"的规律,谁也绕不过去。

念奴娇(赤壁怀古①)

大江东去,浪淘尽,千古风流人物。故垒西边②,人道是③,

三国周郎赤壁④。乱石穿空,惊涛拍岸,卷起千堆雪⑤。江山如画,一时多少豪杰。　　遥想公瑾当年,小乔初嫁了⑥,雄姿英发。羽扇纶巾,谈笑间⑦,樯橹灰飞烟灭⑧。故国神游⑨,多情应笑我,早生华发⑩。人生如梦,一尊还酹江月⑪。

【注释】

①赤壁:古地名,此词所指是今湖北黄冈西部的赤壁矶,一名赤鼻矶。关于三国时期发生赤壁大战的遗迹究竟在何处,历来有多种不同的说法。清代著名地理学家顾祖禹《读史方舆纪要》卷七六说:"赤壁山,(嘉鱼)县西七十里。《元和志》:'山在蒲圻县西一百二十里。'时未置嘉鱼也。其北岸相对者为乌林,即周瑜焚曹操船处。《武昌志》:'操自江陵追备,至巴丘,遂至赤壁,遇周瑜兵,大败,取华容道归。'《图经》云:'赤壁,在嘉鱼县。苏轼指黄州赤鼻山为赤壁,误矣。时刘备据樊口,进兵逆操,遇于赤壁,则赤壁当在樊口之上。又赤壁初战,操军不利,引次江北,则赤壁当在江南也。操诗曰:西望夏口,东望武昌。此地是矣。今江汉间言赤壁者有五,汉阳、汉川、黄州、嘉鱼、江夏也。当以嘉鱼之赤壁为据。'　②故垒:当年大战后残存的工事遗迹。　③人道是:听别人说是。宋胡仔《苕溪渔隐丛话》后集卷二八载:"东坡云:'黄州西山麓,斗入江中,石色如丹,传云曹公败处,所谓赤壁者。或曰非也,曹公败归由华容路,路多泥泞,使老弱先行践之而过,曰:刘备智过人,而见事迟,华容夹道皆葭苇,若使纵火,吾无遗类矣。今赤壁少西,对岸即华容镇,庶几是也。然岳州复有华容县,竟不知孰是。'"这里是不是当年赤壁大战的古战场,苏轼本人也不敢肯定,故而含糊其辞。　④周郎赤壁:东吴周瑜大破曹操大军的赤壁战场。周瑜字公瑾,汉献帝建安三年,他被孙策授予建威中郎将,时年二十四,军中呼之为"周郎"。　⑤卷起

千堆雪：喻波涛翻滚，激起的巨浪宛如千堆白雪。　⑥小乔：桥玄的小女儿。据《三国志·吴书·周瑜传》载，建安初年，周瑜跟随孙策进攻皖城，得桥公二女，都生得天姿国色。孙策自纳大乔，周瑜纳小乔。　⑦羽扇：白羽制成的扇子。纶（guān）巾：古代用青色丝带做的头巾。一说是配有青色丝带的头巾。相传三国时为诸葛亮在军中所用，所以又称为"诸葛巾"。　⑧樯橹：通行的本子做"强虏"，很难讲通。宋人王楙《野客丛书》卷二四载其曾亲眼见过苏轼的手迹，是"樯橹"而非"强虏"。樯，桅杆。橹，船桨。　⑨故国神游：即神游于故国。故国，指古代吴、魏大战的故地。　⑩华发：花白的头发。古代"花"和"华"是异体字。　⑪一尊：即"一樽"。樽，古代盛酒器，有圆形、方形数种。此处泛指酒器。酹（lèi）：以酒浇地，表示祭奠。此处指作者将酒倾进大江之中，以表祭奠。

【解析】

这首词作于神宗元丰五年（1082），与名篇《赤壁赋》前后而作。

这是一首万人传诵的千古绝唱，开篇便是气势磅礴的"大江东去"四个字，把滚滚长江一泻千里的壮观气象极为浓缩地概括出来，读之令人精神振奋，随后"浪淘尽，千古风流人物"，更是把以长江为主线的江南江北群雄争逐场景纵向地展现出来，可谓风云变幻，一派沧桑。仅这几句，就不知使多少豪杰为之倾倒，多少文人为之慨叹。其宏观的把握，可以说达到了无以复加的最高境界。宋俞文豹《吹剑录》里记载着这样一个故事："东坡在玉堂，有幕士善讴，因问：'我词比柳词何如？'对曰：'柳郎中词，只好十七八女孩儿执红牙拍板，唱杨柳岸晓风残月。学士词，须关西大汉执铁板，唱大江东去。'"这个比况，形象地说明了这几句词极强的震撼效果。接下来的数句紧扣主题，形象地描写了眼下的赤壁古垒，经历了无数的沧桑岁月，依旧是"乱石穿空，惊涛拍岸"——江水没有穷尽，人们对古垒的瞻仰和缅怀也就没有穷尽。这美如画卷的江山，曾经出现过多少英雄豪杰。

下阕紧随上文，进入更加具体的演绎和勾画：当年雄姿英发的东吴周郎，曾经在这里立下盖世奇功，那是多么令人感叹的场景；还有那手摇羽扇头戴纶巾的诸葛孔明，谈笑之间便令几十万曹军灰飞烟灭，那又是多么令人称绝的场景。此时的苏轼，已经完全沉浸在金戈铁马的群雄争霸当中了。人谁无少年？哪个少年没有建立奇功的宏大誓愿？可惜历史给人们提供的平台并不完全相同，比如此刻站立在赤壁矶头的苏某，也曾有过为国立功的豪情，也曾有过以古人为师的壮志，然而日复一日蹉跎至今，岂不是愧对这些英雄？末句用"人生如梦"结尾，表达出对无力建功立业的深深的慨叹。

这首词的高妙之处在于用很少的文字表现出阔大的场面，仿佛把那场震惊华夏的大战全景展示无遗，在场景中立起的英雄形象，既高大又逼真，宛如就在眼前。这些英雄中或多或少也有作者自己的影子，起码是有作者对英雄们的崇仰之情。金代元好问《书赤壁赋后》说："夏口之战，古今喜称道之。东坡《赤壁》词殆戏以周郎自况也。词才百许字，而江山人物无复余蕴，宜其为乐府绝唱。"郭沫若《读诗札记四则》说："在赤壁之战时也有小乔参加，出场人物有周瑜、小乔、诸葛亮，连东坡自己也加进去了，因为他在'神游'。"虽然说得诙谐，却非常准确，如果此篇里没有好事的苏轼参加，连他自己都不会允许。自古及今对此词的评论多如牛毛，这里不再一一列举，还是由读者自去体味，或许更能得其精髓。

沁园春（赴密州早行①，马上寄子由）

孤馆灯青②，野店鸡号，旅枕梦残。渐月华收练③，晨霜耿耿④，云山摛锦⑤，朝露漙漙⑥。世路无穷，劳生有限⑦，似此区区长鲜欢⑧。微吟罢，凭征鞍无语，往事千端。　　当时共客长安⑨。似二陆初来俱少年⑩。有笔头千字⑪，胸中万卷⑫，致君尧舜⑬，此事何难？用舍由时，行藏在我⑭，袖手何妨闲处看。身长健，但优游卒岁⑮，且斗尊前。

【注释】

①赴密州：作者自杭州通判调任密州知州在熙宁七年。据王宗稷《东坡先生年谱》载，苏轼于熙宁七年九月离开杭州，十月抵达密州。此时苏辙在齐州（今山东济南）节度掌书记任上。　②孤馆：孤寂的客馆。③月华：月光。收练：谓月光收束。练，白色的丝绢，喻皎洁的月光。　④耿耿：明亮之貌。《文选》谢朓《暂使下都夜发新林至京邑赠西府同僚》诗："秋河曙耿耿，寒渚夜苍苍。"李善注："耿耿，光也。"　⑤摛（chī）锦：铺陈锦绣。班固《西都赋》："若摛锦布绣，爛耀乎其陂。"　⑥漙（tuán）漙：露水很多的样子。《诗经·郑风·野有蔓草》："野有蔓草，零露漙兮。"毛亨传："漙漙然盛多也。"　⑦劳生：辛劳的人生。　⑧区区：渺小之貌。鲜欢：很少有欢乐。　⑨当时共客长安：指嘉祐初年苏轼与弟弟苏辙一同来到汴京参加会试。客，客居。长安，汉唐时的都城，在今陕西西安。此处代指北宋都城汴京。王宗稷《东坡先生年谱》："嘉祐二年丁酉，先生年二十二，赴试礼部，馆于兴国寺浴

室院。" ⑩二陆：指晋代陆机、陆云兄弟。二人皆有文才，少年时同赴京都洛阳，时人称为"二陆"。 ⑪笔头千字：意谓能写出好文章。李商隐《安平公诗》："顾我下笔即千字，疑我读书倾五车。"此处特指嘉祐二年苏轼、苏辙参加会试的考卷。《东坡先生年谱》载，那一榜苏轼排名第二。又据《苏颍滨年表》载，苏辙与其兄为同榜进士。 ⑫胸中万卷：杜甫《奉赠韦左丞丈二十二韵》："读书破万卷，下笔如有神。" ⑬致君尧舜：辅佐帝王成为超越尧舜的圣君。杜甫《自京赴奉先县咏怀五百字》："致君尧舜上，再使风俗淳。" ⑭用舍由时，行藏在我：谓君子能否为世所用是由时事所定，而是否为世所用则取决于自己。《论语·述而》："子谓颜渊曰：'用之则行，舍之则藏，惟我与尔有是夫。'" ⑮优游卒岁：一年到头优哉游哉地过日子。《左传·襄公二十一年》："优哉游哉，聊以卒岁。"

【解析】

这首词是苏轼豪放风格的处女作。此前的词大多偏于婉丽，风花雪月、儿女情长的痕迹十分明显，也不乏散文化的倾向，这首词无论从语言还是气势上，都具有了抑扬顿挫的诗歌倾向。上阕开篇大段写景之后，很快进入对人生世态的感慨，作者终于感悟到，以前孜孜以求的功名事业，其实并不能带来精神上的振奋，反而成了禁锢性情的枷锁，使原本劳碌的人生徒增了不少烦恼。他在北行的途中反复思考，涌上心头的尽是些令人夺气的感受。下阕回忆自己的青年时代，遥想当年，满怀着一颗报国之心来到京都，认为功名不过是探囊取物，甚至大言道：凭着自己的聪颖和智慧，致君尧舜算不得多难的事。如果说那时的大志有点少年轻狂，那么直到如今，他依旧坚持认为那些想法并非痴人说梦，而是基于深深的自信。遗憾的是，他自认为致君尧舜的种种议论，都被朝廷无情地否定了，以致偌大朝廷里根本没有他的立身之地。在受到一个又一个无情打击后，他自然而然会想到孔子那句话：用之则行，舍之则藏——既然不能为世所用，就只能远远离开那充满阴暗和狡诈的官场，去过优哉游哉的生活。全篇大开大合，气势宏壮，为他在密州写下《江神子·猎词》那样的雄文奠定了基础。

综观苏轼的前半生，的确走得很不顺利：刚中进士不久，就赶上王安石变法，他忍不住要发议论，这就必然得罪主张变法的权臣及其追随者，当权者不再欣赏他，当然要把他从眼皮底下撵出去。来到开封府推官任上，他又因谏阻神宗购买浙灯，再次开罪权臣，这一回在京城待不下去了，只能躲到千里之外的杭州当个小官了。从主观上说，他的所作所为的确是出于对朝廷的忠诚；从他的性格而言，也的确存在着某些缺陷。比如他在《谏买浙灯状》中说："陛下聪明睿圣，追迹尧舜，而群臣不以唐太宗、明皇事陛下，窃尝深咎之。臣忝备府僚，亲见其事，若又不言，臣罪大矣。"这不明明在指责帝王昏聩、臣子胡为吗？谁看了这样的奏章会感到舒服？所谓"知无不言，言无不尽"，仅仅是为臣者的原则而已，到了具体事上，还要讲究处置的方式，而苏轼恰恰缺乏这一点。他在《录陶渊明诗》中说："言发于心而冲于口，吐之则逆人，茹之则逆予，以谓宁逆人也，故卒吐之。"不管别人感受如何，只要自己想说的话就一定得说出来，当然会处处碰壁，有志难伸。我们这样分析，丝毫没有贬低苏轼的意思，只是说明他的真率很多时候无法为时所容，这也是历朝历代大君子们壮志难酬的共性原因之一。

木兰花令（次欧公西湖韵①）

霜余已失长淮阔②，空听潺潺清颍咽③。佳人犹唱醉翁词④，四十三年如电抹⑤。　　草头秋露流珠滑,三五盈盈还二八⑥。与余同是识翁人,惟有西湖波底月⑦。

【注释】

①次欧公西湖韵:用欧阳修原词的韵脚作此词。欧阳修《玉楼春·西湖南北烟波阔》词:"西湖南北烟波阔,风里丝簧声韵咽。舞余裙带绿双垂,酒入香腮红一抹。　　杯深不觉琉璃滑,贪看《六幺》花十八。明朝车马各西东,惆怅画桥风与月。"《木兰花令》是《玉楼春》的别名。　②霜余已失长淮阔:霜降后水位变浅,淮河的水面已不再宽阔。此句为想象之词,因为淮河并不流经颍州。　③空听潺潺清颍咽:只能听取颍水的潺潺流水之声。颍水为淮河的支流,流经颍州,在寿州来远镇汇入淮河。此句意谓从颍水已成涓涓细流可以推知,淮河水面不再宽阔。　④佳人犹唱醉翁词:美人还在唱着欧阳修写过的那首《玉楼春》词。　⑤四十三年:自本年元祐六年(1091)上溯四十三年为皇祐元年(1049),即欧阳修写出《玉楼春》的年份。这一年正月,欧阳修受命知颍州。如电抹:像闪电一样飞快。　⑥三五盈盈还二八:三五成群的窈窕少女,还都是十五六岁的年纪。盈盈,仪态美好之貌。《文选》古诗《青青河畔草》:"盈盈楼上女,皎皎当窗牖。"　⑦"与余同是识翁人"二句:和我一样认得欧公的,只剩下西湖水波下面的月光了。欧阳修卒于熙宁五年(1072),至今已过去将近二十年。

【解析】

　　这首词作于元祐六年秋季苏轼任颍州知州时,以怀念恩公欧阳修为主轴。在苏轼心中,欧阳修是永远不可磨灭的恩师和榜样,欧阳修在颍州去世,苏轼重踏这方土地,触景生情,睹物思人,是顺理成章的事,于是按照欧公旧词的韵脚再填此词。

主题决定这首词的基调不可能激昂高亢,况且又是秋天万物萧索之际,云淡风轻,水波清浅,特别是听到女子在唱欧公那首《玉楼春》,更难抑制对欧公的怀念。遥想当年欧公来到颍州时,年仅四十三岁,如今四十三年过去,欧公去世都快二十年了,可见人生是何其短暂。自己的大半生,难道不也如白驹过隙吗?

下阕是围绕着西湖行走的观感。还是那个西湖,还是那些秋草,甚至连草上清如珠玉的露珠都没有变。还是如花的美女,还是清扬的歌声,还是十五六岁的妙龄,甚至连轻盈的步态都没有变!可惜这种"不变"仅仅是幻象,实质的内容全都变了:秋草还是那些秋草吗?少女还是那些少女吗?不,当年的秋草早已枯萎,此时的秋草,已是今年新生的草了;当年的少女早已老去,此时的少女,已是十几年前才呱呱坠地的新生代了!如果一定要问这里谁还能认得令人景仰的欧公,也就只剩下衰翁苏轼和西湖水底的月光了。

凄凉,沧桑,慨叹,无奈,对故人深深的怀想,与秋草西湖构成一幅完整的有情画卷,那么真切,那么令人寻味。

木兰花令(次马中玉韵①)

知君仙骨无寒暑②,千载相逢犹旦暮③。故将别语恼佳人④,要看梨花枝上雨⑤。　落花已逐回风去⑥,花本无心莺自诉⑦。明朝归路下塘西⑧,不见莺啼花落处。

【注释】

①马中玉：马瑊（jiān），字中玉。《山谷年谱》："元祐五年八月戊戌，以马瑊为两浙路提点刑狱。"此时马瑊仍在两浙提刑任上。　②仙骨无寒暑：神仙不计寒暑。这是苏轼赞美马瑊的话。　③千载相逢犹旦暮：相隔千年后再次相逢，好像只在旦暮之间，容貌没有任何改变。　④故将别语恼佳人：故意用分别的言语刺激对方。佳人，此处特指马瑊。　⑤梨花枝上雨：形容泪流满面的样子。白居易《长恨歌》："玉容寂寞泪阑干，梨花一枝春带雨。"　⑥回风：旋风。　⑦花本无心莺自诉：落花本来无心，枝上的黄莺却在替我倾诉离情。意思是苏轼回朝本来不是出自真心，不过是应朝廷之召而已，杭州的百姓却一再表示依依不舍之情。　⑧明朝归路下塘西：明天一早踏上北归之路已到了钱塘之西。

【解析】

这首词作于元祐六年年初，苏轼受召回朝之际，两浙提刑马瑊恰在杭州，作词为他送行，苏轼写此词以答。马瑊的原词是："来时吴会犹残暑，去日武林春已暮。欲知遗爱感人深，洒泪多于江上雨。　欢情未举眉先聚，别酒多斟君莫诉。从今宁忍看西湖，抬眼尽成肠断处。"大意是说苏轼来到杭州时尚在残暑之时，一晃几年过去，如今就要离开杭州，正在三月春暮。杭州人民感激他们的苏知州，流下的泪水比钱塘江水还要多。与苏公相聚还没言欢眉头却先皱了起来，离别的酒频频斟满，苏公千万不要见怪。自今而后不敢再看西湖，一花一草都变成了令人断肠的去处。苏轼回赠此词，以调笑的笔墨劝慰马瑊不必过于伤感，再要好的朋友也难免有别离之时。

为什么说此词是"以调笑的笔墨劝慰马瑊不必过于伤感"呢？且看

上阕，前面两句赞赏马瑊数年不变的英俊容貌之后，立刻说起了笑话：哈哈，老夫是故意渲染离别之苦，以勾起马君泪水涟涟，瞅着别人哭，那是件多么有趣的事啊。此语原本是形容女子啼哭的样子，经苏轼这么一调侃，用在男子汉马瑊身上，他不破涕为笑才怪呢——马某何至于变成多愁善感的女流之辈？

然而毕竟苏轼也不忍与杭州遽别，这是他两度亲民、生活了五六年的地方啊，如今一去，不知何时才能再来，不由得伤感之情越来越浓。这就好比我们劝别人不要哭，自己先落泪的道理一样。起初他还在努力克制自己的情绪，大言"花本无心"，他明明知道这不是发自肺腑的真言，不可能掩饰过去，只好坦言："明朝归路下塘西，不见莺啼花落处。"难道我苏轼就那么无情？我岂能不知一别之后必是凄凉无限，只是强作欢颜罢了。如此理解这首词，可以体会到苏轼内心的丰富，只不过他总喜欢把这种丰富抑或是柔弱掩藏起来，而把"男儿有泪不轻弹"的豪气展现在别人面前。其实不论是谁，如果他内心只有豪迈没有柔弱，绝不可能写出感人至深的作品。

西江月（真觉赏瑞香二首①）

公子眼花乱发②，老夫鼻观先通③。领巾飘下瑞香风④，惊起谪仙春梦⑤。　　后土祠中玉蕊⑥，蓬莱殿后鞓红⑦。此花清绝更纤秾⑧，把酒何人心动。

【注释】

①真觉：杭州寺院名。《咸淳临安志》卷七七："真觉院，开宝八年

建。旧名奉庆,大中祥符元年改今额。"瑞香:花名。《群芳谱》载:"树高三四尺,枝干婆娑,柔条厚叶者,四时常青。"《西湖游览志余》卷二六:"瑞香有黄、紫二种,有紫瓣而缘金者。" ②公子:指与苏轼一同赏花的曹辅,字子方。苏轼在杭州时,曹辅由福建转运判官卸任北归,二人在杭州相遇。眼花乱发:意谓曹辅被深深吸引,瞅着瑞香花两眼炯炯发光。 ③老夫:苏轼自指。鼻观先通:谓花的香气直冲鼻子。 ④领巾:围在脖项上的巾帕。 ⑤惊起谪仙春梦:把谪仙人李白的春梦都惊醒了。 ⑥后土祠中玉蕊:扬州后土祠里的玉蕊花。《春明退朝录》卷下:"扬州后土庙有琼花一株,或云自唐所植,即李卫公所谓玉蕊花也。" ⑦蓬莱殿:唐代洛阳宫中的殿名。鞓(tīng)红:一种深红色的牡丹花。欧阳修《洛阳牡丹记》:"鞓红者,单叶,深红花,出青州,亦曰青州红。故张仆射齐贤有第西京贤相坊,自青州以驼驮其种,遂传洛中。其色类腰带鞓,故谓之鞓红。" ⑧清绝:清雅绝伦。纤秾(nóng):纤细而艳丽。

【解析】

  此词作于元祐六年年初,苏轼在杭州知州任,即将受召北行之前。此时曹辅自福建转运判官卸任北归来到杭州,与苏轼游。二人在真觉院里赏瑞香花时,苏轼写下这首咏物词。

  咏物而以人的神态举止率先入词,也算别具一格。开篇二句写曹辅看花看得眼都直了,自己也为瑞香花的香气感到心痴神迷,随后用唐代李白被花香惊醒的典故,目的只有一个:强调瑞香花的香气的确不凡。您看,两个今人一个古人,都用作托举瑞香花的衬物,而花的娇艳却只字未提,是不是显得与众不同?

  下阕用史上最牛之花与瑞香花比较:扬州后土祠的琼花够牛吧,古往今来多少文人墨客的诗文里描绘过它的仙姿。洛阳牡丹算是甲天下的名花吧，连欧阳修都实在憋不住，写了一篇《洛阳牡丹记》，详细记录了鞓红牡丹的娇艳。把这两种名花拿来与瑞香花比一比，却发现瑞香花的娇艳丝毫不逊于它们，反而更显得清雅大气，纤秾得度，怎能不令举酒赏花的君子们为之心动？读罢此词可以发现，其实作者并没有为我们具体描写瑞香花的芳姿，甚至连花的颜色、高矮都没具体写，原来作者采用的是避实就虚的手法，把本该十分具象的瑞香花描述得若有若无，它所有的美艳、清雅、纤秾，都只从人的感受中散发出来，可谓得其神韵。

西江月（坐客见和复次韵①）

小院朱阑几曲②，重城画鼓三通③。更看微月转光风④，归去香云入梦。　　翠袖争浮大白⑤，皂罗半插斜红⑥。灯花零落酒花秾⑦，妙语一时飞动⑧。

【注释】

①坐客见和复次韵：苏轼写过上首《真觉赏瑞香》词后，座客中有人赓和，因而再用原韵作此词。　②小院：指长着瑞香花的真觉院。朱阑：即"朱栏"，涂有红漆的栏杆。　③重城：古代的城墙一般有内城和外城，合称重城，亦泛指城墙。画鼓：绘有图案的鼓。三通：三遍。这里指关闭城门施行禁夜的鼓声已敲过最后一遍。　④微月：弦月。光风：雨止日出时的和风。《楚辞·招魂》："光风转蕙，泛崇兰些。"王逸注："光风，谓雨已日出而风，草木有光也。"　⑤翠袖：代指劝酒的官妓。争浮大白：争相饮酒。大白，大酒杯。刘向《说苑·善说》："魏文侯与

大夫饮酒，使公乘不仁为觞政，曰：'饮不釂者，浮以大白。'" ⑥皂罗：一种色黑质薄的丝织品。亦指以皂罗制成的头巾。斜红：头上所戴的红花。 ⑦灯花零落：灯油将尽，火苗不再明亮。酒花秾：酒杯中的泡沫却越来越多。意谓人们的饮兴还远没有尽。 ⑧妙语：吟诗和说笑的各种言语。

【解析】

这首词作于元祐六年年初，与上一首的背景相同，都是写赏瑞香花的场景。

从写作安排上看，此词的上、下两阕，宁静与喧闹形成了明显的对比。上阕用墨十分恬淡，先从真觉院的幽静写起：院子不大，却有几曲回栏，给人玲珑剔透的清雅之感。随后那句"重城画鼓三通"乍看上去像是被鼓声敲碎了既有的宁静，可仔细揣摩，恰恰相反：从很远的地方传来几声更鼓的响声，不正隐含着几声鼓响后乃是更加宁静无扰的夜晚吗？为了证明随之而来的长久宁静，作者把目光移向高空，看那一弯缺月，虽然停留在光风的沐浴下，还是像累了一样，懒洋洋地躲进香云后面，安安静静地做它的好梦去了——连月亮都不再奉陪，天地间还能有喧闹吗？

下阕打破了这种宁静，就在这几曲回栏的小院里，陪酒的美女们兴高采烈地痛饮着，人人头上都戴着红花。这是一种什么样的场面，不用细说，读者都能感觉得到。一直到夜阑，人们不但没有散去，反而兴致更浓，酒杯上时时都漂浮着酒花，似乎永远都饮不尽。宴会究竟进行了多久，看那即将燃尽的灯花就能判断出来了。饮酒的人们似乎刚刚喝到尽兴的当口儿，有吟诗填词的，有说笑话的，有插科打诨的，一片喧哗，谁也不去关心到了什么时刻，因为时光流转更漏频滴的变化对兴致方浓的客人们来说，已经没有任何意义。于是乎与上阕渲染的宁静形成了绝妙的对照，寥寥数语，勾勒出一幅闹中有静、静中有闹的画面，最终落实到人们对现实生活的忘情与珍爱中。

西江月（世事一场大梦）

世事一场大梦，人生几度新凉。夜来风叶已鸣廊①，看取眉头鬓上。　　酒贱常愁客少②，月明多被云妨。中秋谁与共孤光③？把盏凄然北望。

【注释】

①鸣廊：谓秋风落叶的沙沙声已经在廊庑间响起。　②酒贱常愁客少：谓身处穷乡僻壤，没有好酒，宾客也十分稀少。　③孤光：月光。

【解析】

此词作于黄州。开篇直言世事如一场梦，不必看得太重；接着说人生十分短暂，一年一度的中秋对人生而言，不过几十个而已。这些看似达观的话语，恰恰道出了作者被朝廷闲置的苦闷：虽说世事如梦，毕竟希望多做些好梦，少做些噩梦；时光本来不多，还要无休无止地虚掷在黄州这样的穷乡僻壤，怎能让人安之若素？接下来的两句，正是这种情绪的绝妙注脚：听听吧，秋风落叶声已经响在回廊之间，这个中秋又将过去，而自己的眉头依然紧锁，鬓发不知添了多少银霜。

下阕前两句把时间扩大到来黄州的整个过程：饮着苦涩的村酒，哪会有高朋满座的机会？月儿明时，却往往被阴云遮挡，这种孤独，这种惆怅,弥漫在黄州生活的全过程中。最后两句又把这种弥漫浓缩到今晚:好不容易盼到一个中秋佳节,举起酒杯时,却只有孤孤单单的一个人,就更显得孤独,心绪当然也更加惆怅和凄凉,唯一能做的,只剩下举杯遥祝北方的亲友佳节愉快了。

全词凄清婉转,令人觉得似乎不可能出于苏轼笔下。其实苏轼也是活生生的人,有着与常人相同的七情六欲,特别是他刚到黄州那段岁月,情绪的低沉与内心的惶恐,是没有类似经历的人难以体会的,直到元丰四年、元丰五年间,他才刻意调整内心的失衡,达到了相对宁静的境界,我们读他的前、后《赤壁赋》就能有所感触,而那些作品,均作于元丰五年——到黄州贬所已经过去两年多时。俗话说"人非圣贤,孰能无过",感情亦然:人非圣贤,孰能无情?那些把苏轼人格神化的评论,仅仅是后人的一厢情愿罢了。

踏莎行(山秀芙蓉①)

山秀芙蓉,溪明罨画②。真游洞穴沧波下③。临风慨想斩蛟灵④,长桥千载犹横跨⑤。 解佩投簪⑥,求田问舍⑦。黄鸡白酒渔樵社⑧。元龙非复少时豪⑨,耳根洗尽功名话⑩。

【注释】

①山秀芙蓉:山因长满芙蓉而显得秀美。芙蓉,又名木莲、木芙蓉,秋季开花。 ②溪明罨(yǎn)画:溪流如绘画般明丽多姿。罨画,色彩鲜明的绘画。此处指宜兴县东南五十里的罨画溪。 ③真游:游于仙境。

洞穴沧波下：在水下的洞穴。《咸淳毗陵志》卷十五载，宜兴县东南五十五里有张公洞，高六十仞，周五里，三面皆飞崖绝壁。县西南五十里有善权洞，洞门广二十尺。产丹砂、钟乳，有三洞，泉深无底，虽旱不枯。又有白鹤洞，在张公洞北二里，旧传有白鹤飞翔。还有佛窟洞，在张公洞西南三里玉女潭西，深数丈，有泉流入鼍画溪。　④慨想：回想感慨。斩蛟灵：用晋代周处的典故。《世说新语·自新》："周处年少时，凶强侠气，为乡里所患，又义兴水中有蛟，山中有白额虎，并皆暴犯百姓，义兴人谓为'三横'，而处尤剧。或说处杀虎斩蛟，实冀三横唯余其一。处即刺杀虎，又入水击蛟，蛟或浮或没，行数十里，处与之俱，经三日三夜，乡里皆谓已死，更相庆。竟杀蛟而出。"　⑤长桥千载犹横跨：周处下水击蛟的那座桥至今已过千年，依旧横跨在河上。　⑥解佩投簪：解下佩鱼，丢下固冠用的簪子。皆指弃官。　⑦求田问舍：指胸无大志，买房买地。《三国志·魏书·陈登传》："君有国士之名，今天下大乱，帝主失所，望君忧国忘家，有救世之意，而君求田问舍，言无可采，是元龙所讳也，何缘当与君语？"　⑧黄鸡白酒渔樵社：杀鸡摆酒，与渔父樵夫结社而饮。　⑨元龙非复少时豪：陈元龙早已没有了昔日的豪气。元龙，陈登的字，参看本词注⑦。　⑩耳根洗尽功名话：再也不去听那些功名利禄的俗话。

【解析】

　　这首词作于元丰八年。作者得请回到常州宜兴，大有遁世之乐。目之所见，耳之所闻，都那么令他心旷神怡。开篇二句写宜兴的山水，虽然只有短短八个字，却给人留下非常美的感受。山上开满芙蓉，溪流美如鼍画。这还不算，更有神仙洞府随处可见，有的掩在山中，有的藏在水底，到了这种地方，自己也浑然成了神仙。还有那周处斩蛟的长桥，历经千年，仍旧巍然横跨，令人见之便生吊古之情。

下阕全在言志，不过这个"志"早已不是拯苍生济黎民的雄心大志，而是下定决心远离尘嚣，躲进山水之间，与渔父樵夫陶然自乐，再也不去关注名利之事的"志"。可以体会到，苏轼在经历了多年贬谪后，入世之情淡了很多。他自觉地反省自身，自觉地用老庄哲学、佛家理论冲淡根深蒂固的儒家入世情结。

其实中国的读书人，都是记吃不记打的根性，进入人生低谷时，捶胸顿足指天发誓，绝不再踏进官场一步。等到朝廷又起用他们，所有伤痛都忘到脑后去了。孔稚圭写过一篇《北山移文》，称周颙"既文既博，亦玄亦史。然而学遁东鲁，习隐南郭，偶吹草堂，滥巾北岳。诱我松桂，欺我云壑。虽假容于江皋，乃缨情于好爵。其始至也，将欲排巢父，拉许由，傲百氏，蔑王侯。风情张日，霜气横秋。或叹幽人长往，或怨王孙不游。谈空空于释部，核玄玄于道流，务光何足比，涓子不能俦。及其鸣驺入谷，鹤书赴陇，形驰魄散，志变神动。尔乃眉轩席次，袂耸筵上，焚芰制而裂荷衣，抗尘容而走俗状"。这副德行历来被人耻笑，然而细想起来，古代那些读书人，又有几个真能做到超尘拔俗呢？看此时苏轼的态度，是否也是"排巢父，拉许由，傲百氏，蔑王侯"？是否也是"谈空空于释部，核玄玄于道流"？然而没几天，他便被起用为登州知州，赶紧离开宜兴赴任去了。如果他真的看透了官场，看破了红尘，完全可以拒绝朝廷的任命，可惜他做不到。这说明他骨子里还有着深深的入世情结，这才是真实的有血有肉的苏轼。有些评论者总喜欢用比较极端的态度解说古人，似乎苏轼一番表演就成了不可变更的固定模式，那就太过简单化了。我曾在很多时候讲，中国的知识分子是儒、释、道三种思想的混合体，不同的处境中，他们会自觉不自觉地运用适应当时生存需要的学说去平衡内心，苏轼也是如此，我们千万不能把他一时冲动讲出来的话太当真。

西江月（送钱待制①）

莫叹平原落落②,且应去鲁迟迟③。与君各记少年时,须信人生如寄④。　　白发千茎相送,深杯百罚休辞⑤。拍浮何用酒为池⑥,我已为君德醉⑦。

【注释】

①钱待制:钱勰,字穆父。《宋史·钱勰传》:"拜中书舍人。元祐初,迁给事中,以龙图阁待制知开封府。……宗室、贵戚为之敛手,虽丞相府谒吏干请,亦械治之。积为众所憾,出知越州,徙瀛州。"　②平原落落:朱靖华注此词认为此句有误字,当为"平齐落落",典出《后汉书·耿弇传》。汉光武帝即位后,耿弇被命为建威大将军。建武三年,耿弇自请平齐地,光武帝许之。随后平定济南、临淄等地。光武至临淄劳军,"谓弇曰:'将军前在南阳建此大策,常以为落落难合,有志者事竟成也!'……弇复引兵至城阳,降五校余党,齐地悉平。振旅还京师"。　③去鲁迟迟:《孟子·万章下》:"(孔子)去鲁,曰:'迟迟吾行也。'去父母国之道也。可以速而速,可以久而久,可以处而处,可以仕而仕,孔子也。"意谓离开父母之国,迟迟不欲行。　④人生如寄:谓人生短促,犹如暂时寄寓世间。曹丕《善哉行》:"人生如寄,多忧何为?"　⑤白发千茎相送,深杯百罚休辞:意谓为老者送别,千杯不辞。杜甫《乐游园歌》:"数茎白发那抛得,百罚深杯亦不辞。"　⑥拍浮何用酒为池:《世说新语·任诞》:"毕茂世云:'一手持蟹螯,一手持酒杯,拍浮酒池中,

便足了一生。'"拍浮,浮游、游泳。　⑦我已为君德醉:我已经为钱君高尚的品德醉倒了。

【解析】

  这首词作于元祐三年九月、十月间,当时苏轼任翰林学士,友人钱勰为开封府尹。钱勰为人清正廉明,疾恶如仇,因此得罪了很多人,受到群小的合力攻击,被迫出为越州(今浙江绍兴)知州。此时苏轼也遭到不少人的弹劾,两人可谓同病相怜。得知钱勰放外任后,苏轼出于对他的敬重,同时也出于对小人们的厌憎,为他写下此词。应该说在立身行事方面,苏轼与钱勰是有很多共同点的,所以元祐以后,二人成为非常要好的朋友,交往也十分频繁。拙著《苏轼文集编年笺注》卷五一收录了苏轼写给钱勰的书信多达57首。

  尽管当时的政治局面相当险恶,此词却很少直接涉及那些敏感的争斗,甚至连表示愤懑的词语也没有。"莫叹平原落落",感慨的是钱勰因耿介而落落寡合,用语相当隐晦;"且应去鲁迟迟",用孔子不忍离开父母之国的典故,表达了钱勰去国怀乡的怅惘之情。当然,不说并不等于没有愤慨,作者只是想以平和的态度抚慰钱勰,以免使他乃至自己再次受到刺痛,为什么"落落"? 为什么"去鲁"? 这么暗淡的词语背后的情绪,完全用不着明说,谁看了都能明白。由于开篇的分寸把握得比较适当,接下来的话便顺理成章了:你我都不必把尘世纷争看得太重,人生本来就很短暂,不过是暂时寄身于世而已。此话乍听起来似寻常话语,但在这种场合里说,意义就远比一般性的感慨深得多,它更多宣泄的是对小人蝇营狗苟、见利忘义卑微品格的轻蔑和鄙视。

  下阕前两句化用杜甫成句,表达与钱勰惺惺相惜的深情和对钱勰深深的敬重。随后以"我已为君德醉"作为结语,将钱勰的大君子风范大加赞扬，这本身就是对那些无耻小人最高的轻蔑。

西江月（照野弥弥浅浪①）

顷在黄州，春夜行蕲水中过酒家饮②。酒醉，乘月至一溪桥上，解鞍曲肱醉卧少休③。及觉，已晓。乱山葱茏，流水锵然④，疑非尘世也。书此语桥柱上。

照野弥弥浅浪，横空隐隐微霄⑤。障泥未解玉骢骄⑥，我欲醉眠芳草。　可惜一溪明月⑦，莫教踏破琼瑶⑧。解鞍欹枕绿杨桥⑨，杜宇一声春晓⑩。

【注释】

①照野：月光照着旷野。弥（mǐ）弥：水涨满的样子。《诗经·邶风·新台》："新台有泚，河水弥弥。"　②蕲水：宋县名，即今湖北浠水县。　③曲肱（gōng）：弯着胳膊。少休：稍事休息。　④锵（qiāng）然：形容金宝珠玉等撞击声的清脆。此处指流水叮咚作响，如珠玉碰撞般悦耳。　⑤隐（ài）隐：昏昧不明之貌。《楚辞·离骚》："时隐隐其将罢兮。"王逸注："隐隐，昏昧貌。"微霄：稀薄的云气。此处化用陶渊明《时运》诗"宇隐微霄"之意。　⑥障泥：垂于马腹两侧用于遮挡尘土的用具。李白《紫骝马》诗："临流不肯渡，似惜锦障泥。"玉骢（cōng）骄：指马匹矫健英武。骢，青白色相杂的马。亦泛指骏马。　⑦一溪明月：谓月光倒映在平静的长溪水面。　⑧莫教踏破琼瑶：不要让马把溪面上如琼瑶般美丽的月光踏碎。琼瑶，美玉。此处指倒映的"一溪明月"。

⑨欹(qī)枕：斜靠在枕上。　⑩杜宇：杜鹃鸟。《成都记》载：杜宇又曰杜主，自天而降，称望帝，好稼穑。后望帝死，其魂化为鸟，名杜鹃。

【解析】

　　这首词作于元丰五年春，当时作者在黄州贬所已经度过了两年多，不再以仕途得失为意，渐渐习惯了乡野平民的生活，用他自己的话说，就是冲决了束缚，焕发了野性。此词写得活泼健朗，让人看到了一个内心丰富、热爱生命和自然的苏轼。

　　上阕开篇写景，虽然读起来平朴，仍能体会到作者在描写时是颇费了些思索的：浪是"浅"的，霄是"微"的。这两个词不但显示出自然的静谧，更反映出作者对自然美景轻怜痛惜般的呵护和宠爱，此时的他，已经把自己和自然完全融合在了一起，而且是非常平等的彼此。这种"呵护"和"宠爱"在下阕前两句表现得更加充分，说自己酒醒之后完全可以上马前行，然而眼看着一溪天赐的琼瑶，竟不忍心将它破坏，让它忍受支离破碎的苦痛，宁可委屈自己再睡一会儿，直到一声杜鹃啼叫。在这里，作者扮演的仿佛是个爱护孩子的母亲，一切稍稍惊动孩子的举动都有意放轻甚至停止，这种温馨，反映出的是作者深沉的爱心，他爱自然，因为他本来就是自然中的一分子，享受着自然给予的深爱。此词乍看起来大有豪士的放旷，越读就越能感觉到作者内心的细腻，这才是真正的苏轼，一个既能装下天下宇宙，又能从细微中体会天下宇宙神奇的智者。

西江月（平山堂①）

　　三过平山堂下②，半生弹指声中。十年不见老仙翁③，壁上龙蛇飞动④。　欲吊文章太守⑤，仍歌杨柳春风⑥。休言万事转头空⑦，未转头时皆梦⑧。

【注释】

①平山堂：仁宗庆历八年欧阳修任扬州知州时所建，在今扬州蜀冈。《大明一统志》卷一二："平山堂在蜀冈上，宋庆历中郡守欧阳修建。江南诸山拱列檐下，因名平山。"　②三过平山堂下：言作者曾三度经过扬州。第一次在熙宁四年，作者出任杭州通判，路过此地；第二次在熙宁七年，从杭州北赴密州，再次经过此地；元丰二年从徐州南赴湖州，第三次经过此地。　③十年不见老仙翁：指不得与欧阳修相见已经十年。作者赴任杭州通判时，曾到颍州拜见过欧阳修，自那以后将近十年，再也没有见过。　④壁上龙蛇飞动：指堂壁上还留有欧阳修的墨迹。龙蛇飞动，谓笔势遒劲。　⑤文章太守：以文章著称的太守。此处指欧阳修，他曾担任过滁州、颍州等州的知州。欧阳修《朝中措》词中有"文章太守，挥毫万字，一饮千钟"的名句。　⑥杨柳春风：也是借用欧阳修《朝中措》中"手种堂前杨柳，别来几度春风"的成句。　⑦万事转头空：言人死后万事皆空。白居易《自咏》诗："百年随手过，万事转头空。"　⑧未转头时皆梦：谓人生在世就如一场大梦。

【解析】

关于此词的写作年代，孔凡礼《苏轼年谱》说作于神宗元丰七年（1084），清人王文诰《苏诗总案》认为当作于元丰二年（1079）赴湖州知州任途中。究竟哪种说法更符合史实呢？其实很简单，词中说"十年不见老仙翁"，已经框定得清清楚楚。苏轼熙宁四年（1071）出任杭州通判路过颍州，曾与苏辙一道拜见过欧阳修，次年欧阳修病故，也就是说，熙宁四年是苏轼最后一次见到欧阳修。后移十年，当是元丰三年（1080）。此词作于元丰二年而言"十年"，是取其约数而已，这种用法在古诗词中经常遇见。如果按照元丰七年，则不见欧公已经十四年，离十年之说太远了点，所以我认为此词作于元丰二年较近情理。

欧阳修之于苏轼，恩情非同一般，苏轼嘉祐二年（1057）参加进士考试，主考官就是欧阳修。其后苏轼又与欧阳修之子欧阳奕结为儿女亲家，苏轼的次子苏迨娶的就是欧阳奕的女儿（参见拙著《欧阳修集编年笺注》卷六三《祭欧阳文忠公夫人文二首》之二笺注），足见苏轼对欧阳修的情感是何等深厚。路过欧公曾经守土的扬州，登上欧公亲建的平山堂，寄以深情的缅怀，无疑是他必须要做的一件事。

上阕围绕自己三次来到平山堂游欧公故迹说起，前后已经十年，时光之速，宛如弹指，这是对人生易老的感慨。接下来说虽然十年没见欧公，堂壁上的墨迹却宛然如新，这又是对斯人不朽的赞美。下阕巧妙地利用欧阳修的旧作对逝者进行凭吊，再次强调了文章对于士子的重要性。末二句对白居易"万事转头空"的名句做了更深一步的诠解：人生不过是一场大梦，完全没必要患得患失，真正重要的不是当世的名利地位，而是"文章"。陈廷焯《白雨斋词话》卷六说："休言万事转头空，未转头时皆梦。追进一层，唤醒痴愚不少。"他所谓的"痴愚"是什么人呢？很显然是指那些只知道汲汲于眼前名利的营营之徒。真正的君子，是不会把物欲当作人生追求目标的。

西江月（送别）

昨夜扁舟京口①，今朝马首长安②。旧官何物与新官③？只有湖山公案④。　　此景百年几变⑤，个中下语千难⑥。使君才气卷波澜⑦，与把新诗判断⑧。

【注释】

①京口：江苏镇江的古称，宋代为润州。昨夜扁舟京口，是说林希昨天还在润州。此时苏轼被召回朝，林希由知润州改知杭州，是苏轼的继任者。《乾道临安志》卷三："元祐六年二月癸巳，以朝奉大夫、天章阁待制、知润州林希知杭州。"　②今朝马首长安：指苏轼受召回朝。王宗稷《东坡先生年谱》："（元祐六年）在杭州任，被召。……既到京师，除翰林承旨。"长安，汉唐都城，此处代指北宋京城。　③旧官何物与新官：旧的杭州知州有什么东西留给新任知州呢？旧官，苏轼自指；新官，新任知州林希。　④湖山公案：自己所作描写杭州山川西湖的诗作。傅干注此句云："此言湖山公案，亦谓诗也。禅家以言为公案。"　⑤此景百年几变：谓杭州的美景百年之间不过小有变化。意思是以西湖为标志的杭州百年来并没有发生太大的变化。　⑥个中下语千难：描写杭州美景，遣词用语实在太难了。意谓面对几乎不变的景致，想写得与众不同、别出新意是相当困难的。　⑦使君才气卷波澜：赞美林希的才气如狂涛巨浪，不可羁系。使君，汉代对郡太守的称谓，此处代指新杭州知州林希。　⑧与把新诗判断：希望林希能写出出人意表的新诗，拿来由苏某鉴赏。判断，甄别优劣。这里是对林希的褒谀，表示只有洪才河泻的林大人才能写出胜过前人的佳作。

【解析】

这首词作于元祐六年三月。王宗稷《东坡先生年谱》说："先生作《别天竺观音三绝》，序云：'以三月九日被旨赴阙。'又按，先生作《参寒泉铭》云：'予以寒食去郡。'"也就是说，林希受命知杭州时，苏轼的任命还没到他手里。等到林希来到杭州时，苏轼正式与他交割州事，已是三月份了。苏轼对林希，一直当朋友相待，可惜林希的人品实在太差，后来苏轼遭贬的那些圣命，都是他写的，把苏轼糟蹋得一塌糊涂。赵翼《瓯北诗话》卷五载："东坡襟怀浩落，中无他肠，凡一言之合，一技之长，辄握手言欢，倾盖如故，而不察其人之心术，故邪正不分，而其后往往反为所累。……坡除起居舍人，力辞于宰相蔡确，谓林希旧同馆，且年长，宜膺此选。是二人之交厚矣。及绍圣初，章惇当国，方治元祐党人，欲使希典书命。希欣然复为中书舍人。自司马温公及坡等数十人，皆为谪词，极其丑诋；遂累迁同知枢密院。后夺职卒。坡自海南归，《与子由书》云：'子中（林希的字）病伤寒，十余日便卒，所获几何？遗臭无穷，哀哉！'"看来善有善报，恶有恶报，在林希身上也得到了验证。

此词可谓自出机杼，与一般赠别词判然不同。上阕先用"昨夜扁舟京口，今朝马首长安"12个字，展示出新旧两任杭州知州的来龙去脉：一个从润州前来杭州，一个从杭州受命回朝。这种高度的概括，若没有出神入化的文字底蕴，根本不可能写出来。我们读这两句，是不是也感叹它"写得太妙了"？然而这仅仅是妙的开始，下面的文字竟然抛开官事，专说诗文：旧知州能给新知州留下什么呢？不说物阜民康，不说山清水秀，也不说廷无留讼，却说只有几首描写杭州景物的破诗，您说奇也不奇？

下阕接着"奇"。作者对诗词大发感慨：杭州之美，天下闻名，古往今来写杭州、写西湖的诗词汗牛充栋，却很难有所突破，写来写去不过尔尔，我苏轼同样如此，要不怎么说留给林知州的都是些不值一提的破诗词呢。这回好了，才气横溢的林知州来了，终于出现能写好诗好词的人了，那老苏就等着欣赏别具一格描写西湖的佳作了。捧人不直接捧，拐个弯子换个角度去捧，能起到比直截了当瞎捧更神奇的效果。这就如同赞美女人,不直说长得俊美,而说装扮入时,岂不正是"云想衣裳花想容"的手段吗?如果我是林希,有人吹我能写出千古名句万古名篇来,我也会非常受用沾沾自喜:知州算什么本事,普通人放在那个位置上都能当好。

临江仙(细马远驮双侍女①)

龙丘子自洛之蜀②,载二侍女,戎装骏马。至溪山佳处辄留③,见者以为异人④。后十年,筑室黄冈之北⑤,号静安居士。作此记之。

细马远驮双侍女,青巾玉带红靴。溪山好处便为家。谁知巴峡路⑥,却见洛城花⑦。 面旋落英飞玉蕊⑧,人间春日初斜。十年不见紫云车⑨。龙丘新洞府⑩,铅鼎养丹砂⑪。

【注释】

①细马:小马。远驮(tuó):从远处驮来。 ②龙丘子:陈慥。见前《无愁可解》注⑤。自洛之蜀:从洛阳到蜀中。指陈慥隐居黄州前的经历。 ③至溪山佳处辄留:见到山清水秀之处便留在那里不再前行。 ④异人:与众不同的高士。 ⑤黄冈:黄州,在今湖北黄冈。 ⑥巴峡路:巴山三峡之路。指通往蜀中的水路。 ⑦洛城花:来自洛阳的花。代指陈慥所携的两个洛阳美女。 ⑧面旋落英飞玉蕊:面前飘舞着落花的花片和花苞。玉蕊,指花苞。此处落英、玉蕊均指落花。 ⑨紫云车:载有仙女的车,亦指美女所乘的车。杜牧《张好好诗》:"聘之碧瑶珮,载以紫云车。" ⑩洞府:神仙所居之处。此处指陈慥新建的居室。因陈慥喜

欢炼丹,故称其居所为洞府。 ⑪铅鼎:炼丹炉。铅为道家炼丹的主要原料,故称。养:烧炼。

【解析】

  这首词作于元丰三年(1080),此时作者在黄州贬所。作者曾写过一篇《方山子传》,称陈慥为"光、黄间隐人",晚年隐遁于光、黄间岐亭。"庵居蔬食,不与世相闻。弃车马,毁冠服,徒步往来山中,人莫识也。"又说到自己被贬黄州,有一次路过岐亭,恰好见到此人,深感惊异。进入陈慥家里时,但见"环堵萧然,而妻子、奴婢皆有自得之意",深深感慨:"方山子世有勋阀,当得官,使从事于其间,今已显闻。而其家在洛阳,园宅壮丽与公侯等。河北有田,岁得帛千匹,亦足以富乐。皆弃不取,独来穷山中,此岂无得而然哉?"因为是旧友相逢,苏轼竟在陈慥家里住了五天。此后苏轼经常与陈慥往来,此词便是见到陈慥后不久写的一篇"纪实文学"。

  词的写法颇为别致,上阕几乎全在描写曾经跟随陈慥的两个侍女,这两人头戴青巾,腰扎玉带,脚踏红靴,好一幅戎装美人图。下阕点名季节在暮春,落英缤纷,玉蕊坠下,阳春三月,暖日融融,接着用说不清是赞赏还是遗憾的口吻说:如今的陈慥已经十年没有二侍女服侍,住室之旁架起了丹灶,完全进入了神仙境界。

  大概是苏轼把陈慥的近况告诉了秦观,秦观写了一首诗寄给陈慥说:"侍童双擢玉,鬓发光可照。骏马锦障泥,相随穷海峤。暮年更折节,学佛得心要。鬻马放阿樊,幅巾对沉燎。"也可证明此时的陈慥身边,已经没有光彩照人的美女陪伴,他已完全沉浸在面对"沉燎"的烧炼当中了。

  全词在写作上采用了今昔对比的方法,前面回忆少年时期的陈慥骑着骏马带着美人遨游四海,后面则写他彻底抛却尘俗,一心一意地烧炼仙丹。如果我们再与苏轼的《方山子传》结合起来读，便能把陈慥奇特的一生串连起来：这个曾经打算大有作为的青年人，因厌弃世俗，学着当年的李白游历河山，到了晚年，连山川也不再游了，女色也不再迷恋了，于是一条入世——出世——逃世的脉络便十分清晰地展现出来。作者对陈慥的人生选择是持赞赏态度的，这与他自身仕途坎坷、被无情地抛在偏远的黄州有直接的关系：陈慥今天的状态，难道不值得借鉴吗？

临江仙（辛未离杭至润别张弼秉道①）

我劝髯张归去好②，从来自己忘情③。尘心消尽道心平④。江南与塞北，何处不堪行？　俎豆庚桑真过矣⑤，凭君说与南荣⑥。愿闻吴越报丰登⑦。君王如有问，结袜赖王生⑧。

【注释】

①辛未：元祐六年。离杭至润：离开杭州北行赴召途经润州。润，今江苏镇江。别张弼秉道：与一直送行的张弼分手。这次苏轼北行，张弼从湖州一直送苏轼到润州。　②髯张：张弼胡须甚盛，故称"髯张"。③从来自己忘情：情意从来都要自行节制。　④尘心消尽道心平：把俗世的情意放淡，就会更明白天理大道。《尚书·大禹谟》："人心惟危，道心惟微。"蔡沈集传："心者，人之知觉，主于中而应于外者也。指其发于形气者而言，则谓之人心；指其发于义理者而言，则谓之道心。"　⑤俎豆庚桑：《庄子·庚桑楚》载，老子的役人庚桑楚得老子之道，北居于畏垒之山。三年后畏垒大丰收，年成渐好。畏垒之民认为这都是庚桑楚来居

的缘故,并认为是"天道已行","今以畏垒之细民,而窃窃焉欲俎豆予于贤人之间"。而庚桑楚却不以为然。这句话说的是张弼盛赞苏轼在杭州做了很多好事,而苏轼认为这种说法太过分。 ⑥凭君说与南荣:请张君替我转告杭州那些打算为我修建生祠的人。南荣,庚桑楚的弟子南荣趎。见《庄子·庚桑楚》,文长不录。 ⑦愿闻吴越报丰登:希望能听到吴越之地喜获丰年的好消息,而不是歌颂我个人的功绩。吴越,这里特指杭州。 ⑧结袜赖王生:《史记·张释之冯唐列传》:"王生者,善为黄老言,处士也。尝召居廷中,三公九卿尽会立,王生老人,曰:'吾袜解。'顾谓张廷尉:'为我结袜!'释之跪而结之。既已,人或谓王生曰:'独奈何廷辱张廷尉,使跪结袜?'王生曰:'吾老且贱,自度终无益于张廷尉。张廷尉方今天下名臣,吾故聊辱廷尉,使跪结袜,欲以重之。'诸公闻之,贤王生而重张廷尉。"后遂以"结袜"为士大夫屈身敬事长者的典故。此处意谓异日君王如果问起杭州的改变,也只说是当地属僚和百姓大力帮助,并非苏某个人的功劳。

【解析】

  这首词作于元祐六年北行到达润州时。湖州知州张弼为苏轼送行,一直送到润州还依依不舍,苏轼劝他回去,临行前写了此词作为赠别。全词分为两部分。上阕写二人惜别,苏轼以"尘心消尽道心平"的大道理劝告张弼送人千里终有一别,不要沉溺于俗世的情意,而要以"道心"为重。只要做到襟怀旷达,就没有割舍不断的情愫。作者如此说并非冷酷无情,恰恰相反,他被张弼的深情厚谊深深感动,如果不搬出"道心"之说,恐怕张弼再难与他分手。

  下阕是叙事部分。苏轼在杭州,深受杭州人爱戴,他也的的确确做了不少有益于杭州人的好事,比如疏浚河道、清除葑草,救济灾民,治理西

苏轼词选 | 73

湖并建苏堤等，这些业绩，至今我们还在不知不觉中享受着，当时的杭州人可想而知，难怪张弼对苏轼的业绩赞不绝口。然而这些在苏轼看来并不值得大力张扬，一个地方官为一方百姓做点好事是天经地义的，相反，如果地方官只知鱼肉百姓、谋取私利，就是民贼。读罢这首词，我们能不对这样的知州肃然起敬吗？

以往不少学者分析此词时，更多注意到的是苏轼对情意的看重，甚至还有人将此词看成是"农村题材"的作品，可谓离题万里。其实它真正要反映的，一是对百姓疾苦的挂心，二是对自身名利的漠视。一个地方官只有淡泊名利，才能把心思放在百姓身上；一味追求仕途升迁的人，不可能做到心系百姓，只能是权势链条中一个生了锈的烂铁钩罢了，不管他多拿自己当回事儿，老百姓也不会有一句赞颂他的话。

临江仙（一别都门三改火①）

一别都门三改火，天涯踏尽红尘②。依然一笑作春温③。无波真古井④，有节是秋筠⑤。　　惆怅孤帆连夜发，送行淡月微云⑥。尊前不用翠眉颦⑦。人生如逆旅⑧，我亦是行人。

【注释】

①一别都门三改火：自从汴京分别至今，已经过去三年了。都门，都城之门，指汴京之别。这首词原无小题，傅干本小题作《赠钱穆父》，即赠予钱勰的词。从全词看，完全符合。苏轼与钱勰于元祐三年分别，钱勰出知越州，次年苏轼也离开京城出知杭州。改火，指过了一年。古代钻木

取火,四季用不同的木材,称为"改火"。亦喻时节改易。《论语·阳货》:"旧谷既没,新谷既升,钻燧改火,期可已矣。"何晏集解引《周书·月令》有更火之文。春取榆柳之火,夏取枣杏之火,季夏取桑柘之火,秋取柞楢之火,冬取槐檀之火。一年之中,钻火各异木,故曰改火。三改火,过了三年。 ②天涯踏尽红尘:指在京城之外奔走为宦。 ③春温:春天的温暖。此处喻相逢一笑,像春日般温暖。 ④无波真古井:没有波澜才算得上真正的古井。喻不论遇到什么变故,都能做到心如止水。孟郊《列女操》:"波澜誓不起,妾心古井水。" ⑤有节是秋筠:有节者乃是秋天的竹子。《礼记·礼器》:"其在人也,如竹箭之有筠也。"这里的"节"喻人的气节。 ⑥送行淡月微云:在淡月轻云的傍晚为钱勰送行。 ⑦尊前不用翠眉颦:谓酒宴上用不着歌女演唱。古代女子用青黛画眉,故称翠眉。 ⑧逆旅:客舍,旅馆。《左传·僖公二年》:"保于逆旅。"杜预注:"逆旅,客舍也。"

【解析】

　　这首词作于元祐六年初春,当时越州知州钱勰改任河北瀛州(今河北河间)知州,苏轼仍在杭州知州任。因钱勰北行要路过杭州,故苏轼为其饯行,写下此词。据孔凡礼《苏轼年谱》载,元祐六年正月初七,"与钱勰、江公著(晦叔)、柳雍同访龙井元净(辩才),题名。……勰赴瀛州,赋《临江仙》送行"。

　　此词基调健朗,虽然此时作者与钱勰都处在不得意的境地,却没有怨天尤人的凄哀,也没有愤世嫉俗的忧闷,全词充满了深沉的劝勉和彼此间的敬重。上阕开篇追忆二人分别之久,以及别后各在天涯的州郡生涯。在这本该愁叹的当口,作者力挽悲情,用"依然一笑作春温"的表现,向读者展现了两个大君子卓尔不群的豪士情怀。为了赞美这种情怀,作者用

"无波真古井,有节是秋筠"两句话再次向人们宣示:一个人只要做到处变不惊、无私无畏、心如止水、永葆气节,就能保持"出淤泥而不染,濯清涟而不妖"的高洁人格。

下阕回到二人的友情,历经了三年的"红尘"奔走,如今钱勰又要北赴沿边,可谓天各一方了。当此之时,作者当然难免伤感。写内心用了"惆怅"二字,写外景用了"淡月微云"四字,从色调上体味明显感到比较暗淡,恰恰与"惆怅"相互呼应,依依惜别之情表现得十分充分。随后再转笔锋,用"尊前不用翠眉颦"的逆势语言向读者表明:男儿有泪不轻弹,更无须借女流为自己排解。人生就如行路,天黑了,人累了,走进客栈,权且一歇,然后继续前行。如今的钱大人先行一步,苏某也和你是一样的行客,无非早走几天晚行几步的区别,没什么大不了的。

全词体现了作者力求保持气节、不向世俗屈服的意志,以及追求旷达的大君子气度。如果把这首词作为人生的指路灯或座右铭,可能会对我们在人生路上大胆前行起到积极的作用。

临江仙(疾愈登望湖楼赠项长官①)

多病休文都瘦损②,不堪金带垂腰③。望湖楼上暗香飘④。和风春弄袖⑤,明月夜闻箫。　　酒醒梦回清漏永⑥,隐床无限更潮⑦。佳人不见董娇饶⑧。徘徊花上月⑨,空度可怜宵⑩。

【注释】

①望湖楼:杭州楼阁名。《淳祐临安志》卷五:"望湖楼,一名看经

楼。乾德五年钱忠懿王建。去钱塘门一里。"项长官:杭州属下的某县县令,余未详。唐宋时的县令往往称为长官。　②休文:南朝梁沈约,字休文。《梁书·沈约传》载:沈约与徐勉善,遂写信给徐勉,言己老病。"百日数旬,革带常应移孔;以手握臂,率计月小半分。以此推算,岂能支久?"这里是指苏轼自言病愈后身体衰弱。　③不堪:受不了。金带:此处指官员所服嵌有金饰的腰带。　④暗香:花的幽香。林逋《山园小梅》诗:"疏影横斜水清浅,暗香浮动月黄昏。"　⑤和风春弄袖:春日的和风舞弄着衣袖。　⑥清漏永:清亮的滴漏声连绵不断。漏,古代的计时器,又叫铜壶滴漏,是以水滴入下壶推动刻漏的器具。永,长久。　⑦隐床:隐于床下。　⑧董娇饶:又作"董娇娆"。古代女子名。《乐府诗集·杂曲歌辞》后汉宋子侯《董娇娆》诗:"洛阳城东路,桃李生路傍。花花自相对,叶叶自相当。春风东北起,花叶正低昂。不知谁家子,提笼行采桑。纤手折其枝,花落何飘飏。请谢彼姝子,何为见损伤?高秋八九月,白露变为霜。终年会飘堕,安得久馨香?秋时自零落,春月复芬芳。何时盛年去,欢爱永相忘。吾欲竟此曲,此曲愁人肠。归来酌美酒,挟瑟上高堂。"唐代以后,常用来代指美人或歌伎。此处或指爱妾朝云。　⑨徘徊花上月:在花前月下久久徘徊。　⑩空度可怜宵:白白度过没有美人陪伴的寂寞良宵。

【解析】

这首词应作于元祐五年的春季,此时苏轼任杭州知州已半年有余。

上阕写病愈后的境况,用了"沈腰瘦损"的典故,虽然入俗却十分贴切。既然已经痊愈,免不了试着登上楼阁,改变萎靡的状态。在这个明月高悬的夜晚,他看到、感受到、听到了什么呢?先是一阵幽香扑鼻而来:花香尚且如此,还须具体地描写楼下的花朵吗?这种安排,可谓别具匠心，因为此时是月夜而不是白昼，楼下的花是无法看真切的，用"花香"代替"花盛"，是最能传神的手段。接着是"风"。作者没写阵阵和风扑面而来，如同上句的"暗香"一样，再次采用了避实就虚的手法，以"弄袖"来叙写清爽的感受，这又是一个传神之笔。第三句"明月夜闻箫"倒是回到了"耳闻目睹"的具象世界，目所见为明月，耳所闻为箫声，静谧中带着灵动，声响在静谧中时隐时现，达到了天与人、动与静的完美结合。

下阕准确地诉说了个人的幽独：此时已经入夜，尽管外面的世界很精彩，毕竟外面的世界也很无奈，大病初愈的老人，更需要的是人们对他的关怀，然而在这漫漫长夜里，除了滴漏声声，再无一人与他相伴，那种孤独，会因他还是个病夫、因他孑然一身，更因他那颗尚未洗净的内心还带着京城受到的累累伤痕更加深重，他多么需要佳人的陪伴和开解呀。还记得熙宁中担任杭州通判，他得到了娇美可人的小女朝云，排解了心中许多块垒，如今佳人不在身边，被他留在了京师照顾老妻王闰之，他渴念那个能读懂自己的女子，思而不能得，岂不是"空度可怜宵"？

这首词表现的是苏轼柔情和脆弱的一面，他是个外表坚强、内心世界非常丰富的人，有时候兴之所至，会变得像个孩子。"佳人不见董娇饶。徘徊花上月，空度可怜宵"所散发出的情绪，既像柔情男子对佳丽的珍爱，又像个孤独孩子对慈母的依赖，此时的项长官，只充当了一个听他倾诉的对象。

渔家傲（千古龙蟠并虎踞①）

金陵赏心亭送王胜之龙图②。王守金陵，视事一日移南郡③。

千古龙蟠并虎踞,从公一吊兴亡处④。渺渺斜风吹细雨⑤。芳草渡⑥,江南父老留公住⑦。　　公驾飞车凌彩雾⑧,红鸾骖乘青鸾驭⑨。却讶此洲名白鹭⑩。非吾侣⑪,翩然欲下还飞去⑫。

【注释】

①龙蟠并虎踞:形容金陵地势险要。《太平御览》卷一五六引张勃《吴录》:"刘备曾使诸葛亮至京,因睹秣陵山阜。叹曰:'钟山龙盘,石头虎踞,此帝王之宅。'"　②金陵:今江苏南京的古称。赏心亭:在金陵城西,宋初丁谓修建。《至大金陵新志》卷十二下:"赏心亭在下水门之城上,下临秦淮,尽观览之胜。丁晋公谓建。"王胜之:王益柔,字胜之。为人伉直尚气,喜论天下事。知蔡、扬、亳三州及江宁、应天二府。卒,年七十二。《宋史》有传。龙图:龙图阁直学士的省称。王益柔受命知江宁府时,所系学士衔为龙图阁直学士。　③视事一日移南郡:理政仅一天便改命为应天府知府。古时称地方官开始处理郡县事务为视事。据《至大金陵新志》卷三中载:"(元丰)六年八月五日,以龙图阁直学士、太中大夫王益柔知府事。六日移知应天府。"　④从公一吊兴亡处:跟随王公登上赏心亭凭吊金陵这个千古兴亡之地。金陵曾为三国吴、东晋、南朝宋齐梁陈、十国南唐七朝的都城,但都比较短命,故称兴亡之地。　⑤渺渺:悠远之貌。王安石《忆金陵》诗之一:"想见旧时游历处,烟云渺渺水茫茫。"　⑥芳草渡:长满青草的渡口。此处指赏心亭旁的白鹭洲。　⑦江南父老留公住:金陵的父老不愿王公离开这里,希望他留在此地。　⑧飞车:传说中神仙所乘的能够飞行的车。凌彩雾:超然于五彩云雾之上。　⑨红鸾:红色的鸾鸟。骖(cān)乘:陪乘。青鸾驭:青色的鸾鸟做驭手。红鸾、青鸾,都是传说中类似凤凰的神鸟。　⑩却讶此洲名白鹭:却为此洲名白鹭洲而感到惊异。白鹭洲在赏心亭西的山下。《至大

金陵新志》卷十二上："李白《凤凰台》诗有'二水中分白鹭洲'之句。亭对此洲，故名。"　⑪非吾侣：不是理想的伴侣。意谓从白鹭洲乘舟北上应天府不是理想的选择。　⑫翩然欲下还飞去：本欲翩然飞下，却又展翅飞去。意谓王胜之本来也有对金陵的留恋，不过还是飞下白鹭洲北赴南都。

【解析】

　　这首词的写作时间和对象究竟如何，宋人赵令畤《侯鲭录》卷八有一段记载："东坡自黄移汝，过金陵，见舒王，适陈和叔作守，多同饮会。一日游蒋山，和叔被召将行，舒王顾江山曰：'子瞻可作歌。'坡醉中书云：'千古龙蟠并虎踞，从公一吊兴亡处。渺渺斜风吹细雨。芳草渡，江南父老留公住。　公驾飞车凌彩霞，红鸾骖乘青鸾驭。却讶此洲名白鹭。非吾侣，翩然欲下还飞去。'和叔到任数日而去。舒王笑曰：'白鹭者，得无意乎？'"

　　苏轼自黄州量移汝州在元丰七年夏，而史载王益柔守金陵则在元丰六年八月，其间相差一年，而元丰六年八月苏轼没有时间和机会到金陵去，这就形成了一个很大的疑点：苏轼送的金陵守臣究竟是谁？时间究竟在元丰六年还是元丰七年？这个疑点，《侯鲭录》给出的答案是：苏轼所送不是王益柔，而是陈绎。陈绎，字和叔，《宋史》有传，他的确担任过江宁府知府。《景定建康志》卷十三郡守题名载："（元丰）六年六月二十日，（陈）绎移知建昌军。八月五日，以龙图阁直学士、太中大夫王益柔知府事。七年六月，（王益柔）移知应天府。"如果这个记载靠得住，首先可以把此词为陈绎作排除掉了，因为陈绎离任后去的是建昌军而不是应天府，可王益柔"视事一日移南郡"又怎么解释呢？说了半天还是一段难解的公案，也就只能搁下，等待后人考证了。

此词在写作上挥洒自如，没有任何拘系，用句俗话说，就是"想到哪儿写到哪儿"。上阕开篇是对金陵千古兴亡的凭吊，似乎身在金陵，不对它七代兴亡的历史发些感慨就缺少了力度，实际上却游离在本词主题之外了。从这个意义上说，这两句没什么值得赞赏的。"渺渺斜风吹细雨。芳草渡，江南父老留公住"三句，也属于老生常谈，没有多大震撼效果。下阕写得很出彩，作者动用了神奇的想象，以浪漫的笔调描绘了一个能上天入地的王益柔。他可以像神仙一样驾飞车，跨彩雾，红鸾为他骖乘青鸾为他驾驭，隐含了对王益柔的赞赏和敬重。随后以"却讶此洲名白鹭"为转折，高声叹道："非吾侣也。"于是展翅欲从江南父老的挽留，可惜王命如天，还得朝北方的南都飞去。这一阕色彩绚丽，令人感到仿佛真的到了仙界。尽管如此，作者还是及时地把江南父老对王益柔的眷恋之情表达出来，而且押在全词的最后，使情绪达到了最高潮。

渔家傲（七夕）

皎皎牵牛河汉女[①]，盈盈临水无由语[②]。望断碧云空日暮[③]。无寻处，梦回芳草生春浦[④]。　　鸟散余花纷似雨[⑤]，汀洲蘋老香风度[⑥]。明月多情来照户。但揽取，清光长送人归去[⑦]。

【注释】

①牵牛河汉女：即牛郎星和织女星。河汉，指银河。《古诗十九首·迢迢牵牛星》："迢迢牵牛星，皎皎河汉女。"　②盈盈临水无由语：谓牛郎织女隔着银河，没有机会倾吐柔情。《古诗十九首·迢迢牵牛星》："盈

盈一水间，脉脉不得语。"盈盈，水流清浅之貌。　③望断碧云空日暮：谓望断长空，不见人来。江淹《拟休上人》诗："日暮碧云合，佳人殊未来。"　④梦回：梦醒。春浦：春日的江岸。　⑤鸟散：鸟儿归巢。余花：化用南朝谢朓《游东田》诗："鱼戏新荷动，鸟散余花落。"　⑥汀洲：水中小洲。南朝柳恽诗："汀洲采白蘋，日暮江南春。"　⑦清光：清亮的月光。南朝齐谢朓《侍宴华光殿曲水》诗："欢饮终日，清光欲暮。"

【解析】

　　这首词从天上牛郎、织女写起，所用笔墨却不多，原因很简单：牛郎织女的故事尽人皆知，何须再去重复？作者很清楚详略得当的道理，前两句仅仅用了《古诗十九首》里的成句，把牛郎织女相隔一水却盈盈无语的凄清场景描画出来，这两句甚至可以理解为下文的起兴，接下来的描写，才是作者心中真正萦怀的现实。人都道牛郎织女为爱所苦，殊不知人间的痴男怨女，有时还不如天上的有情人。多少人盼望着与情人相会，可惜盼到的往往是"无寻处"的心碎结果。

　　更妙的是，作者不愿人间情侣都像牛郎织女那样难诉柔情，他更希望美好的爱情能够满足相爱的男女，所以设想了一个很美好的大背景：明月终于来照人间，看着多情欢会的爱侣，它似乎也显得格外多情了。那皎洁的月光，见证着爱侣们得到了愉悦和满足，并用清光护送他们依依归去。

　　七夕本是民俗节日，它的寓意就是为天下有情人创造一个能够品尝爱的氛围。这首词恰恰抓住了这个中心，讴歌了人间纯真美好的爱情。

鹧鸪天（林断山明竹隐墙①）

　　林断山明竹隐墙，乱蝉衰草小池塘。翻空白鸟时时见，照水红蕖细细香②。　村舍外，古城旁。杖藜徐步转斜阳③。殷勤昨夜三更雨④，又得浮生一日凉⑤。

【注释】

①林断山明竹隐墙：树林到了尽头，山色显得清晰明朗，竹丛依在院落的墙外。　②红蕖（qú）：红色的莲花。蕖，芙蕖，荷花的别称。细细香：幽幽清香。　③杖藜（lí）：拄着藜杖。用藜的老茎制成的手杖叫藜杖。转斜阳：在斜阳下行走。　④殷勤：及时。　⑤浮生：人生。古人以为人生短促如浮沤，转瞬即灭，故称浮生。《庄子·刻意》："其生若浮，其死若休。"

【解析】

这是一首格调舒朗的小词，字字句句洋溢着旷达之情。上阕以欣赏的态度描绘清新明快的景色：树林、远山、竹丛、乱蝉、衰草、池塘、白鸟、红蕖，有远有近，有盛有衰，有白有红，有动有静，把一座夏日小城的郊野讲述得有声有色，格外娇美。下阕把自身置于其中，一个踽踽独行的老者拄着拐杖，漫步在村舍之外、古城墙边，头上是渐渐西下的太阳，身边是雨后惬意的清凉。所有这一切，都用来衬托作者遗落世俗的超然之情，似乎在说这位老者有了这些就足够了，人不过是寄于天地间的小小微尘，又何必与无聊的世俗争短论长，凡事说出个所以然来？如果竹丛说：我凭什么要寄生在土墙之外？如果衰草说：上天凭什么让我先衰？谁会给它们答案？即便有了答案，能有丝毫的改变吗？人其实也一样，今天如红蕖艳丽照人，明天如衰草垂垂待毙，重要的是过好艳丽照人的那些日子，自身美而且能愉悦他人，真到了像草一样衰败的地步也无须遗憾，毕竟你也曾芳草青青过嘛。难道今日的红蕖就没有花飞花谢的那一天？

词的最后一句历来被很多人用为警语,说明此语蕴含了深刻的人生哲理:上天眷顾黎民赤子,降下了一场甘霖,为人们祛除一天之久的炎热,那就要尽情享受难得的清凉,至于明天是否依旧炎热,那是老天的事,你根本无法左右。

这首词与唐人李涉《题鹤林寺壁》"终日错错碎梦间,忽闻春尽强登山。因过竹院逢僧话,偷得浮生半日闲"相比,既有同工之处,又有超越之处。李涉写诗是想让自己从烦闷失意中解脱出来,到一个幽雅脱俗的地方去。苏轼的词则在时空上大大突破了所有束缚,把自身置于幕天席地之间,因此更具震撼力,更能令读者感到畅快淋漓。

鹧鸪天(笑捻红梅亸翠翘①)

陈公密出侍儿素娘②,歌《紫玉箫》曲③,劝老人酒④。老人饮尽,因为赋此词。

笑捻红梅亸翠翘,扬州十里最娇饶⑤。夜来绮席亲曾见⑥,撮得精神滴滴娇⑦。　娇后眼⑧,舞时腰⑨。刘郎几度欲魂消⑩。明朝酒醒知何处,肠断云间《紫玉箫》⑪。

【注释】

①笑捻红梅:意谓素娘手中捻着一枝红梅,微笑着来到客人面前。亸(duǒ):下垂。翠翘:翠羽制成的首饰。　②陈公密:孔凡礼《苏轼年谱》卷三九认为陈公密名陈缜,云:"缜字公密,尝官刑部,见《甲申杂录》;尝知端州,见《砚笺》卷一《石病》。简云'差借白直',其时

缜当令曲江。"拙著《苏轼文集编年笺注》卷五六有不同看法,在《与陈公密三首》的按语中写道:"陈缜'官刑部'事,《长编》仅一见,在卷三二八元丰五年,彼时缜已是参与官制改革的高官,元符三年反为县令,甚为可疑,故以为此'陈公密'非彼陈缜也。"陈公密当时可能是曲江县令,我认为他并非《长编》里提到的那个陈缜。　③《紫玉箫》:乐曲名,当是宋时的歌曲,不见于《乐府诗集》的记载。　④老人:苏轼自指之词。　⑤扬州十里最娇饶:即便把素娘放在最繁华的扬州,也是最娇娆的。此处化用杜牧《赠别二首》之一:"娉娉袅袅十三余,豆蔻梢头二月初。春风十里扬州路,卷上珠帘总不如。"　⑥绮席:丰美的宴席。　⑦撮得精神滴滴娇:谓女子的发髻衬托着她娇滴滴的神态。撮,指女子发髻的梳理。　⑧娇后眼:昨夜见过那副娇滴滴的模样之后,今天再看那双美丽的眼睛,更加令人痴迷。　⑨舞时腰:素娘舞蹈时婀娜的腰身。　⑩刘郎几度欲魂消:意谓即使是爱看花的刘郎见到素娘,也会魂飞魄散。此处刘郎代指作者本人。刘郎,唐代诗人刘禹锡。刘禹锡《元和十一年自朗州召至京戏赠看花诸君子》诗:"紫陌红尘拂面来,无人不道看花回。玄都观里桃千树,尽是刘郎去后栽。"　⑪肠断云间《紫玉箫》:再回味起云间缥缈的《紫玉箫》曲,岂能不令老夫断肠。

【解析】

　　这首词作于元符三年(1100)苏轼遇赦北归抵达韶州(今广东韶关)时。小序中的陈公密,大概就是韶州曲江县令,他设宴款待苏轼,席间唤出侍女素娘佐酒。第二天苏轼上路,陈公密和素娘再次同来为他送行,于是写下此词。

　　设宴款待苏轼的是陈公密,苏轼应该感谢的无疑也该是陈公密,可他为什么要写词歌咏素娘呢?这还要从古代特别是宋代文人宴饮文化说起。

宋代士子饮宴，几乎百分之百要有女子歌舞助兴，这些女子很多都是他们私家蓄养的，这就是宋代士子的"养妓"之风。别人不说，单看苏轼的诗文集里描写养妓的就有不少：黄州知州徐君猷、友人王巩、驸马王诜，连身为布衣的方山子、贾收贾耘老都率皆如此。苏轼本人蓄养的朝云，原本也是养在家里的歌伎。只不过在黄州时为他生下了儿子，才"转正"为妾。文人饮酒赋诗，主客间相互褒扬不是不可以，可如果换个方式，以赞美主人府上的歌舞伎为词，岂不更加风雅？本来嘛，赞美人家的歌伎，客观上就等于赞美了主人，而且这种拐着弯儿的赞美，更能令主人感到满足。晓得了宋代士子这种习气，就不会误以为苏轼写此词有什么不雅的动机了。

全词皆在写素娘姿容的美艳和歌声的婉转，上阕开篇以"笑捻红梅䰀翠翘"一句，展现素娘的动态美，接着说如此美人即使是在春风十里的扬州，也不失为翘楚。其后两句写昨夜陈公密举办的宴席上见到这位女子，别样的发髻衬托出一脸的娇媚。下阕紧接此语，由整体美过渡到具象美：看那本已娇媚的面庞上，一双"回眸一笑百媚生"的大眼睛，令人望而销魂；轻盈的舞步翩然而起，一搦纤腰更令人心旌神摇。当此之时，自己几乎无法自持，甚至预想明天上路继续北行时，忆起今晚见到的芳容，听到的娇声，也会肠断。

以美女素娘代替友人陈公密，意义在于感谢友人的真诚；思念素娘而肠断，代表的是对友人盛情的无尽怀想。只不过作者采用了指山说磨的手段，使词风更显清丽婉转，柔媚多情。

定风波（两两轻红半晕腮①）

十月九日，孟亨之置酒秋香亭②，有拒霜独向君猷而开③。坐客喜笑，以为非使君莫可当此花，故作是词。

两两轻红半晕腮，依依独为使君回④。若道使君无此意，何为，双花不向别人开？　但看低昂烟雨里，不已。劝君休诉十分杯⑤。更问尊前狂副使⑥，来岁，花开时节与谁来？

【注释】

①两两轻红：两枝拒霜花淡淡的红色。半晕腮：如同美人微红的香腮。　②孟亨之：黄州通判孟震，字亨之。他在黄州时对苏轼格外关照，二人结下了深厚的友谊。《苏轼年谱》说：孟震自元丰三年八月任黄州通判，至元丰六年十一月致仕归乡。哲宗元祐元年苏轼重新入朝后，曾写信给当时在山东的友人滕元发，请他对孟震多多照顾，认为孟震是个真正的君子。　③拒霜：拒霜花，又名木芙蓉、木莲，八九月间开花，至霜降不谢，故名拒霜。君猷：黄州知州徐大受，字君猷。　④依依：恋恋不舍。独为使君回：只向着徐知州而开放。　⑤十分杯：斟满的酒杯。　⑥狂副使：苏轼自指。苏轼被贬黄州，所带官衔为"黄州团练副使、不签书州事"。

【解析】

这首词大约作于元丰四年，写的是他与知州徐大受、通判孟亨之一起饮酒的场景。饮宴间出了件怪事：座旁的两枝拒霜花只冲着徐知州开，甚至知州挪移位置，那花还是朝他开放，于是成了这次饮宴的话题。作者以"两两轻红半晕腮"描绘了拒霜花的美丽清雅，接着把此花只向知州开放的情景直接道出，又开起了玩笑，说知州大人是个"花痴"，如若不然，为什么花儿不向别人开放，却始终对着你开呢？下阕继续描写花的姿态：烟雨之中，花朵低垂，楚楚可怜。一句"但看低昂烟雨里，不已"，把拒霜花的娇美甚至颤颤巍巍的憨态生动地再现出来。这种姿态，比首句更加惹人怜爱了。按照酒宴的规矩，得彩头的人应该喝酒，所以苏轼起哄发威：请不要强调酒杯斟得太满，有了这么好的兆头，怎么着也得满饮一大杯！这是一句很烘托气氛的话，表现出当时酒场上的欢快与无羁。因为有了这个前提，下面才明言他自己是个"狂"副使，既然"狂"了，也就什么都不犯忌讳了。

说到这里，还远没把词的奥妙揭示出来：徐大受是个很好女色的人，《宋人轶事汇编》卷十二就说他"后房甚盛"。这么一讲读者就明白了，原来苏轼是拿拒霜花比喻美女，暗指徐知州喜好美色，而且是多多益善，不加节制。这样理解，才能把词的传神之处以及为什么苏轼自称"狂副使"的理由找出来。徐知州死后，苏轼曾对人说：他的死和过度宠爱女子有直接的关系，劝人不可过于亲近女色。苏轼这个人经常处在忘乎所以的状态，开玩笑也不分个轻重，好在徐知州明白他是出于好心，没跟他一般见识。

定风波（重阳）

与客携壶上翠微①，江涵秋影雁初飞②。尘世难逢开口笑，年少，菊花须插满头归。　　酩酊但酬佳节了，云峤③，登临不用怨斜晖。古往今来谁不老？多少，牛山何必更沾衣④。

【注释】

①携壶：带着酒壶。翠微：苍翠的山岭。　②江涵秋影：江面上倒映

着秋天的美景。 ③云峤（qiáo）：高入云端的山岭。 ④牛山：山名，在今山东淄博。春秋时齐景公哀泣于此。《晏子春秋·谏上十七》："景公游于牛山，北临其国城而流涕曰：'若何滂滂去此而死乎？'"后以"牛山泪"喻因人生短暂而悲叹。

【解析】

　　这是一首带游戏性质的小词，是把唐代杜牧《九日齐安登高》诗重新编排而成的作品，因此有人说苏轼在剽窃前人佳作。其实文人玩一把小诡谲，散一散心里的纠结，没什么大不了。人家又不是剽窃了当论文去参评院士，何必过于认真？再说凭着苏轼的才学，用得着去剽窃古人吗？要知道古往今来，只有那些本无才学又偏偏热衷功名做梦都想当人上人的卑微小人才行鼠窃狗偷之事，所以清人王士禛《花草蒙拾》说："苏东坡之'与客携壶上翠微'……皆文人偶然游戏，非向樊川集中做贼。"杜牧的原诗是："江涵秋影雁初飞，与客携壶上翠微。尘世难逢开口笑，菊花须插满头归。但将酩酊酬佳节，不用登临叹落晖。古往今来只如此，牛山何必泪沾衣。"此词作于元丰四年，苏轼被贬到黄州的第二个年头，逢到重九，因想起杜牧此诗恰好与自己此时的心境相合，于是稍加裁剪，演为小词，估计他写完此词后，也会暗自窃笑。

　　苏轼初来黄州时，心情甚为压抑，因为此前闯的祸太大了，若不是吴充、章惇等人极力相救，差点就被砍了头，可以想象，阎王殿里绕了一圈侥幸回到阳间的他，不可能不满怀惊惧。他曾给自己立下规矩，以后再也不胡言乱语，不再写什么诗呀词呀的，老老实实待着。可这种约束并没持续多久，又憋不住写起来了。此时他到黄州将近两年，心绪渐趋平静，对官场也不再抱什么希望，索性自得其乐。这首词最能表现他略带玩世不恭的轻松心情。

上阕没说几句正经话便开始装疯卖傻,大呼自己尚在"年少",把野花插满一头,兴致勃勃地回家。下阕摆出一副参透人生的架势,口称"古往今来谁不老",那个牛山流泪的齐景公真有趣,你哭上一鼻子就能长生不老了?人总是要死的嘛,既然哭没有用,何必不笑着迎接死亡呢?此时的苏轼或许真的想开了,他不再委屈自己,只要有机会乐他就找乐子,大不了就是个死嘛——元丰二年如果皇上听了王珪的话,今天早就没有苏轼了,那又怎么样?长江依旧流,野花依旧开,好人依旧好,坏人依旧坏。苏轼最可爱的一点,就是愁不过三天,烦不过两晚。老百姓把这种性格叫记吃不记打。如果反过来想,总记着挨打的那一刻,岂不要折磨自己一辈子了?

定风波(感旧)

莫怪鸳鸯绣带长①,腰轻不胜舞衣裳②。薄幸只贪游冶去③,何处,垂杨系马恣轻狂④。　　花谢絮飞春又尽,堪恨,断弦尘管伴啼妆⑤。不信归来但自看,怕见,为郎憔悴却羞郎⑥。

【注释】

①鸳鸯绣带:绣有鸳鸯图案的腰带。　②腰轻不胜(shēng)舞衣裳:腰肢柔弱,禁不起跳舞时所穿的衣裳。　③薄幸:薄情。此处指薄情的郎君。游冶:流连于花街柳巷。　④垂杨系马:把马拴系在垂杨边。指进入青楼。恣轻狂:恣意取乐。　⑤断弦尘管:琴瑟的弦已经断了,吹奏的乐器上也已落满尘土。啼妆:流泪时的容妆。　⑥为郎憔悴却羞郎:我

为情郎憔悴的模样，见到情郎后会不会连自己都感到害羞。

【解析】

　　这首词不知作于何时，主人公是一位被男子冷落了的年轻女性。全词以第一人称诉说，写得凄凄楚楚，充满哀怨。

　　上阕写女子对负心男子的怨恨，用现在的话说，就是对情郎"一顿数落"：那条定情的鸳鸯绣带变得越来越长，日渐消瘦的腰肢连舞衣都快撑不起了。薄情寡义的他天天都在花街柳巷任情取乐，把城里的青楼都逛遍了。从立意来看，这些描写并没有脱出前人的窠臼，因为类似题材的诗词太多太多了。然而从用语来看，便能体会到作者的匠心：言女子为情所困而日渐消瘦，没有直接表述，却用托物反衬的手法加以表现，那条绣带，而且是定情时的绣带，如今已经显得太长：衣带变长意味着腰肢变瘦，瘦到什么程度呢？连原本轻柔的舞衣都快顶不起来了。这种刻意的夸张表现女子身心俱疲的怨愤，显得更加传神。

　　下阕首句强调男子的无情，已是"花谢絮飞"的暮春时节，那冤家还在外面胡闹，丝毫不顾家里苦苦思念他的人儿。一句实写后又是托物反衬：本该日日琴瑟、夜夜笙歌的美好生活，如今却变得阒然无声，琴瑟箫笙早就蒙上了厚厚的尘土，你说这冤家多么可恨。直到这里，我们看到的都是女子对负心人的指斥，甚至令读者感到气愤了。然而最末一句"为郎憔悴却羞郎"却传达出气愤之外的别样情绪：说一千道一万，骂归骂怨归怨，他毕竟还是我的情郎，我毕竟还在期盼着他的归来呀。我们立刻想到的，是元稹所作崔莺莺《寄诗》："自从销瘦减容光，万转千回懒下床。不为傍人羞不起，为郎憔悴却羞郎。"这是多么令人心酸的自责呀。这种绝望中的期盼，不知道还有多大的价值。

定风波（月满苕溪照夜堂①）

余昔与张子野、刘孝叔、李公择、陈令举、杨元素会于吴兴②。时子野作《六客词》③，其卒章云："见说贤人聚吴分，试问，也应旁有老人星。"凡十五年，再过吴兴④，而五人者皆已亡矣。时张仲谋与曹子方、刘景文、苏伯固、张秉道为坐客⑤，仲谋请作《后六客词》。

月满苕溪照夜堂，五星一老斗光芒⑥。十五年间真梦里，何事，长庚对月独凄凉⑦。　　绿鬓苍颜同一醉⑧，还是，六人吟笑水云乡⑨。宾主谈锋谁得似⑩？看取，曹刘今对两苏张⑪。

【注释】

①苕溪：流经湖州的一条河。此处代指湖州。　②张子野：老词人张先，字子野，湖州人。刘孝叔：刘述，字孝叔，湖州人。历侍御史知杂事、判刑部。因与王安石争刑名事，贬知江州，次年提举崇禧观。卒。《宋史》有传。李公择：李常，字公择，江西建昌人。曾任淮南西路提点刑狱。元丰六年召为太常少卿，迁礼部侍郎。哲宗朝为户部尚书。拜御史中丞。因为替蔡确诗谤开脱，贬知邓州。《宋史》有传。陈令举：陈舜俞，字令举，湖州人。曾知山阴县，因不奉行青苗法弃官归，自号白牛居士。《宋史》有传。杨元素：杨绘，见本书《满江红·忧喜相寻》注①。吴兴：湖州郡名。　③子野作《六客词》：张先《定风波令》："溪席上同会者六人，杨元素侍读、刘孝叔吏部、苏子瞻、李公择二学士、陈令举贤

良。 西阁名臣奉诏行,南床吏部锦衣荣。中有瀛仙宾与主,相遇,平津选首更神清。 溪上玉楼同宴喜,欢醉,对堤杯叶惜秋英。尽道贤人聚吴分,试问,也应旁有老人星。" ④凡十五年,再过吴兴:苏轼第一次与张先、刘述等六人聚会在熙宁七年(1074),自杭州通判改知密州北行途中。至今元祐六年(1091),实际已经十七年。 ⑤张仲谋:张询,此时为湖州知州。《嘉泰吴兴志》卷十四:"张询,左朝请郎。元祐六年二月十七日到任。"曹子方:曹辅,字子方。元祐三年为福建路转运判官,此时卸任北归。刘景文:刘季孙,字景文,开封人,曾得苏轼举荐。苏伯固:苏坚,字伯固。《苏轼诗集》卷三二《次韵苏伯固主簿重九》诗施元之注:"苏伯固名坚,博学能诗。东坡自翰林守杭,道吴兴,伯固以临濮县主簿监杭州在城商税,自杭来会。作《后六客词》,伯固与焉。"张秉道:张弼,字秉道,杭州人,与苏轼交往较密。 ⑥五星一老:指金、木、水、火、土五颗恒星和南极老人星。此处老人星喻张先,五星喻刘述、李常、陈舜俞、杨绘和苏轼。 ⑦长庚:金星的别称。金星早晨在东方,称启明星,晚间运行到西方,称长庚星。此处是苏轼自比。 ⑧绿鬓苍颜同一醉:指年轻者与年老者一同畅饮。绿鬓,喻年轻人鬓发青黑亮泽。 ⑨水云乡:水云弥漫风景清幽的地方。苏轼《南歌子·别润守许仲途》词:"一时分散水云乡,惟有落花芳草断人肠。"傅干注云:"江南地卑湿而多沮泽,故谓之水云乡。" ⑩谈锋:谈话的机锋。 ⑪曹刘今对两苏张:曹刘,本指曹操和刘备,这里代指曹辅和刘述。苏张,本指战国时的苏秦和张仪。两苏张,这里代指苏轼本人和苏坚、张询和张弼。

【解析】

元丰四年十二月,苏轼谪居黄州时曾写过一篇《书游垂虹亭》的小文:"吾昔自杭移高密,与杨元素同舟,而陈令举、张子野皆从余过李公择于湖，遂与刘孝叔俱至松江。夜半月出，置酒垂虹亭上。子野年八十五，以歌词闻于天下，作《定风波令》，其略云：'尽道贤人聚吴分，试问，也应旁有老人星。'坐客欢甚，有醉倒者，此乐未尝忘也。今七年耳，子野、孝叔、令举皆为异物，而松江桥亭，今岁七月九日海风架潮，平地丈余，荡尽无复了遗矣。追思曩时，真一梦耳。"对熙宁七年那次六客大会，苏轼始终记忆犹新。七年之后的元丰四年，六人中已有三人去世，对他打击很大，写这篇文章，算是对逝者的悼念。十五六年后当他再次从杭州北行来到湖州时，六人中的五人都已作古，而他那永不磨灭的美好记忆却并没有因此而减弱。正巧湖州知州张询发出盛情邀请，又有曹辅、刘季孙、苏坚、张弼同来，这些人或是旧友，或是属僚，合起来也是六位。苏轼抚今追昔，满怀深情地写下此词，既是对十几年前那次相聚的纪念，又是为新一次六客同聚立下存照。

上阕是对熙宁七年聚首的怀想，连"月满苕溪照夜堂"也是写当时的情景。他不由自主地回忆起那个月满苕溪的夜晚，六个人仿佛在与明月争夺着光辉，饮酒赋诗，侃侃而谈，文人雅集，何盛于此？一晃十多年过去了，还是从杭州北上途经湖州，还是那么皎洁的明月，然而当年的友人却都已离去，只剩下自己孤独地面对那轮明月。

然而苏轼毕竟是个既有情有义又襟怀旷达、拿得起放得下、回头很多向前看更多的人，故而下阕将思念都收敛起来，回到同样令人陶醉的现实中。面对着五位年龄不同却同样有着高洁境界的友人，他十分珍惜这次难得的聚会，于是纵横捭阖，高谈阔论，吟诗笑语，拼却一醉，谁能说十几年后不是又一次最美好的回忆？面对如此畅快淋漓的欢会，苏轼巧妙地记录下了六人的姓氏："曹刘今对两苏张。"

全词抒发了人生苦短的遗憾，更多的却是对人生的珍爱，尤其是下阕，明显带着他天生豪放的特质，用"吟笑"作为全词的主旋律，告诉读者不管受到外界什么样的影响，都要笑对眼前，都要珍爱人生的每一次美好的经历。

定风波（南海归赠王定国侍人寓娘①）

常羡人间琢玉郎②，天应乞与点酥娘③。尽道清歌传皓齿，风起④，雪飞炎海变清凉⑤。　　万里归来颜愈少⑥，微笑，笑时犹带岭梅香⑦。试问岭南应不好，却道，此心安处是吾乡⑧。

【注释】

①南海归赠王定国侍人寓娘：王巩因受苏轼"乌台诗案"牵连贬谪岭南，元丰末遇赦回京，苏轼与他相会，并作此词赠给他的侍人寓娘。关于这件事，不少古籍中都有记载。如胡仔《苕溪渔隐丛话》后集卷四十引《东皋杂录》说："王定国岭外归，出歌者劝东坡酒。坡作《定风波》，序云：王定国歌儿曰柔奴，姓宇文氏，眉目娟丽，善应对，家世在京师。定国南迁归，余问柔：'广南风土，应是不好？'柔对曰：'此心安处，便是吾乡。'因为缀此词云云。"《宋史翼》卷二六《王巩传》说："王巩字定国，莘县人。……元丰二年，叙复太常博士，坐与苏轼交通，受谤讪文字不缴，又受王诜金，谪监宾州盐酒税，一子死贬所，一子死于家。元祐元年，擢宗正寺丞。"宾州在今广西宾县。《苏轼诗集》卷二四《次韵王定国南迁回见寄》诗注云："定国以元丰二年谪宾州，七年放归。"寓娘，即柔奴，亦即词中的"点酥娘"。　②琢玉郎：像美玉琢成的男儿。喻王巩颜面润泽，如同美玉。　③乞与：赠予。点酥娘：丰姿绰约皮肤细嫩的

美女。 ④风起：指寓娘舞蹈时掀动的风。 ⑤雪飞炎海变清凉：谓王巩虽然身处炎瘴之地，寓娘舞蹈时掀动的清风，能给他带来雪花飞舞般的清凉。 ⑥颜愈少（shào）：容颜更润，如同少年。 ⑦岭梅香：岭外梅花的芳香。古代岭梅特指大庾岭上的梅花。王巩自岭南返回内地，须经大庾岭，故云。 ⑧此心安处是吾乡：令我感到心安的地方就是我的家乡。白居易《出城留别》诗："我生本无乡，心安是归处。"

【解析】

  这首词作于哲宗元祐元年（1086）。苏轼元丰八年（1085）受命知登州，到登州才几天，又被召回京师任中书舍人，入侍延和殿，赐以绯鱼，骤然间成了朝廷重臣。与此同时，受他牵连被贬到宾州的友人王巩也遇赦回京，两人终于在分别10年后得以重见。其实在两人同遭贬谪的那些年里，书信也从未间断，拙著《苏轼文集编年笺注》卷五二收录了苏轼写给王巩的书信多达49封。王巩喜好女色，为此苏轼还专门写信给他说："粉白黛绿者，俱是火宅中狐狸、射干之流，愿深以道眼看破。"可见二人之亲密，几乎到了无话不谈的程度。王巩是个贵公子哥，性情豪爽仗义，很受苏轼赞赏。然而苏轼与王巩交往甚密的另一个原因是，王巩是张方平的女婿，而张方平是苏氏父子的大恩人，没有当年张方平的引荐和鼓吹，就不可能有苏氏父子后来的辉煌。

  词写得很轻松，反映出苏轼与王巩交往的无拘无束，同时反映出二人类似的豪爽性格。上阕开篇惊叹王巩在岭南六年，不但不显衰老，反而越活越年轻，成了粉妆玉琢的美男子。这样的帅哥，当然有资格拥有寓娘这样的美女。随后进入调笑状态：定国兄越活越年轻的秘诀，一定是由于寓娘的陪伴，如此佳人，翩翩起舞时舞袖掀动的微风，给你带来无比享受的清凉，才免受南国蛮烟瘴雨的侵扰吧？想象之奇特，令人感到既在意料之外,又在情理之中,妙不可言。

下阕"万里归来颜愈少,微笑,笑时犹带岭梅香"几句看似寻常话语,实则内容丰满,你很难说清这几句究竟是在赞美王巩呢,还是在赞美寓娘,抑或是二人皆在赞美之列。以简洁的语言囊括丰富的内容,这是苏轼遣词用语的高妙所在,不是谁想学就能学成的。末句以饶有风趣又颇具哲理的对话作结,令人既感到寓娘答得机巧,又感到这位女子有着超出一般女子的豁然大度,展示在读者面前的,是一个能歌善舞、美丽聪颖、忠贞不渝、善解人意的好姑娘。有学者称此词兼有阳刚之美(王巩)与阴柔之美(寓娘),颇有见地。

定风波(春情)

晚景落琼杯①,照眼云山翠作堆②。认得岷峨春雪浪③,初来,万顷蒲萄涨渌醅④。　　暮雨暗阳台⑤,乱洒高楼湿粉腮⑥。一阵东风来卷地,吹回⑦,落照江天一半开⑧。

【注释】

①琼杯:美玉制成的酒杯。　②照眼:映入眼中。翠作堆:谓青翠的云山如同堆起一般。　③岷峨:四川境内的岷山和峨眉山。春雪浪:指从岷山、峨眉山奔流的江水腾起巨浪,宛如雪堆翻滚。　④蒲萄:葡萄酒。渌醅(lù pēi):翠绿色的清酒。此句言如雪奔涌的万顷波涛都映在酒面般的江流之上。　⑤阳台:宋玉《高唐赋》序:"昔者先王尝游高唐,怠而昼寝,梦见一妇人,曰:'妾巫山之女也,为高唐之客,闻君游高唐,愿

荐枕席。'王因幸之。去而辞曰：'妾在巫山之阳，高丘之阻，旦为朝云，暮为行雨，朝朝暮暮，阳台之下。'"后人遂以"阳台"指男女欢会之所。此处指爱妾朝云所居之处。　⑥粉腮：女子娇嫩的香腮。　⑦吹回：东风将雨吹回了原处，即雨停。　⑧落照江天一半开：谓江上的天空一半已经放晴，露出了阳光。

【解析】

这首词作于黄州，时间大约在元丰三年暮春。作者本年年初来到黄州，已经四五个月，心情一直处在郁闷之中，这首《春情》，就是在这种心境下写成的。

由于黄州紧临长江，词的开篇便写此地的晚景：远处层层叠叠的山峦，都倒映在面前的酒杯之中，这种写法固然别致，反映出的却是作者此时心怀的纠结，他宁可把雄壮的山川无限地缩小，来表示内心的压抑，而这种压抑，又很自然地勾起了对家乡的思念，滚滚长江，都是从故乡蜀中流过来的呀。这就把谪居的黄州和故乡峨眉有机地联系起来。用流水表达思乡之情虽然不是苏轼的发明，但此词把谪宦和故乡巧妙地连在一起，更能凸显作者思乡之切和谪居之痛，具有震撼人心的力量。

下阕写暮雨给他带来的凄凉，却又没有直接抒怀，而是用挪移的手法，把暮雨吹打爱妾楼台，使爱妾香腮凌乱的不如意展现出来。苏轼到黄州，身边只带了一个朝云，其妻王闰之并没有来，所以雨水无情地吹打身边唯一的亲人，心境可想而知。最后两句写雨终于停住，天也逐渐放晴，暗示出作者渴望自己的处境能尽快转好，不过这种渴望显得那样有气无力。看来这个"春意"并不那么美好，思乡、悯人，连同对前途的失望，使整首词的基调显得十分灰暗。这样的词在苏轼词集中是不多见的。

定风波（重九涵辉楼呈徐君猷①）

霜降水痕收②，浅碧鳞鳞露远洲③。酒力渐消风力软，飕飕，破帽多情却恋头④。　　佳节若为酬⑤，但把清尊断送秋⑥。万事到头都是梦，休休⑦，明日黄花蝶也愁。

【注释】

①涵辉楼：黄州楼名，在州西南。据作者《与王定国书》之十二载，苏轼作此词当在栖霞楼："重九登栖霞楼，望君凄然，歌《千秋岁》，满坐识与不识，皆怀君。遂作一词云：'霜降水痕收，浅碧鳞鳞露远洲。酒力渐消风力软，飕飕，破帽多情却恋头。　佳节若为酬，但把清尊断送秋。万事到头都是梦，休休，明日黄花蝶也愁。'"徐君猷：名大受，是苏轼到黄州后继陈轼后的第二任知州，与苏轼交往甚笃。元丰六年卒于离开黄州南下途中。《挥麈后录》卷七："徐君猷，阳翟人，韩康公婿也。知黄州日，东坡先生谴谪于郡，君猷周旋之不遗余力。其后君猷死于黄，东坡作祭文、挽词甚哀。"　②霜降水痕收：霜降后江面不再波涛汹涌，渐渐平静下来。　③浅碧鳞鳞：浅绿色的波光。露远洲：由于水面下降，远处的洲渚显露出来。　④恋头：言帽子没有被风吹落。这里反用晋代孟嘉风吹帽落的典故以自嘲。《晋书·孟嘉传》："（孟嘉）为征西桓温参军，温甚重之。九月九日，温燕龙山，僚佐毕集。时佐吏并著戎服，有风至，吹嘉帽堕落，嘉不之觉。温使左右勿言，欲观其举止。嘉良久如厕，温令取还之，命孙盛作文嘲嘉，著嘉坐处。嘉还见，即答之，其文甚美，四坐

嗟叹。"　⑤若为酬：拿什么作为酬谢。　⑥但把清尊断送秋：只能开怀畅饮过此金秋。清尊，美酒。断送，度过。　⑦休休：宋元俗语，相当于今言"算了吧"。

【解析】

　　苏轼到黄州后的知州名叫陈轼，不久归乡，接替他职务的就是徐大受。直到元丰六年任满南行，苏轼与他交往了三年，每年的重九，他都要与徐大受一起过节饮酒。徐知州明知苏轼是个应当被监视的谪宦，但几年如一日地对苏轼格外关照，所以苏轼与他的感情可想而知。

　　这首词情绪虽然不高，但用语潇洒，一气呵成，大有看破红尘的气势。上阕前三句描绘当时景致，随后用调侃的语气写自己的情状：虽然风还在刮，一顶"破帽"却像粘在头上一样没有落下。为什么说这句话带有自嘲意味呢？你看人家孟嘉，风吹落帽，依旧才思泉涌，四座惊叹；想我老苏，帽子虽然赖在头上，人却被闲置在小小江城，哪一点能和孟嘉相比？请您注意，苏轼特地强调这顶帽子是"破"的，其暗示自己为无用之才相当传神。这种写法得到古今很多人的赞誉，如清人张宗楠《词林纪事》引《三山老人语录》说："从来九月用落帽事，东坡独云'破帽多情却恋头'，语为奇特。"沈际飞《草堂诗余正集》评此句称其"醒目"，陈廷焯《词则》则说此语是"翻用落帽事，极疏狂之趣"。

　　下阕前两句大发狂态：像我这样的谪宦得到徐知州款待，拿什么酬答呢？唯一能做到的便是不辞痛饮，一醉方休——这是表示承情的最佳方式。随后借酒发声：什么功名利禄，什么荣华富贵，到头来都不过是一场梦，有什么必要萦心挂怀？末句的疏狂达到最高点，言一切皆空，我又有什么必要像蜜蜂一样面对黄花而哀愁呢？宋人洪迈在《容斋随笔》卷七中称此语"机杼一新，前无古人，于是为至"，可谓真得其妙。

定风波（送述古①）

回首乱山横，不见居人只见城。谁似临平山上塔②，亭亭③，迎客西来送客行④。　　归路晚风清，一枕初寒梦不成。今夜残灯斜照处，荧荧⑤，秋雨晴时泪不晴⑥。

【注释】

①述古：陈襄的字。陈襄，福建侯官人，北宋中期名臣。神宗时任知制诰、修起居注，因反对王安石变法，出知陈州，徙知杭州。回朝判尚书都省，卒。《宋史》有传。　②临平山：杭州山名。《咸淳临安志》卷二四："临平山，去仁和县旧治五十四里。山高五十三丈，周回十八里。上有塔。"　③亭亭：高耸之貌。　④迎客西来送客行：迎接西来的客人，送走东去的客人。　⑤荧荧：灯光微弱闪动之貌。　⑥泪不晴：泪水总也流不完。

【解析】

这首词作于熙宁七年，杭州知州陈襄卸任北归，身为通判的苏轼乘舟为他送行，一直送到临平山下才依依惜别。苏轼诗集中有很多与陈襄交往的诗作，从中也可看出二人的友情是相当深厚的。从年龄上说，陈襄是苏轼的前辈，苏轼对他的大君子之风非常钦佩。此番陈襄离开杭州，年事已高，对苏轼来说，此生还能不能再见是件不敢断言的事，于是更觉凄凉，这种难以控制的凄凉，在本词中表达得非常充分。

上阕开篇便是深沉凝重之笔,山是"乱"的,这明显是在表达内心的烦乱;"不见居人只见城",又明显在表达送走陈襄之后内心的空落。临平山上那座塔,孤零零地矗立在山顶,好像也在为杭州的主人送别,那么无神,那么暗淡。

下阕写送人归来,已是晚风习习,本该很快入睡的好节令,却怎么也无法入睡,面对一盏残灯,忍不住泪如雨下,而且这"雨"总也下不停了。这种极度的夸张,比刘禹锡的"道是无晴却有晴"更胜一筹。

定风波（有感）

冰雪透香肌,姑射仙人不似伊①。濯锦江头新样锦,非宜②,故着寻常淡薄衣③。　　暖日下重帏④,春睡香凝索起迟⑤。曼倩风流缘底事⑥,当时,爱被西真唤作儿⑦。

【注释】

①姑射仙人不似伊:姑射仙人也比不上你。《庄子·逍遥游》:"藐姑射之山,有神人居焉,肌肤若冰雪,绰约若处子。"　②濯锦江头新样锦,非宜:蜀中濯锦江漂洗过的新奇丝锦并不适合你穿戴。意谓你用不着靠衣着打扮才显亮丽,而是天然生成的风韵。濯锦江,又名锦江,指岷江流经成都附近的一段江路。因在此水中濯锦,锦彩鲜润非常,且不脱色,故名。　③故着寻常淡薄衣:故而只穿平平常常的朴素衣裳。唐张籍《倡女词》:"轻鬟丛梳阔扫眉,为嫌风日下楼稀。画罗金缕难相称,故著寻常淡薄衣。"　④下重帏:放下重重罗帏。　⑤春睡香凝索起迟:春睡时宛

如香气凝聚,迟迟不能起身。 ⑥曼倩:西汉东方朔,字曼倩。《汉武帝内传》载,汉武帝访西王母时,见南窗下有人窥探,问道:"此是何人?"西王母答道:"是汝侍郎东方朔,我邻家小儿。"缘底事:因何缘故。⑦爱被西真唤作儿:喜欢被西王母唤作邻家小儿。西真,西王母。

【解析】

很多人都以为苏轼的词每首都是豪气冲天,"豪放派"嘛。其实不然,苏轼也写了很多婉约词,写得柔情蜜意,百媚横生,丝毫不亚于婉约派代表作家。这首词就是一篇极具婉约风格的作品。

此词作于何时,已经很难查考,就其内容揣摩,大约是熙宁间续娶夫人王闰之以后不久。苏轼的第一任夫人王弗是位贤惠聪明的女子,可惜年寿不永,二十几岁便去世了。不久苏轼护送父亲苏洵和夫人王弗的灵柩返回眉山安葬,这期间他岳父王方再次把女儿王闰之说给苏轼,成就了"小妹续前缘"的一段佳话。王宗稷《东坡先生年谱》载:"(元祐八年)先生初娶通义郡君王氏,乃同安(续妻王闰之)之堂姊也。先生《祭王君锡丈人》云:'某始婚姻,公之犹子。允有令德,天阏莫遂。惟公幼女,嗣执罍篚。'由是推之,通义为同安之堂姊明矣。"苏轼的两位夫人皆出于王方之门,但续弦王闰之才是王方亲生,王弗乃是王闰之堂姐、王方的养女。苏轼守孝期满,很快与王闰之结为连理,并将她带到了京城,此时正是王安石变法刚刚开始的熙宁二年。苏轼叙官监官告院,一年多以后,因不满新法,被调任开封府推官,旋即出为杭州通判。这首词可能就是这期间写的。

开篇以怜香惜玉的言语盛赞夫人的美丽与典雅。论肌肤之细腻,就是仙女也难以和她相比。论雅致,完全用不着靠衣着衬托,好一副天生丽质,无人能及。在这些语言中,能体会到苏轼对夫人无以复加的怜爱和欣赏，尤其值得注意的是，作者除了为夫人的冰肌玉肤感到怜惜外，更对她意态的娴雅和性情的高洁备感满意，要知道才学满腹的苏轼，更看重的是内在的美，而王闰之恰恰具备了这一点，这就使他对夫人的满意度达到了无以复加的地步。

下阕情不自禁地描写夫人春睡时的娇态，然后开始想入非非，乃至把夫人比作了西王母，而把自己当成了调皮捣蛋的东方朔，以神来之笔勾画了一对夫妻彼此欣赏又富于情趣甚至是童趣的爱情世界。王弗死后，苏轼在《亡妻王氏墓志铭》中赞扬王弗"君之未嫁，事父母；既嫁，事吾先君、先夫人，皆以谨肃闻"；"从轼官于凤翔，轼有所为于外，君未尝不问知其详。曰：'子去亲远，不可以不慎。'日以先君之所以戒轼者相语也"，大有"贤内助"的味道。王闰之则不然，她可能并不像姐姐那样如母亲般呵护着丈夫，但她的丰神秀韵，她的莺慵燕懒，更使苏轼为之情迷。一个女人哪一点最能打动男人，是件说不清道不明的事，但有一点，如果那女子仅仅是个注重钱财毫无意趣的俗物，长得再漂亮也不会使男子为之心动。

定风波（自述）

凉簟碧纱厨①，一枕清风昼睡余②。睡听晚衙无一事③，徐徐④，读尽床头几卷书。　　搔首赋归欤⑤，自觉功名懒更疏。若问使君才与术⑥，何如？占得人间一味愚。

【注释】

①凉簟（diàn）：坐卧铺垫用的竹席，即今之凉席。碧纱厨：薄纱制

成的帐子。　②昼睡余：睡到自然醒的午觉。　③晚衙：傍晚的坐衙。古时地方官吏一天两次坐衙，称为早衙和晚衙。　④徐徐：慢条斯理。⑤赋归欤：写"归欤"之诗赋。《论语·公冶长》："子在陈，曰：'归与，归与！'"后人常用此表示辞官归隐。　⑥使君：汉代太守的别称。此处是作者自指。

【解析】

　　这首词作于作者担任徐州知州时，大约在神宗元丰元年（1078）。作者自从熙宁四年因质疑王安石变法被排挤出京担任杭州通判至今，已在州郡游走了七八年，这使他越来越感到有志难伸，故而心生怅惘，没有悲愤，没有怨恨，更没有什么成就感，有的只是一个字：烦。整首词流露出的，都是这种情绪。

　　上阕五句，生动地刻画出作者的慵懒之态：州里事简人淳，竟使他这个州官感到无所事事，那就舒舒服服地睡个午觉，而且睡到自然醒，一直睡到晚衙时分，还赖在碧纱帐里不想起来，反正有属官招呼晚衙，有什么必要亲自坐衙？于是百无聊赖地翻开床头放着的几卷闲书看起来。下阕由自然状态进入思想层面，是前面五句的延续：正是由于这种无聊和懒散，使他感到还不如离开官场，去过田夫野老的逍遥日子来得痛快。反正我是个既无才也无术的无用之人，那就索性当个名副其实的愚夫，"让别人说去吧"。

南乡子（赠行）①

旌旆满江湖②，诏发楼船万舳舻③。投笔将军因笑我④，迂儒⑤，帕首腰刀是丈夫⑥。粉泪怨离居⑦,喜子垂窗报捷书⑧。试问伏波三万语⑨,何如,一斛明珠换绿珠⑩。

【注释】

①南乡子:词牌名。这首词的词牌,一本作《定风波》,一本作《定风波令》,格律全同。赠行:指为即将离任的杭州知州杨绘送行。杨绘知杭州仅一两个月,便受命入朝为翰林学士。 ②旌旆满江湖:谓战旗布满江河湖海。 ③诏发:朝廷下诏。楼船:古代一种船身高大有楼的战船。也代指水军。《史记·平准书》:"是时越欲与汉用船战逐,乃大修昆明池,列观环之。治楼船,高十余丈,旗帜加其上,甚壮。"舳舻(zhú lú):船头与船尾的并称。指首尾相接的大船。《汉书·武帝纪》:"舳舻千里。"颜师古注:"舳,船后持柂处也。舻,船前头刺棹处也。言其船多,前后相衔,千里不绝也。" ④投笔:放弃舞文弄墨之事,奋而从戎为国杀敌。《后汉书·班超传》:"(班超)家贫,常为官佣书以供养。久劳苦,尝辍业投笔叹曰:'大丈夫无它志略,犹当效傅介子、张骞立功异域,以取封侯,安能久事笔研间乎?'" ⑤迂儒:迂腐的读书人。 ⑥帕首腰刀:头戴巾帕,腰悬刀剑。此为古代将军的装束。 ⑦粉泪:指家中的女人。 ⑧喜子垂窗:蜘蛛爬到窗棂前。古人认为蜘蛛集而百事喜,故称蜘蛛为"喜子"。 ⑨伏波三万语:指伏波将军马援奏请将刚刚平定的岭南三万户百姓如何安置的话。这封奏章代表的是马援的丰功伟绩。《后汉书·马援传》:"(马)援将楼船大小二千余艘,战士二万余人,进击九真贼征侧余党都羊等,自无功至居风,斩获五千余人,峤南悉平。援奏言西于县户有三万二千,远界去庭千余里,请分为封溪、望海二县,许之。" ⑩一斛明珠换绿珠:指晋代石崇用珍珠换取美人绿珠的故事。《尧山堂外纪》卷十:"绿珠本梁氏女,(石)崇以珠三斛买之。善吹笛。孙秀使人求之,

不与，秀怒，劝赵王诛崇。"

【解析】

　　这首词究竟是为谁送别？老词人张先有一首《定风波令·次子瞻韵送元素内翰》说："浴殿词臣亦议兵，禁中颇牧党羌平。"显然是与本词同时而作，且内容也是说朝廷宣召杨绘立即回朝参加议论兵戎之事，可以证明本词是为杨绘送行之作。据杨绘本传记载，他回朝仅仅是担任翰林学士，并不是去带兵打仗，而且熙宁七年时，宋朝与周边的西夏、契丹都没有战事发生，很可能只是针对某项军事安排征求他的意见。即便如此，在苏轼心中，也激起了澎湃的心潮，因为苏轼一向有走向前线杀敌报国的烈士情怀，他在密州写的《江神子·猎词》："会挽雕弓如满月，西北望，射天狼"，就是这种情怀的集中体现。

　　全词气势豪迈，开篇二句场面恢宏，描绘了一幅旌旗蔽日、舳舻千里的动人画卷。随后调转笔锋，说到即将投笔从戎的杨绘肯定会嘲笑自己是一介腐儒，真正的大丈夫应该是头戴巾帕、腰挂钢刀。其实这都是作者对未来的生发和想象，并非真的发生了多惨烈的战事。下阕继续展开想象，而且加入了儿女情长的元素。作者猜想，戎人出征，家中的红颜自然是粉泪千行，凄凄切切，不过当她见到报喜的蜘蛛，见到得胜的捷报，一定会为英雄备感骄傲。末二句用了一个设问，试问杨大人：您认为人的一生是像伏波将军马援那样才有价值呢，还是像石崇以珍珠换取美人绿珠更有价值？答案当然是前者，正是在二者的对比中，才更显出矢志报国的英雄豪杰是多么可敬。

　　全词在为杨绘壮行，实际上表达的是作者自己的人生态度，如果他没有这份情愫，完全用不着勾画这么一幅画面。他之所以要写这些，其实是把自己代入进去。尽管这种场面他一生都不大可能真正体味到，毕竟满足一时之快，也是非常惬意的。

南歌子（游赏）

山与歌眉敛，波同醉眼流①。游人都上十三楼②。不羡竹西歌吹、古扬州③。　　菰黍连昌歜④，琼彝倒玉舟⑤。谁家《水调》唱《歌头》⑥。声绕碧山飞去、晚云留⑦。

【注释】

①山与歌眉敛，波同醉眼流：傅干注此句云："梁谢偃《听歌赋》：'低翠蛾而敛色，睇横波而流光。'"意谓远山如同歌女颦蹙的弯眉，水波如同歌女流转的眼波。　②十三楼：即十三间楼，杭州胜境之一的相严院，旧名十三间楼。《咸淳临安志》卷三二："十三间楼在钱塘门外大佛头缆船石山后。东坡守杭日，多游处其上。今为相严院。"　③竹西歌吹、古扬州：杜牧《题扬州禅智寺》诗："斜阳竹西路，歌吹是扬州。"　④菰（gū）黍：即菰米。菰，多年生草本植物，生长在池沼里，地下茎白色，地上茎直立，开紫红色小花。果实狭圆柱形，名菰米，又名雕胡米。这里指菰米制成的粽子。昌歜（chù）：菖蒲根的腌制品。相传周文王喜食昌歜，孔子慕文王而食之，以取其味。　⑤琼彝倒玉舟：美酒倾倒在琼彝玉舟中。琼彝玉舟，美玉制成的酒樽。舟是古代尊彝等的托盘。《周礼·春官·司尊彝》："裸，用鸡彝、鸟彝，皆有舟。"郑玄注："舟，尊下台，若今时承盘。"　⑥《水调》唱《歌头》：即"唱《水调歌头》"。　⑦晚云留：谓《水调歌头》的歌声回荡在暮云之中久久不散。

【解析】

　　这首词作于元祐五年苏轼知杭州时的端午节,是一首随兴之作。起首二句先写杭州的山水。作者在修辞上颇费了一番功夫,采用类似于"酿泉为酒,泉香而酒洌"的错倒手法,巧妙地与美人的歌喉媚眼交织为一,来比喻青山如美人之眉,绿水如美人之目,堪称别出新意。随后用高度概括的语句道出杭州万人空巷到西湖游赏的场景,并由此联想到曾经繁华的扬州满耳歌吹,春风十里;见到眼下的盛景,杜牧笔下的扬州便不再令人艳羡。这两句话字数无多,展现的场景却十分宏阔,从山水到游人,尽在作者笔下,给人以视野开阔,一览无余的畅快之感。

　　下阕以"菰黍连昌歜,琼彝倒玉舟"形容游人们大嚼畅饮的场面,选用的词语却绝不从俗。人们究竟欢快到何等程度,全由读者去想象了。写到这里,作者很清楚在如此热闹的场景中还缺少"声"的点染,于是再次用错倒的手法,把激昂高亢的《水调歌头》灌注到词中,又把这歌声推向高处,一直飞过碧山,飘进云中,构成开阔而立体、声画俱佳的游赏全景图。

南歌子（湖景①）

　　古岸开青葑②,新渠走碧流③。会看光满万家楼④。记取他年扶路、入西州⑤。　　佳节连梅雨⑥,余生寄叶舟⑦。只将菱角与鸡头⑧。更有月明千顷⑨、一时留。

【注释】

①湖景:西湖的景色。 ②古岸开青菱(fēng):古老的河岸,已把菱草彻底清除。菱,菰根,即茭白根。此处代指湖中所有杂草。苏轼在杭州曾上疏朝廷,请求治理西湖杂草。他的《杭州乞度牒开西湖状》云:"杭州之有西湖,如人之有眉目,盖不可废也。唐长庆中,白居易为刺史。方是时,湖溉田千余顷。及钱氏有国,置撩湖兵士千人,日夜开浚。自国初以来,稍废不治,水涸草生,渐成菱田。熙宁中,臣通判本州,则湖之菱合,盖十二三耳。至今才十六七年之间,遂埋塞其半。父老皆言十年以来,水浅菱合,如云翳空,倏忽便满,更二十年,无西湖矣。使杭州而无西湖,如人去其眉目,岂复为人乎?……目下浙中梅雨,菱根浮动,易为除去。及六七月,大雨时行,利以杀草,芟夷蕴崇,使不复滋蔓。又浙中农民皆言八月断菱根,则死不复生。伏乞圣慈早赐开允。"朝廷很快同意了他的建议。此词所谓"古岸开青菱",即已将湖中杂草清理干净。 ③新渠走碧流:新开的水渠里,流动着清澈的水。新渠,指元祐四年开始疏浚的茅山、盐桥二河。苏轼《申三省起请开湖六条状》:"划刷扞江兵士及诸色厢军得千余人,自十月兴工,至今年四月终,开浚茅山、盐桥二河,各十余里,皆有水八尺以上。见今公私舟船通利。父老皆言:'自三十年以来,开河未有若此深快者也。'" ④会看:得见。光满万家楼:清澈的波光映照着万家楼阁。 ⑤入西州:《晋书·谢安传》:"羊昙者,太山人,知名士也,为(谢)安所爱重。安薨后,辍乐弥年,行不由西州路。尝因石头大醉,扶路唱乐,不觉至州门。左右白曰:'此西州门。'昙悲感不已,以马策扣扉,诵曹子建诗曰:'生存华屋处,零落归山丘。'恸哭而去。"羊昙是谢安的外甥。后人遂以"西州路"表示感旧兴悲、悼亡故人之典。 ⑥佳节连梅雨:端午佳节期间,正赶上连绵的黄梅雨。

⑦余生寄叶舟：余生如同寄托在一叶小舟上。言无法自行把握生命。

⑧将（jiāng）：携带。鸡头：芡实的俗称。　⑨月明千顷：葑草被清理后明净的湖面上倒映着千顷月光。

【解析】

　　这首词作于元祐五年端午节，与上一首同时而作，甚至连用韵都完全相同。上首的基调明快积极，这一首同样如此，表现了作者不甘浑浑噩噩，希望惠爱于一方的拳拳之心。

　　上阕说西湖葑草已经清除，与之相通的茅山河、盐桥河终于流淌清水，河湖两旁的千家万户，都能在上下天光、一碧万顷的环境里愉快生活了。如今年纪虽老，能为杭州百姓做点好事，尽点心意，即使将来不再回来，也于心无愧了。下阕是对未来的感慨，面对着绵绵细雨，联想到自己如一叶扁舟，不知又将被掀到何处，经受何等的风吹浪打。然而不管将来如何，如今所做的一切，已经给杭州人民带来了益处，哪一天苏某离开杭州，千顷如镜的美丽西湖依然会留在这里，留给一方百姓永享美景。

　　古人很讲究"人过留名，雁过留声"，特别是地方官，能有遗爱惠及一方百姓，受到后世人的景仰和称道，是他们最感欣慰的事。苏轼虽然整天嚷嚷着要归隐，要逃世，骨子里还是一个具有爱民之心的善良士子，且一直都在践行着惠民的诺言。在密州清除匪患，在徐州率领军民抗击洪水，在杭州疏浚水道、清除葑草，都做得有声有色，只不过他自认为除了这些之外还能为国家、为百姓作更大的贡献，才时时发些生不逢时的牢骚。如今的苏轼已是老人，变得更加务实，见到杭州百姓在洁净的环境里和谐地生活，他也心满意足了。

减字木兰花（郑庄好客①）

赠润守许仲涂②，且以"郑容落籍、高莹从良"为句首③。

郑庄好客，容我尊前先堕帻④。落笔生风⑤，籍籍声名不负公⑥。高山白早⑦，莹骨冰肤那解老⑧。从此南徐⑨，良夜清风月满湖。

【注释】

①郑庄好客：汉朝的郑当时喜好宾客。《汉书·郑当时传》："郑当时字庄，陈人也。……孝景时为太子舍人。每五日洗沐，常置驿马长安诸郊，请谢宾客，夜以继日，至明旦，常恐不遍。" ②润守：润州（今江苏镇江）知州。许仲涂：名遵，字仲涂，泗州人。曾知宿州、登州。神宗熙宁间知寿州，判大理寺，又知润州，提举崇福宫，致仕。《宋史》有传。 ③以"郑容落籍、高莹从良"为句首：指词中八句，每句都以上面八个字作为句子的开头。 ④堕帻（zé）：酒醉后将巾帻掉落在地上。《晋书·庾敳传》："颓然已醉，帻堕机上。" ⑤落笔生风：指写诗文时走笔如飞，文不加点。 ⑥籍籍声名：名声很大。不负公：没有辜负了许公的大名。 ⑦高山白早：指头发早就白了。高山，喻头。 ⑧莹骨冰肤那解老：像仙人一样的玉骨冰肌哪里晓得什么叫老。此句是对许遵身体壮健的赞誉，实则许遵此时已经七十岁左右。 ⑨南徐：晋代镇江称为南徐州。此处仍指镇江。

【解析】

这是一首调笑小词,写的是作者元丰七年沿江东下途经镇江与知州许遵相会,郑容、高莹两位官妓恳请脱离乐籍,于是苏轼写此词,把"郑容落籍、高莹从良"八个字嵌在每句的开头,请求知州许遵答应她们的请求。作者并没有炫耀他有作藏头词的本事,所以在小序中先自点明,可见他不过是想与许遵开个玩笑,热闹一番罢了,从没把这首词当成多优秀的作品。苏轼很喜欢开玩笑,这是由他的性格决定的。《遁斋闲览》里记载着一个故事,说有一次苏轼到某豪士府上赴宴,豪士命他家叫媚儿的歌女歌舞助兴。舞罢,豪士命媚儿求苏轼墨宝。苏轼挥毫写下四句:"舞袖蹁跹,影摇千尺龙蛇动;歌喉宛转,声撼半天风雨寒。"内含的贬损意味是嫌媚儿个子太高,腰身不够婀娜;唱歌声音太亮,歌喉不够婉转。如此恶作剧当然弄得媚儿大为扫兴,愤愤而归。就是对有恩于他的黄州知州徐君猷,他也时不时要调侃人家。他曾写过一首小诗,诗序说:"张无尽过黄州,徐君猷为守,有四侍人,姓为孙、姜、阎、齐。适张夫人携其一往婿家,既暮复还,乃阎姬也,最为徐所宠,因书绝句云。"诗的正文是:"玉笋纤纤揭绣帘,一心偷看绿萝尖。使君三尺述头帽,须信从来只有檐。"意思是说徐君猷养了四个侍女,分别姓孙、姜、阎、齐。有一回他夫人张氏带着其中一个到女婿家去,晚上回来后,把带去的侍女还给了徐君猷,原来是君猷最喜欢的小阎姑娘。诗中调侃徐君猷眼里只有这个小阎,幸亏夫人还给他,否则还不知把徐君猷折磨成什么样呢。您看出其中的奥秘了吗?第四句最后那个"檐"字和小阎的姓是谐音字。您说他讨厌不讨厌?

游戏之作,只在于体味其中的诙谐就足够了,我们没有理由要求苏轼每首词都必须有极高的境界,极深刻的思想内涵,这类调侃之作,更能把一个完整的苏轼呈现在读者面前。

南歌子（别润守许仲涂①）

欲执河梁手②，还升月旦堂③。酒阑人散月侵廊④。北客明朝归去⑤、雁南翔。　　窈窕高明玉⑥，风流郑季庄。一时分散水云乡⑦。惟有落花芳草、断人肠⑧。

【注释】

①润守许仲涂：润州知州许遵。见上首注②。　②执河梁手：执手分别。《文选》李陵《与苏武诗三首》之二："携手上河梁，游子暮何之？"　③月旦堂：许遵宴请宾客的堂名。　④酒阑：谓酒宴将尽。月侵廊：月光洒在回廊之上。　⑤北客明朝归去：此为苏轼自言明天就要离开润州向北而去。　⑥高明玉：润州官妓高莹。下句"郑季庄"均可与上首小序参酌。　⑦一时分散水云乡：指许遵即将与高莹、郑容天各一方。南方多水云，故云水云乡。　⑧落花芳草、断人肠：意谓佳人离去，只剩下落花芳草，岂不令人断肠？

【解析】

这是一首赠别词，是苏轼离开润州继续北行前与润州知州许遵道别的即兴之作。"欲执河梁手，还升月旦堂"二句说的是原本打算与许遵执手相别，没想到许知州设下大宴盛情款待，其中自有感激之情。接下来两句言时间消失之速，刚刚还在酒宴上欢声笑语，不知不觉已是明月高悬，酒阑人散。想到明天一早就要离开友人,不免心下凄凉。这些情感,作者都是用十分隐晦的方式表现的,比如"酒阑人散",表面上写的是酒宴进行时,却隐含着曲终人散的伤感;再比如"雁南翔",表面上说大雁,却隐含着北雁南飞与自己南人北归的巨大反差,这种反差恰恰在表达此去一别,不知何时再见的惆怅之情。

下阕把情绪调整到比较轻松的话题上:郑容、高莹两女子央求苏某脱离乐籍,知州大人也已答应,算是我为二人做了件好事,成全了两个姑娘。当然,知州与她们相处很久,一旦分别,自然十分不舍。到明日苏某离开这里,两个姑娘也要离开这里,留下的尽是落花芳草,岂不令许大人倍加伤情?作者故意把两起分别之事放在一起说,更加重了"悲莫悲兮伤别离"的凄凉感。广而言之,作者是把许遵、自己和两个官妓都置于离别的场景中,可谓言情之极致。

南歌子（湖州作）

山雨潇潇过,溪桥浏浏清①。小园幽榭枕蘋汀②。门外月华如水、彩舟横。　苕岸霜花尽③,江湖雪阵平④。两山遥指海门青⑤。回首水云何处、觅孤城⑥。

【注释】

①浏浏:水流畅流无阻之貌。　②小园幽榭枕蘋汀:谓小园中幽静的亭榭枕在漂满蘋草的水塘之上。即今所谓"水榭"之意。　③苕(tiáo)岸:苕水岸边。苕溪是流经湖州的一条河流名,发源于浙江天目山,经湖

州汇入太湖。霜花:芦苇的花。因其色白而轻,如同白霜,故称。 ④雪阵:江河翻起的浪涛如同雪堆,称为雪阵。 ⑤海门青:指杭州入海处的山峰。此处指所送友人将要去的地方。 ⑥孤城:指湖州。

【解析】

据孔凡礼《苏轼年谱》载,神宗元丰二年五月,苏轼在湖州知州任上时,刘挚自长兴经湖州而赴两浙余姚,苏轼为他饯行于钱氏园,写下此词。刘挚,字行甫,其余行迹不详。

这首词写得婉转清丽,每一句都在描绘当时的景致,而且有动有静。起首二句写水:雨刚下过,碧天如洗,沁人心脾。再看桥下,清溪流淌,令人神怡。园中的亭榭横枕在水面之上,亭下蘋草片片,饶有情致。抬头仰望,月光倒映在水面之上,彩舟缓缓行进在水中,暗与亮的色彩对比很自然地显现出来。下阕继续写景,不过已是由近及远,视野达到了苕溪岸边。那飘飘摇摇的苇絮自在飞舞,落在水中,呈现的是缥缈的自然美。随后的景致,不知不觉间已被作者偷换到了目不能及的遥远之处——刘挚将要去的两浙之地。遥想钱塘海门两山夹蠹,待友人抵达那里再回头遥望,怕是云水苍茫,再也难见到苕溪旁这座孤城了。由近及远展开层层画面,是本词凸显别致的特殊手段。

南歌子（暮春）

紫陌寻春去①,红尘拂面来②。无人不道看花回③。惟见石榴新蕊、一枝开。　　冰簟堆云髻④,金尊滟玉醅⑤。绿阴青子莫相催⑥。留取红巾千点⑦、照池台。

【注释】

①紫陌：京郊的道路。　②红尘：尘土。拂面来：扑面而来。　③无人不道看花回：化用刘禹锡《元和十一年自朗州召至京戏赠看花诸君子》"紫陌红尘扑面来，无人不道看花回"成句。　④冰簟（diàn）：凉席。云鬟：女子所梳的高鬟。　⑤滟（yàn）：漂浮之貌。玉醅（pēi）：碧玉般的美酒。　⑥绿阴青子：绿叶中正在生长的青色果实。杜牧《叹花》诗："自恨寻芳到已迟，往年曾见未开时。如今风摆花狼藉，绿叶成阴子满枝。"　⑦红巾千点：石榴的红色花瓣。

【解析】

这首词不知作于何时，也不知究竟为何而作。宋陈鹄《耆旧续闻》卷二载，苏轼有妾朝云、榴花，诗词中多有涉及。又作《南歌子·暮春》云云。"意有所属也。或云赠王晋卿侍儿，未知其然否也。"意思是说这首词可能是赠给驸马都尉王诜侍女的，但不知是否真实。反复吟读此词，竟不知究竟在写石榴花，还是以花喻人。如此说来，此词堪称为"朦胧词"了。然而毕竟此词有韵有致，有情有意，称得上是首佳作。

上阕前半部分化用刘禹锡成句，表现的是暮春时节，佳人寻春看花归来。末句"惟见石榴新蕊、一枝开"出现得比较突兀：既然是佳人已回，这枝石榴花又该如何解释？如果不是我们的理解能力太低，就是作者有意留下了一个悬念。下阕前两句也写得迷离恍惚：凉席上堆着云鬟。如果不是美人卧席，这个"云鬟"又该作何解释？"金尊滟玉醅"明摆着在说饮酒，那就肯定不是写石榴花了。奇怪的是接下来立刻又出现石榴："绿阴青子莫相催"，显然是在劝人休要让艳丽的石榴花结下果实，不如留下千片红瓣，更长久地欣赏它的美艳。按照这个解说，如果此词在写石榴花，显得支离破碎不成片段，且其中的人物更是无法自圆。照此看来，此词在写王驸马家一位佳丽，倒可以解释得通：这位佳丽乘兴寻花，紫陌红尘之中，似一枝石榴花翩然回归。归来的佳人莺慵燕懒，一头歪倒在凉席上歇息，或是为主人驸马爷斟上美酒。于是乎眼馋肚饱的苏轼讽劝王驸马：这样的尤物千万不可让她早早孕育，即便是初秋花谢，留下那片片红英，也可令人陶醉。苏轼曾非常喜欢王诜家一个叫啭春莺的侍女，说不定这首词还是他那场美人梦的延续，也未可知。倘若这个猜测合于情理，那么此词的写作当在元祐三年、元祐四年间，此时苏轼在翰林学士任上，与王诜仍有交往。

好事近（黄州送君猷①）

红粉莫悲啼②，俯仰半年离别③。看取雪堂坡下④，老农夫凄切⑤。　明年春水漾桃花⑥，柳岸隘舟楫⑦。从此满城歌吹⑧，看黄州阗咽⑨。

【注释】

①君猷：元丰中黄州知州徐大受的字。　②红粉：女子。此处指为徐君猷送行的女子。　③俯仰半年离别：据王文诰《苏诗总案》，徐君猷把家属安置在黄州到离任为半年。　④雪堂：苏轼于元丰四年修建在黄州东坡的堂名。　⑤老农夫：苏轼自指。此时他躬耕于东坡，故自称老农夫。　⑥春水漾桃花：桃花瓣漂浮在水流之上。　⑦柳岸隘舟楫：绿柳垂下无

数丝条,好像阻住了船只的前行。 ⑧歌吹:歌舞吹弹。 ⑨阗(tián)咽:喧闹。此处指黄州百姓为知州徐君猷庆贺的场面。

【解析】

  这是一首送别词,知州徐君猷自元丰三年到任至今,已经三年有余,到了该卸任的时候了。而这三年,恰恰是苏轼受到徐君猷百般遮护精心照顾的三年,虽然一个是朝廷知州,一个是贬谪罪人,但二人的友谊却异常深厚,以致在徐君猷面前,苏轼几乎忘记了自己的身份,常与知州肆意调侃。这样的好知州离他而去,心情可想而知。

  词的结构和层次都很鲜明,如上阕先写女子为知州的离去感到悲切,忍不住留下了眼泪,接着出现的是他自己:你们的悲伤怎能和我相比,若论悲切,还得数东坡躬耕的老农夫。这就把对知州的眷恋和不舍通过层次的深入而增重。下阕写的是尚未出现的场景,完全出于作者的畅想。他相信明年开春后,在满城花柳的小城里,百姓们会对知州的遗爱载歌载舞,鼓乐喧天,那时百姓对知州的感情才是不掺假的真情实感。这样的安排看似有些"超前",但古人对地方官的最高评价,恰恰是离任后的口碑如何,这也符合国人"人过留名,雁过留声"的传统,作者所以如此安排,是在借黄州百姓的行为表达对徐君猷由衷的爱戴和赞赏,这要比任何当面夸赞都更具说服力。

鹊桥仙(七夕和苏坚韵①)

  乘槎归去②,成都何在,万里江沱汉漾③。与君各赋一篇诗,留织女、鸳鸯机上④。　　还将旧曲，重赓新韵⑤，须信吾侪天放⑥。人生何处不儿嬉⑦，看乞巧⑧、朱楼彩舫。

【注释】

①苏坚：字伯固，苏轼任杭州知州时，苏坚为其幕僚，因苏坚工于诗文，故二人交情深厚。　②乘槎（chá）归去：晋张华《博物志》："旧说云天河与海通。近世有人居海渚者，年年八月有浮槎去来，不失期，人有奇志，立飞阁于槎上，多赍粮，乘槎而去。十余日中，犹观星月日辰，自后茫茫忽忽，亦不觉昼夜。"槎，古人心目中的仙舟。　③江沱汉漾：长江上游的沱江和汉水上游的漾水。这两条河的源头都在蜀中。漾水源出陕西宁羌县北嶓冢山。《尚书·禹贡》："嶓冢导漾，东流为汉。"孔安国传："泉始出山为漾水，东南流为沔水，至汉中东流为汉水。"　④鸳鸯机：织机的雅称。宋之问《明河篇》诗："鸳鸯机上疏萤度，乌鹊桥边一雁飞。"　⑤还将旧曲，重赓（gēng）新韵：谓按照苏坚旧词的用韵再写新篇。赓，唱和。　⑥吾侪（chái）：我辈。天放：放任自然。《庄子·马蹄》："一而不党，命曰天放。"成玄英疏："直置放任，则物皆自足，故名曰天放也。"　⑦人生何处不儿嬉：人生处处都像小儿嬉戏。　⑧乞巧：古代民间于七夕夜晚向织女乞求聪明灵巧，叫乞巧。《梦粱录》卷四："七月七日，谓之七夕节。其日晚晡时，倾城儿童女子，不论贫富，皆著新衣。富贵之家，于高楼危榭，安排筵会，以赏节序，又于广庭中设香案及酒果，遂令女郎望月，瞻斗列拜，次乞巧于女、牛。或取小蜘蛛，以金银小盒儿盛之，次早观其网丝圆正，名曰'得巧'。"

【解析】

这是一首与属僚赓和的词。苏坚曾有《七夕》一首，苏轼依韵和之，时间在元祐五年。

此时苏轼仍是独自一人待在杭州，虽然乞巧节并不是什么大节，然而对乡情格外敏感的他，仍不免心中怅惘，故而一开篇便从仙人乘槎联想到故乡的遥远，即使乘坐仙槎，到达蜀中也不是件容易事。这样写的目的是反衬故乡的辽远及有家难回的惆怅。这种情绪看似与乞巧节没有太多的联系，然而细细想来，七夕不也是仰头望天，对着星星表心愿吗？接下来的情节安排得更加巧妙：你我都写一首诗，把它留在织女的织机上，岂不妙哉？

下阕回到乞巧节的主题上来：人们都在这一晚向织女乞巧，希望天神能给自己带来智巧。苏轼说，这不明明是小孩子做游戏吗？因此得到感悟："人生何处不儿嬉。"人世之中，有哪件事不是如此幼稚如此可笑呢？说穿了，人活一世，不过是做各种游戏，再大的功名事业，也不过是一场游戏，何必拿它当真？于是乎二人相对而笑：何必究什么真假，我们只管欣赏那些彩楼画舫，有何不可？可以体会到，初入手时，作者还怀有浓浓的乡情，及至后来大彻大悟，一切都是游戏，什么都别太当真，才到了"天放"的境界。

望江南（超然台作①）

春未老，风细柳斜斜。试上超然台上望，半壕春水一城花②。烟雨暗千家。　寒食后③，酒醒却咨嗟。休对故人思故国④，且将新火试新茶⑤。诗酒趁年华⑥。

【注释】

①超然台：密州旧有土台，不知其名。苏轼到密州后，对已经荒破的旧台加以修葺，其弟苏辙命名为"超然台"，并为其作《超然台赋》。②壕：护城河。据苏轼《超然台记》载，此台在州治北。"因城以为台"，即与城墙相接所建的台。③寒食：节令名。春秋时，晋文公征介子推入朝做官，介子推不肯，文公命人烧山以迫其出，介子推抱木而死。为纪念这位高士，文公下令国人在这几日里不准起火炊饭，故名"寒食"。南朝梁宗懔《荆楚岁时记》："去冬节一百五日，即有疾风甚雨，谓之寒食，禁火三日。"④休对故人思故国：不要在故人面前思念故乡。这里的故人指苏辙，当时为齐州节度掌书记。故国，指苏氏兄弟的家乡眉州。⑤新火：寒食后第一天的火。新茶：指寒食前刚刚采的新茶。⑥诗酒趁年华：赋诗饮酒要抓紧大好年华。

【解析】

这首词作于神宗熙宁九年（1076）寒食节后。此前苏轼已写过《超然台记》，记述了修整此台的经过和登上此台的感受。文中说："台高而安，深而明，夏凉而冬温。雨雪之朝，风月之夕，余未尝不在，客未尝不从。撷园蔬，取池鱼，酿秫酒，瀹脱粟而食之，曰：乐哉游乎！方是时，余弟子由适在济南，闻而赋之，且名其台曰'超然'，以见余之无所往而不乐者，盖游于物之外也。"这首词表现的正是这种超然物外的恬淡心境。

寒食后第一天，作者再次登上高台，放眼四望，但见风细柳斜，烟雨蒙蒙，春水春花和一城的民居，都笼罩在烟雨之中。大约是来此之前饮了些酒，登上高台后恰好酒醒，见到这一片宁静，不觉触动了"对故人思故国"的情思和乡思：他与弟弟苏辙一向感情弥笃，堪称千古以来友于兄弟的楷模。如今二人虽然都在京东,却因公务牵缠难得一见,这种思念的绵永,只有自己体会最深。由思念弟弟而引出思念故乡,这也是苏轼一生永远不能释怀的一个情结。他太爱他的弟弟,太爱他的家乡。然而思念归思念,不得已离开家乡的日子,不得已与弟弟两地相思的日子还要过下去,而且要过得好,过得有滋有味,只有这样,才能让弟弟心里更踏实,更欣慰。暂时撂开浓浓的情思与乡思,煮上一瓮新茶,让心更清,神更爽,才是真正意义上的"超然"。从这个意义上讲,此词的灵魂就是"休对故人思故国,且将新火试新茶"。所谓风细柳斜,春水春花,烟雨迷蒙,千家宁谧的景致,不过是作者情思的陪衬。

望江南(暮春)

春已老,春服几时成①?曲水浪低蕉叶稳②,舞雩风软纻罗轻③。酣咏乐升平④。　　微雨过,何处不催耕?百舌无言桃李尽⑤,柘林深处鹁鸪鸣⑥。春色属芜菁⑦。

【注释】

①春服:谓冬天过后,换上春天的服装。《论语·先进》:"莫春者,春服既成;冠者五六人,童子六七人,浴乎沂,风乎舞雩,咏而归。"

②曲水:曲水流觞。古时文士逢三月上巳日在环曲的水渠旁集会,在上流放置酒杯,任其顺流而下,停在谁面前谁就取饮,称为"曲水流觞"。后亦指上巳时的聚会饮酒。高承《事物纪原》卷十:"束皙对晋武帝问曲水事。曰:'周公卜成洛邑,因流水以泛酒,故逸诗曰:羽觞随流。晋以

来，三月三日曲水流杯，即其始也。'"蕉叶：蕉叶形的酒杯。此处泛指酒杯。　③舞雩（yú）：古代为祈雨而举行的祭祀。《荀子·天论》："雩而雨。"杨倞注："雩，求雨之祷也。"纻（zhù）罗：麻布及丝绢制成的衣裳。纻意为麻，罗意为绢。此处泛指游人所服。　④酣咏：畅快地吟咏。升平：太平盛世。　⑤百舌无言：指春色已深，百舌鸟停止了鸣叫。百舌，鸟名。其鸣声富于变化。《淮南子·说山训》："百舌之声。"高诱注："百舌，鸟名，能易其舌效百鸟之声，故曰百舌也。"　⑥柘（zhè）林：柘树林。柘木属桑科小乔木，叶可喂蚕，木质密致坚韧。鹁鸪（bó gū）：鸟名，又叫鹁鸠。天将下雨时鸣声甚急。　⑦芜菁（wú jīng）：又名蔓菁。开黄色花。块根可做蔬菜，俗称为大头菜。

【解析】

　　这首词与上一首写作时间相隔不久，也是咏暮春情景的。不同的是，上一首抒发的是个人情感，整个画面中只有作者一人，这一首则是写密州百姓的，画面上出现的是生动的群像：众多的人来到水边，把酒杯放在水里，玩起了曲水流觞的古老游戏；还有人穿着春衣，为今年的丰收虔诚地祈祷。整个画面充满了勃勃生气，所有人都沐浴在熏风之中，给人以祥和欢乐之感。作为知州见到这样欢快的场景，应该是十分惬意的。

　　尽管这幅风俗画在苏轼笔下有些夸张，但密州在这一两年内发生了巨大变化，则是不争的事实。作者在《超然台记》中记述了他到来之前和现如今密州不同的实况："始至之日，岁比不登，盗贼满野，狱讼充斥。而斋厨索然，日食杞菊。人固疑余之不乐也。处之期年，而貌加丰，发之白者，日以反黑。余既乐其风俗之淳，而其吏民亦安予之拙也。"您看，同是密州，此前是盗贼遍地，抓都抓不过来，就连他这个一州之长，也只能每天吃野菜充饥。一年后的苏知州，身体也胖了，头发也黑了——知州如此,其民可想而知。

这首词寄托了作者一贯崇尚的"拯苍生济黎民"情怀,与其说是在写密州百姓的欢愉,毋宁说在写自己心灵的慰藉,而这种慰藉其实隐含着不小的风险:在密州,他对新法是持消极抵制态度的,用现在的话说,就是对百姓违反新法条令之处"睁一只眼闭一只眼",得过且过,所以他在密州口碑甚好。然而他的所为,必然引起变法派的忌恨,以致几年后,他便被人以写反诗而诬告下狱,险些送了性命,真正领略到了官场倾轧的凶险。

卜算子（感旧）

蜀客到江南①,长忆吴山好②。吴蜀风流自古同,归去应须早。还与去年人③,共藉西湖草④。莫惜尊前仔细看,应是容颜老。

【注释】

①蜀客:苏轼自称。江南:此处指杭州。 ②吴山:《咸淳临安志》卷二二:"吴山在城中。吴人祠子胥山上,因命曰胥山。今山上有忠清庙、天明宫、中兴观、清源观、瑞云院。" ③去年人:指杭州知州陈襄。④共藉西湖草:一同坐在西湖边的芳草地上。

【解析】

这首词作于熙宁七年三月苏轼从润州返回杭州途中。当时苏轼任杭州通判,与陈襄情同莫逆,虽是暂时离别,依然抑制不住思念之情,不但写了这首词，还有《常润道中有怀钱塘寄述古五首》诗。

此词除了对友人的思念这一主题之外，还注入了相当浓厚的思乡情绪。上阕开篇便强调自己是"蜀客"而不是江南人，为下面的思乡埋下伏线。当然，江南的确很好，很值得人眷恋，这也是不容置疑的实情。接下来怎么样呢？作者巧妙地把蜀中和江南联系在一起——"吴蜀风流自古同"，蜀中天府的种种风流，丝毫不比江南逊色，这又为下一句"归去应须早"张目：既然吴蜀并没有太悬殊的优劣，何必非要流连于江南呢？

下阕回到二人的友情，作者回忆去年与陈襄一起到西湖游览、席地而坐的温馨场景，浓情不言自发。随后两句把前面强调的"蜀客"拉了进来，又把"归去应须早"的情绪也串联在一起，道出了内心深处的不变情愫，既然本是蜀客，年纪又已老大，还不该考虑归乡的大计吗？通读全篇，思乡之情无处不在，即使是说到友情，也没忘了强调自己的年纪。可以说此词的主线虽然是写对友情的珍视，但怀乡思归却一直紧紧缠绕在主线上，就像拧麻花一样，让人感到作者情绪的闪烁和跳跃甚至是纠缠，最终达到的竟是"喧宾夺主"的奇异效果。

瑞鹧鸪（观潮①）

碧山影里小红旗②，侬是江南踏浪儿③。拍手欲嘲山简醉④，齐声争唱浪婆词⑤。　　西兴渡口帆初落⑥，渔浦山头日未欹⑦。侬欲送潮歌底曲⑧，尊前还唱使君诗⑨。

【注释】

①观潮：观看钱塘江潮。周密《武林旧事》卷三："浙江之潮，天下

之伟观也，自既望以至十八日为最盛。方其远出海门，仅如银线，既而渐近，则玉城雪岭，际天而来，大声如雷霆，震撼激射，吞天沃日，势极雄豪。……吴儿善泅者数百，皆披发文身，手持十幅大彩旗，争先鼓勇，溯迎而上，出没于鲸波万仞中，腾身百变，而旗尾略不沾湿，以此夸能。"　　②碧山影里小红旗：谓状如青山的巨浪影里，时而见到弄潮儿举起的小红旗。　　③侬（nóng）：古吴语"我"的意思。踏浪儿：即弄潮儿，能够在巨浪狂潮中游水做戏的健儿。吴自牧《梦粱录》卷四："杭人有一等无赖不惜性命之徒，以大彩旗或小清凉伞、红绿小伞儿，各系绣色缎子满竿，伺潮出海门，百十为群，执旗泅水上，以迓子胥弄潮之戏，或有手脚执五小旗浮潮头而戏弄。"　　④山简醉：山简是晋代名臣山涛之子，性嗜酒，每饮必大醉。《晋书·山涛传》："（山）简每出嬉游，多之池上，置酒辄醉，名之曰'高阳池'。时有童儿歌曰：'山公出何许？往至高阳池。日夕倒载归，酩酊无所知。'"　　⑤浪婆：波浪之神。唐孟郊《送淡公》之三："侬是拍浪儿，饮则拜浪婆。"　　⑥西兴：古地名，在今浙江杭州萧山境内，为浙江渡口之一。顾祖禹《读史方舆纪要》卷九十："钱塘江在（杭州）城东三里，即浙江也。……自（杭州）草桥门外江西岸渡者，曰浙江渡，对萧山县西兴。自六和塔渡者，曰龙山渡，对萧山渔浦。"　　⑦渔浦：古渡口名，也在萧山境内，见上条注。日未欹（qī）：谓太阳还没有西斜。欹，歪斜。　　⑧歌底曲：唱什么歌曲。底，宋人俗语，相当于今言"何"。　　⑨尊前：即"樽前"。使君：汉代郡太守的俗称。宋代州郡最高长官称为知州。此处指杭州知州。据王文诰《苏诗总案》按语，此时杭州知州为陈襄。此词即与陈襄一同观潮时所作。

【解析】

　　这是一首实写钱塘江观潮的词，作于熙宁六年任杭州通判时。开篇没有直言潮水如何波澜壮阔，而是抓住了钱塘潮中最精彩的一个虽小却震撼人心的景象：在际天而来的滚滚波涛中，作者指给读者的是"万顷波中一点红"，就是这一点红，恰恰是夺人眼球、震人心魄的所在——谁能在如此汹涌的波涛中完成摇旗出没的惊险动作？只有"江南踏浪儿"。从情理上说，这个过渡既顺畅又自然；从难度上说，这面小红旗绝非常人所能摇撼。这就把观潮中的自然奇观和人文奇观有机地结合在一起。接下来"拍手欲嘲山简醉，齐声争唱浪婆词"是描写岸上的观众对这个"踏浪儿"的精彩表演做出的反应：很多人都在惊呼，这位勇士在水上做出的各种姿态，就像个醉汉东倒西歪，却又总能稳稳地驾驭着惊涛骇浪，履险如夷，观众出于对他的赞叹，不由得齐声唱起了水神之曲。

下阕由惊险过渡到平静，西兴渡口的船帆刚刚落下，渔浦渡口旁的山头还悬挂着太阳。这两句意在说明此时江潮已神威不再，整个过程从高潮进入了平复期，所以下句出现了"送潮"二字。如果说前六句都在写"弄潮者"的形象，最末两句则是把"观潮者"的主体展现出来——原来是本州通判陪同知州前来观潮，而且饮酒赋诗，其乐何及？苏轼的词，很少有单纯写景物的，哪怕是再简短的小词，也会有人物的影像活跃其中，这是苏轼词的一大特色。

十拍子（暮秋）

白酒新开九酝①，黄花已过重阳②。身外倘来都似梦③，醉里无何即是乡④。东坡日月长⑤。　　玉粉旋烹茶乳⑥，金薤新捣橙香⑦。强染霜髭扶翠袖⑧，莫道狂夫不解狂⑨。狂夫老更狂。

【注释】

①新开：刚刚启封。九酝：一种重酿的美酒。《西京杂记》卷一："汉制，宗庙八月饮酎，用九酝、太牢。皇帝侍祠，以正月旦作酒，八月成，名曰酎，一曰九酝，一名醇酎。"亦泛指美酒。　②黄花：菊花。已过重阳：谓重阳节已经过去，菊花再也没人去观赏。　③倘（tǎng）来：意外得到，不应得而得或无意中得到。　④无何即是乡：即"无何有之乡"，指空无所有的地方。《庄子·逍遥游》："今子有大树，患其无用，何不树之于无何有之乡，广莫之野。"成玄英疏："无何有，犹无有也。莫，无也。谓宽旷无人之处，不问何物，悉皆无有，故曰无何有之乡也。"　⑤东坡日月长：东坡之地才是天长地久之处。此句紧接上句，谓在东坡陶然大醉，远离人世，才是最高境界。此句化用"壶中日月长"的成句，其意相同。　⑥玉粉：玉的粉末。喻精美如玉的茶。苏轼另有《浣溪沙·绍圣元年游大口寺野饮》词："玉粉轻黄千岁药，雪花浮动万家春。"玉粉指的是茶，雪花指的是酒。旋烹茶乳：新煮的茶。古代的茶需要煮熟再饮，故称"旋烹"。　⑦金薤（xiè）：金黄色的薤菜。薤，多年生草本植物，地下有圆锥形鳞茎，可作蔬菜。新捣橙香：刚刚捣碎，散发出橙子的香气。　⑧强染霜髭：勉强把白色的须发染黑。扶翠袖：与女子相搀扶。翠袖，代指年轻的女子。　⑨不解狂：不懂得疏狂。

【解析】

这首词作于元丰中苏轼被贬谪黄州时，属于"醉歌"一类。古代的醉歌有其共同的特点，就是作者往往饮了些酒，还没有达到真醉的状态，也就是人们常说的"借酒撒疯"。如果真到兀然大醉的地步，想必什么都写不出来了，哪里还会有缜密的构思？但如果一点没饮，完全处于冷静状态,又很难激发出内心的狂野。这个度,只有那些饮了酒还没醉倒的人才能把控。民间还有句话叫"酒后吐真言",说得非常准确,处在这种状态下的人说出的话、写出的文字,最能真切反映他内心深处的情感。

前两句"白酒新开九酝,黄花已过重阳",显得有条有理,说明作者还没开始饮酒,不过闻到酒香,已经有意进入醉态了。随后大发感慨道:"身外倘来都似梦,醉里无何即是乡。"显然像是饮了些酒,摆出了蜀中豪士的派头,说所谓名呀利呀的,都是身外之物,侥幸得到罢了,弄丢了也没什么了不起。就算不丢,人没了,那些东西还能带走不成?只有在东坡前闲待着的苏轼,才是最真切的自我。

下阕写得迷离惝恍,新茶究竟是谁烹的?金薤究竟是谁捣的?或许是他自己,或许是他夫人,再或许是他的爱妾朝云、幼子苏过?其实这都不重要,也无须说得丁是丁卯是卯,反正读者明白老苏此刻除去痛饮外还在尽情享受新茶和美味就足够了。谁说人老了就把性情磨圆了?你看我东坡居士,装模作样染了白须,煞有介事扶着佳人,还够潇洒吧?告诉你我还没老,就算老了,也能如此潇洒,谁管得着?

关于这首词,有学者称其"发泄词人罪贬黄州的失落感,词中借携佳人强欢为娱,把词写得十分哀怨凄凉"。细细品读,的确能感受到苏轼此时深深的苦闷和无助,如果他的仕途一切顺利,用得着如此张狂无羁吗?

清平乐(秋词①)

清淮浊汴②,更在江西岸③。红旆到时黄叶乱④,霜入梁王故苑⑤。　　秋原何处携壶⑥,停骖访古踟蹰⑦。双庙遗风尚在⑧,漆园傲吏应无⑨。

【注释】

①秋词：傅干本副题作《送述古归南都》。述古，刚从杭州知州卸任的陈襄。南都，北宋南京应天府，在今河南商丘。　②清淮浊汴：意谓陈襄北行，先沿着清清的淮河，再改经浑浊的汴河。　③更在江西岸：谓南京更在长江的西岸。按，宋代应天府并不与长江相通，这里是以杭州为中心，说该地在大江以西。　④红旆（pèi）到时黄叶乱：谓陈太守到达应天府时，应是黄叶飘飞的深秋。旆，古代旗上状如燕尾的垂旒。此处代指陈襄的仪仗。　⑤梁王故苑：汉代梁孝王刘武的兔苑，又称梁园、兔园，在今河南省商丘市睢阳区东。《西京杂记》卷二："梁孝王好营宫室苑囿之乐，作曜华之宫，筑兔园。"　⑥携壶：携带酒壶。指宴乐之事。⑦停骖（cān）：停车。骖，同驾一车的三匹马。此处代指陈襄的车驾。访古：寻访古迹。踟蹰（chí chú）：徘徊不前或缓缓而行的样子。　⑧双庙：为纪念唐代张巡、许远而建的庙。张巡、许远都是抗击安禄山叛军时死守睢阳（即今商丘）的英雄，城破壮烈捐躯。宋张表臣《珊瑚钩诗话》卷一："睢阳双庙，俗谓之五侯庙。双庙者，为张、许忠烈而始建庙也。"⑨漆园傲吏：指春秋时期的庄子。《史记·老子韩非列传》："庄子者，蒙人也，名周。周尝为蒙漆园吏，与梁惠王、齐宣王同时。其学无所不窥，然其要本归于老子之言。故其著书十余万言，大抵率寓言也。作《渔父》《盗跖》《胠箧》，以诋訾孔子之徒，以明老子之术。"

【解析】

　　这首词作于熙宁七年八月，时杭州知州陈襄受召北行，通判苏轼写此词为他送行。全词尽在写杭州以北的景况，正表现出苏轼绵绵的情思，甚至为陈襄的前程都做了周详的"设计"。开篇四个字，已写到陈襄渡尽淮河,换乘汴河的舟船了。"更在江西岸"五字,意在把陈太守与自己的距离尽可能拉近,仿佛陈太守就在江的西岸一样。谁都能体会出,这不过是一种心理暗示而已。第三句清醒地回到现实,毕竟陈太守真的走了,到达的地方很明确,甚至到达的时间都能准确地估算出来:数日之后的南都,应该是黄叶满天、白霜盖地的深秋时节。秋在古代文人的心里大都是悲凉的,作者虽然不明说悲秋,然而友人离别,又逢深秋,心情不言自明。

下阕紧接上阕,以"秋原"起首。秋日的平原,想必陈太守仍旧携带着酒壶,可是没有了苏轼,他还能与谁促膝畅谈、开怀畅饮呢?没有了开怀畅饮,就只剩下寻访古迹了吧?想必前朝的双庙宛然还在,那傲视尘世的漆园傲吏庄周,怕是早就没了踪迹,无处可寻了。

一首词里用了三个典故:一是梁王兔苑,笼罩在寒冷的秋霜里;一是双庙,那纪念英烈的标志性建筑,当然也会笼罩在寒冷的秋霜里;还有一个是庄周的漆园,根本就不存在了。不论是存在的还是不存在的,都会给人一种萧瑟寒凉的感觉,从而酝酿出肃杀而凄惨的情绪,作者本身的情感,都蕴含在这无限的苍凉之中了。

昭君怨（送别①）

谁作桓伊三弄②,惊破绿窗幽梦。新月与愁烟,满江天。欲去又还不去③,明日落花飞絮。飞絮送行舟,水东流。

【注释】

①送别:傅干本副题作《金山送柳子玉》。金山,润州大江中的山,

在今镇江江中。《嘉定镇江志》卷六："金山在江中，去城七里。"柳子玉，柳瑾，字子玉，苏轼任杭州通判时的道友，熙宁十年卒。拙作《苏轼文集编年笺注》卷六三《祭柳子玉文》称："凡今卿相，伊昔朋旧。平视青云，可到宁骤。孰云坎轲，白发垂胆。才高绝俗，性疏来诟。谪居穷山，随侣猩狖。夜衾不絮，朝甑绝馏。慨然怀归，投弃缨绶。潜山之麓，往事神后。道味自饴，世芬莫嗅。凡世所欲，有避无就。谓当乘除，病畀之寿。云何不淑，命也谁咎？顷在钱塘，惠然我觏。相从半岁，日饮醇酎。朝游南屏，莫（暮）宿灵鹫。"意思是说当今宰相王安石就是柳子玉的故旧，只要他稍加攀缘，顷刻便得高官，然而他秉性耿介，却遭贬斥，来到深山过起隐居的生活，清心寡欲，躲避尘俗。本以为这样可以长寿，谁知年命不永，过早离世。回忆起在杭州当通判时，与柳君相随半年，朝夕游览，其乐无穷。　②桓伊三弄：晋代桓伊（子野）善吹笛，曾为名士王徽之（子猷）奏三支笛曲。吹罢上车而去，不交一言。《世说新语·任诞》："王子猷出都，尚在渚下。旧闻桓子野善吹笛，而不相识。遇桓于岸上过，王在船中，客有识之者云：'是桓子野。'王便令人与相闻，云：'闻君善吹笛，试为我一奏。'桓时已贵显，素闻王名，即便回下车，踞胡床，为作三调。弄毕，便上车去。客主不交一言。"　③欲去又还不去：欲行而不忍行。

【解析】

这首词作于熙宁七年，时苏轼在润州赈济饥民，柳瑾恰好在这里。二人相交月余，在金山分手，苏轼作此词与之道别。从上面注解中可以看到，二人志趣相投，感情甚深，此番一别，相见不知何时，所以整首词的基调相当低沉。

上阕开篇用"桓伊三弄"的典故，恰当地表现出柳瑾高洁的情操和大君子风范。作者故意用了种模糊的手段,写不知是谁忽然吹起笛子,那声音仿佛就是桓伊三弄。如此一来,原本并非"三弄"的笛曲便与作者此时的心境与客观环境紧密地结合为一,气氛骤然而起。梦醒之后抬眼看去,便是"新月与愁烟,满江天"的惨然之景。下阕又用了一句摹状模糊的句子,写与柳子玉不愿分别又必须分别、将要分别又难分难舍的焦灼状态,随后想到的是明天的落花飞絮,就在这迷迷茫茫中行舟东去,难以挽留,不知那时又当是什么样的心情。全词情意绵绵,有声有色,而这些声色又都与离别的"愁"字紧密相关,凸显出苏轼的重情重义,并能把这番情义吐露得淋漓尽致。

八声甘州（寄参寥子①）

有情风、万里卷潮来,无情送潮归②。问钱塘江上,西兴浦口③,几度斜晖④。不用思量今古,俯仰昔人非⑤。谁似东坡老,白首忘机⑥。　　记取西湖西畔,正暮山好处,空翠烟霏⑦。算诗人相得,如我与君稀。约他年、东还海道⑧,愿谢公、雅志莫相违⑨。西州路⑩,不应回首,为我沾衣⑪。

【注释】

①参寥子:苏轼的方外之友。《西湖游览志余》卷十四:"参寥者,於潜人。出家智果寺。其见知于东坡也。"《释氏稽古略》卷四:"钱塘高僧名道潜,以诗见知于苏文忠公轼,公号其为'参寥子'。凡诗词迭唱更和,形于翰墨,必曰'参寥'。"　②"有情风"二句:谓钱塘江潮来时

如有情之风吹来,潮水落去,又像是无情之风散去。喻人世聚合和离散不可避免。　③西兴浦口:西兴渡口,在今浙江杭州萧山西,为杭州主要渡口之一。《读史方舆纪要》卷九十:"渡江之处,自草桥门外江西岸渡者,曰浙江渡,对萧山县西兴。自六和塔渡者,曰龙山渡,对萧山渔浦。"　④几度斜晖:几多岁月。言参寥子在杭州已度过了很多年头。　⑤不用思量今古,俯仰昔人非:不要说古人早已不在,就是昔日交往之人,也有不少发生了很大变化。　⑥忘机:消除机巧之心。指甘于淡泊,与世无争。王勃《江曲孤凫赋》:"忘机绝虑,怀声弄影。"　⑦空翠烟霏:白白消散了云烟弥漫的青翠之景。意谓已与参寥子分别,不能再在美景中任情潇洒。　⑧东还海道:重来东南入海之地。即重回杭州。　⑨愿谢公、雅志莫相违:希望参寥子不要失了相约隐居的雅意。《晋书·谢安传》:"安虽受朝寄,然东山之志始末不渝,每形于言色。及镇新城,尽室而行,造泛海之装,欲须经略粗定,自江道还东。雅志未就,遂遇疾笃。……诏遣侍中慰劳,遂还都。闻当舆入西州门,自以本志不遂,深自慨失。"　⑩西州路:《晋书·谢安传》:"羊昙者,太山人,知名士也,为(谢)安所爱重。安薨后,辍乐弥年,行不由西州路。尝因石头大醉,扶路唱乐,不觉至州门。左右白曰:'此西州门。'昙悲感不已,以马策扣扉,诵曹子建诗曰:'生存华屋处,零落归山丘。'恸哭而去。"　⑪不应回首,为我沾衣:意谓此次相别不必悲伤,终有一天我还会回到这里。

【解析】

　　苏轼与参寥子的交往,最早可追溯到熙宁间任杭州通判时。《西湖游览志余》卷十四:"思聪为行童日,东坡倅杭州,令和参寥子'昏'字诗。"其后苏轼被贬黄州,参寥子又赶到黄州,与苏轼一起待了一年。此后直到苏轼绍圣年间被贬谪惠州,二人一直没有中断交往。苏轼《参寥泉铭》:"余谪居黄,参寥子不远数千里从余于东城,留期年。尝与同游武昌之西山,梦相与赋诗,有'寒食清明''石泉槐火'之句,语甚美,而不知其所谓。其后七年,余出守钱塘,参寥子在焉。明年,卜智果精舍居之。又明年,新居成,而余以寒食去郡,实来告行。"拙著《苏轼文集编年笺注》卷六一收录了与参寥子的书信多达22封。苏轼在惠州时,参寥子曾渡海经广州抵达惠州去看望他。建中靖国元年苏轼病危期间,还与参寥子有来往。《苏轼年谱》卷四○载:"苏轼自知将不久人世,病中预作《遗表》。……道潜读《遗表》后,乃致简苏轼,欲刻之。……(苏轼)不欲传于世,故嘱道潜勿刻。"可以说,苏轼与参寥子的友谊是贯穿他后半生始终的。

这首词受到研究者和评论家的普遍重视,有的是赞赏其超凡脱俗,有的是赞赏其气象雄浑,回肠荡气。胡仔《苕溪渔隐丛话》后集卷二六说它"绝去笔墨畦径间,直造古人不到处,真可使人一唱而三叹";陈廷焯《白雨斋词话》卷八说此词"寄伊郁于豪宕,坡老所以高";郑文焯《大鹤山人词话》说:"突兀雪山,卷地而来,真似钱塘江上看潮时,添得此老胸中数万甲兵,是何气象雄且杰。妙在无一字豪宕,无一语险怪,又出以闲逸感喟之情。"今人王水照在《苏轼》一书中说:"在西湖春色正浓之际,我和你以诗会友,相知甚深,并相约学谢安退隐,却不要像谢安那样隐退之志最后未能实现,突然使人追悼不已。"总之都把这首词归于豪放一类看待,而其点睛之笔,就在于起首两句"有情风、万里卷潮来,无情送潮归"。的确,以这样的笔墨开场,自然会使读者瞬间进入到钱塘江潮那汹涌奔腾的场景中去,震撼由此而起。我以为此词更妙之处在于,看似豪壮的文辞背后,作者所要彰显的却是并不豪壮的隐居生活,从这个意义上说,此词实属于豪宕掩盖之下的幽静。这一点在下阕"暮山好处,空翠烟霏"八个字里得到了充分的印证,正与开篇的"无情送潮归"形成了绝妙的呼应——狂涛巨浪之后的宁静,才是作者最终追求的崇高境界。

三部乐(情景)

美人如月①。乍见掩暮云,更增妍绝。算应无恨,安用阴晴圆缺②？娇甚空只成愁③,待下床又懒④,未语先咽。数日不来,落尽一庭红叶。　　今朝置酒强起,问为谁减动,一分香雪⑤。何事散花却病⑥,维摩无疾⑦。却低眉、惨然不答。唱《金缕》⑧、一声怨切。堪折便折⑨。且惜取、少年花发⑩。

【注释】

①美人如月：指女子白皙的面庞如明月般娇美。　②算应无恨,安用阴晴圆缺：意谓本无遗憾,哪里用得着看月亮的阴晴圆缺？这两句是反用作者自作《水调歌头》中的语句："不应有恨,何事长向别时圆？人有悲欢离合,月有阴晴圆缺,此事古难全。"　③娇甚空只成愁：娇美到极限反而成了愁怨之态。刘禹锡《三阁词》之一："贵人三阁上,日晏未梳头。不应有恨事,娇甚却成愁。"　④下床又懒：形容女子赖在床上的慵懒之态。　⑤香雪：泛指白色的花。唐韩偓《和吴子华侍郎令狐昭化舍人叹白菊衰谢之绝次用本韵》："正怜香雪披千片,忽讶残霞覆一丛。"作者本人也曾用过"香雪"一词,代指杏花。其《月夜与客饮杏花下》诗："花间置酒清香发,争挽长条落香雪。"
⑥散花却病：散花以除病。用的是佛经故事。《维摩诘经·众生品》第七载："时维摩诘室有一天女,见诸天人闻所说法,便现其身,即以天华散诸菩萨大弟子上。华至诸菩萨即皆堕落,至大弟子,便着不堕。一切弟子神力去

花,不能令去。尔时天问舍利弗:'何故去花?'答曰:'此花不如法,是以去之。'"　⑦维摩:即维摩诘,古印度佛的译名,汉语意思是洁净无污的人。据《维摩诘经》载,他本是古印度毗舍离的一个富翁,后得圣果成就,称为菩萨。　⑧《金缕》:即《金缕曲》,古曲调名,源自唐代杜秋娘的《金缕曲》。　⑨堪折便折:意谓遇见佳人一定要抓住机会与她亲近。杜秋娘《金缕曲》:"劝君莫惜金缕衣,劝君惜取少年时。花开堪折直须折,莫待无花空折枝。"　⑩花发:花白的头发。

【解析】

　　这首词应是作者为爱妾朝云而作,时间在被贬到惠州时。当时朝云三十出头,仍在青春美丽之际。但上阕的描写,却像在摹状一个娇小少女。我们可以认为:作者写这首词时,忽略了时空的概念,把初得朝云时的感受与现今的美人完全重合起来,成为浑然一体。

　　朝云是作者任杭州通判时收取的歌伎。作者在《朝云墓志铭》中说:"朝云,字子霞,姓王氏,钱塘人。敏而好义,事先生二十有三年,忠敬若一。绍圣三年七月壬辰卒于惠州,年三十四。"以此推算,苏轼得朝云时,年仅十二岁。虽然岁月流逝,当年那个面如皎月却遮遮掩掩的少女,如今风采依旧,似乎没有什么变化。当然,此时的朝云绝不可能还与二十几年前的少女同日而语,但在作者心目中,她永远都是那么楚楚动人,看不出丝毫的衰老。这种表述,更多写的是作者的心理感受。接下来道出实情:这位少女跟随他辗转南北二十余年,从来没有离开他一步,当然也就用不着体会"人有悲欢离合,月有阴晴圆缺"的别离之苦。随后"娇甚空只成愁,待下床又懒,未语先咽"三句,是细致刻画美人的风情与仪态,一个娇娇痴痴的女子,有时撒起娇来,连床都不肯下,说不清什么时候,又会无端地伤感流泪。"数日不来,落尽一庭红叶",在写偶然间几天没有到女子所居之处，竟然落满了一地的红叶。如此落笔，意在烘染他怜香惜玉的惆怅之情。

下阕具体写生活中的一个场景：虽然饮了酒，但并没醉，起身出屋后，见到不少白色的花片落在地上，很自然勾起作者的惜花之心，也就很自然使他联想到唐朝杜秋娘那首《金缕曲》。面对如花美眷，也应是"花开堪折直须折，莫待无花空折枝"的态度才是。

苏轼一生中，身边的姬妾有好几个，只有朝云是他无法割舍的。他曾亲昵地称朝云为"老云"，更显出对她的在意和珍惜，在惠州那段无聊而又看不到尽头的日子里，作者身边除了幼子苏过之外，只有朝云一人，能想象出，此时苏轼对朝云的爱，应该更加浓烈，更加绵永。

阮郎归（初夏）

绿槐高柳咽新蝉①，薰风初入弦②。碧纱窗下水沉烟③，棋声惊昼眠④。　微雨过，小荷翻。榴花开欲然⑤。玉盆纤手弄清泉⑥，琼珠碎却圆⑦。

【注释】

①咽新蝉：指初夏刚刚开始鸣叫的蝉发出呜咽般的声音。　②薰风：南风。初入弦：刚刚可以用丝弦奏出。意思是南风刚刚吹来。　③水沉烟：沉水香的烟气。　④棋声惊昼眠：窗外下棋的人们大声地争辩，把午睡的美人吵醒了。　⑤榴花开欲然：火红的石榴花盛开，好像要燃烧起来。　⑥玉盆纤手弄清泉：女子纤纤素手在碧玉盆中拨弄着清水。　⑦琼

珠碎却圆：撩起的水珠落进盆里像被敲碎，下落时却是滚圆滚圆的。

【解析】

　　这是一首以年轻女子为主角的叙事小词。有学者说此词是苏轼自黄州量移汝州东行过庐山白鹤观时所作，甚至称它"主要写白鹤观美人的悠闲雅静的生活"（《苏轼词新释辑评》），根据是苏轼有一篇《观棋诗引》说："尝独游庐山白鹤观，观中人皆阖户昼寝，独闻棋声于古松流水之间，意欣然喜之，自尔欲学，然终不解也。"依我看，据此而判定此词作于庐山白鹤观，实在过于牵强附会，何况庐山白鹤观里哪来的美人，还那么逍遥自在？这不是牛头不对马嘴了吗？我认为这首词很可能是苏轼为其爱妾朝云而作，如果真的如此，词中的美人就是指朝云。

　　清沈雄《古今词话》卷上说："观者叹服其八句八景，音律一同，殊不散乱，人争宝之，刻之琬琰，挂于堂室间也。"于是《宋词鉴赏辞典》说："这首词之所以能'八句八景'而'殊不散乱'，主要的原因是词中所写的都是'昼眠人'的耳闻目接之景，并且都反映了'昼眠人'闲雅自在的心情，实为情中之景。由于词作能景中含情，将众多的景物以情纬之，故散而不乱，能给人以整体感。"事实是不是如此呢？我的理解是，这首词是男子对他喜爱的女子所作的细腻描述，外景的美，其实是为写女子的美所作的铺垫，因为这位女子是听到窗外的"棋声"后才醒来，此前的"绿槐高柳咽新蝉，薰风初入弦。碧纱窗下水沉烟"种种，她根本不可能见到听到，如果非要她见到听到，除非是在梦里。直到下阕，才写到女子被棋声吵醒，向外张望，才看到"微雨过，小荷翻。榴花开欲然"的美景。此时女子心情甚佳，于是伸出素手撩动玉盆里的清水自在嬉戏。这场景写得生动传神，表现出女子娇憨天真的神趣。如果把这件作品的情景再现一遍，我认为应该是这样的：苏轼陪伴朝云午休，但他并没有睡着,而是在观看窗外的美景"绿槐高柳咽新蝉,薰风初入弦",继而看近景"碧纱窗下水沉烟"。糟糕,外面那些下棋的家伙大声喧闹,把午睡的朝云吵醒了。她睁开眼睛,见到苏轼就陪在身边,忍不住甜甜一笑,翻身下床,无意间见到玉盆里盛满了水,于是蹲在盆边撩动清水,以至水珠四溅,以为孩童之戏。

不管以上的猜想是否合理,总之这首词的写景手法是值得称道的,远近高低、蝉声棋声、薰风香烟、小荷榴花,可谓浓淡相宜,声画并茂。

江神子(梦中了了醉中醒①)

陶渊明以正月五日游斜川②,临流班坐③,顾瞻南阜④,爱曾城之独秀⑤,乃作《斜川诗》⑥,至今使人想见其处。元丰壬戌之春⑦,余躬耕于东坡⑧,筑雪堂居之⑨。南挹四望亭之后丘⑩,西控北山之微泉⑪,慨然而叹,此亦斜川之游也。

梦中了了醉中醒。只渊明,是前生⑫。走遍人间,依旧却躬耕⑬。昨夜东坡春雨足,乌鹊喜,报新晴⑭。　雪堂西畔暗泉鸣。北山倾,小溪横。南望亭丘,孤秀耸曾城⑮。都是斜川当日境⑯,吾老矣,寄余龄⑰。

【注释】

①梦中了了醉中醒:做梦时很明白,饮醉时很清醒。　②斜川:晋代地名,在今江西星子县与都昌县交界之处。　③班坐:依次而坐。　④顾瞻:眺望。南阜:南面的山峦。　⑤曾城:即"层城"。陶渊明《游斜

川》诗逯钦立注:"传说是昆仑山最高级,这里指鄣山。山在庐山北,彭蠡泽西,一名江南岭,又名天子鄣。" ⑥《斜川诗》:"辛丑正月五日,天气澄和,风物闲美。与二三邻曲,同游斜川。临长流,望曾城,鲂鲤跃鳞于将夕,水鸥乘和以翻飞。彼南阜者,名实旧矣,不复乃为嗟叹。若夫曾城,傍无依接,独秀中皋,遥想灵山,有爱嘉名。欣对不足,率尔赋诗。悲日月之遂往,悼吾年之不留。各疏年纪乡里,以记其时日。 开岁倏五日,吾生行归休。念之动中怀,及辰为兹游。气和天惟澄,班坐依远流。弱湍驰文鲂,闲谷矫鸣鸥。迥泽散游目,缅然睇曾丘。虽微九重秀,顾瞻无匹俦。提壶接宾侣,引满更献酬。未知从今去,当复如此不?中觞纵遥情,忘彼千载忧。且极今朝乐,明日非所求。" ⑦元丰壬戌:神宗元丰五年(1082)。是苏轼来到黄州的第三年。 ⑧躬耕:亲自耕种。东坡:苏轼耕种之处,在黄州城东。 ⑨筑雪堂居之:苏轼在这里建了一座雪堂,并居住在这里。其《雪堂记》云:"苏子得废圃于东坡之胁,筑而垣之,作堂焉,号其正曰'雪堂'。堂以大雪中为之,因绘雪于四壁之间,无容隙也。起居偃仰,环顾睥睨,无非雪者。苏子居之,真得其所居者也。" ⑩挹(yì):以瓢舀取。此处为控扼之意。四望亭:又名高寒楼,在黄州城东龙王山高处,与东坡雪堂相距不远。登临此亭,可以周览黄州全城。 ⑪北山:黄州北面的诸山。微泉:小股的泉水。 ⑫只渊明,是前生:意谓陶渊明就是自己的前生。 ⑬走遍人间,依旧却躬耕:经历了人间的风风雨雨,如今又回到了躬耕田亩的状态。 ⑭新晴:春雨饱满之后的晴天。 ⑮南望亭丘,孤秀耸曾城:南望四望亭和东坡冈阜,那座四望亭秀美挺拔,屹立在高山之上。 ⑯都是斜川当日境:眼前这些景致与陶渊明《游斜川》描写的景致十分相似。 ⑰余龄:余生。苏轼当时认为很难在政治上翻身,所以打算在此终老。

【解析】

　　这首词作于元丰五年东坡雪堂建成后不久。苏轼在黄州的五年多，以东坡雪堂的建成为界，可以分为两个阶段，元丰三年初来黄州时，他像刚从鬼门关逃回阳界，充满了恐惧、悲愤和灰懒，那也是他最难熬的一段日子。两年多后，他的心境慢慢平静下来，对人生、对现实有了更加客观、更加深入的思考，用现在的话说，很多大道理他都想通了，于是心境平和了很多，这种变化在《赤壁赋》《后赤壁赋》里反映得尤其充分。此词的基调能让人明显感觉到，爱恨情仇的情绪消失殆尽，随之而来的是恬淡和释然。这种被动的恬淡和释然，让他很自然地想起陶渊明，那个不愿为五斗米折腰的男子汉，面对贫穷，面对"种豆南山下，草盛豆苗稀"的躬耕生活，不是过得也很惬意吗？我苏轼怎么就不能以他为榜样呢？

　　话虽如此说，毕竟苏轼是"被动恬淡""被动释然"，所以上阕前几句难免还带有无可奈何的遗憾，称"梦中了了醉中醒"：这个怪异的人世，一切都得颠倒过来看，似乎只能在梦境中才能明白，只有在喝醉时才能清醒。嗨，算了吧，苏某人也不去追究什么正误是非了，就按照陶渊明的生活轨迹去生活吧。"只渊明，是前生。走遍人间，依旧却躬耕"，干脆把陶渊明当成了自己的前世。随后用乌鹊报喜、春雨丰沛的外景，衬托此时满足于田夫野老生活的心情。你说他是欣悦，前面发了那么多牢骚，甚至搬出陶渊明自况，他是真的欣悦吗？你说他是忧愤，他听着鸟叫，享受着春雨丰足后的新晴，又有什么理由忧愤呢？其实这首词的妙处正在这里——什么叫欣悦，什么叫忧愤，有谁说得清楚？

　　下阕继续着这种"欣悦"：雪堂西面传出泉水叮咚之声，北面诸山像倾倒一样令人目眩，仿佛到了昆仑仙境，一条小溪横在诸山之间，清幽宁静，岂是喧嚣的官场所能比拟？最末直书"吾老矣，寄余龄"，反映出他于心不甘的矛盾心理。既然称道雪堂之美，称道陶渊明生活的惬意，又何必发出如此浩叹？归根结底又回到上面所说的矛盾心理上了：他的欣悦、他的释然都是很不彻底的，都属于"被动欣悦""被动释然"，他还没真正达到陶渊明的境界。其实古今读书人都一样，他们本能地希望积极参与社会的变革，然而遭到沉重打击后，往往会自欺欺人地高喊："我算把官场看透了！"一旦重新获得可以继续在官场中驰骋的机会，什么都能忘掉，又会大喊"致君尧舜上"了。你说陶渊明真的把人世都看透了吗？我不信，他临终时曾在儿子面前深表歉意，说他一时兴起脱离了官场，才使得儿子们失去了本应拥有的优裕生活，希望儿子们不要因此怪他。如果他真的看破红尘，绝不会有这样的感慨，这或许就是人性。

江神子（猎词①）

老夫聊发少年狂②。左牵黄，右擎苍③。锦帽貂裘，千骑卷平冈④。为报倾城随太守⑤，亲射虎，看孙郎⑥。　酒酣胸胆尚开张⑦。鬓微霜，又何妨？持节云中，何日遣冯唐⑧？会挽雕弓如满月⑨，西北望，射天狼⑩。

【注释】

①猎词：一本副标题作《密州出猎》。据宋人傅藻《东坡纪年录》载，熙宁八年夏，密州大旱，苏轼带领僚属到州南的常山神祠祈雨。"与同官习射放鹰。……作《江神子》。"　②老夫：作者自称。这一年苏轼40岁。聊发少年狂：姑且发一发少年轻狂。　③左牵黄，右擎苍：左手

牵着黄犬,右臂架着苍鹰。古代犬、鹰都是打猎时必备的助手。　④千骑卷平冈:上千匹马席卷了平缓的山冈。指此次狩猎气势十分宏壮。　⑤为报倾城随太守:为了回报全城百姓都来捧场观看以知州为首的狩猎。汉代郡中的最高长官称太守,此处代指知州。　⑥亲射虎,看孙郎:意谓要像当年孙权那样威猛,显示出亲手射杀猛虎的气概。《三国志·吴书·吴主传》载,汉献帝建安二十三年十月,孙权率兵入吴,"亲乘马射虎于庱亭。马为虎所伤,权投以双戟,虎却废,常从张世击以戈,获之"。⑦酒酣胸胆:谓饮酒之后心胸开阔,胆气豪壮。尚开张:指酒劲正浓,充满精力。　⑧持节云中,何日遣冯唐:用汉文帝时冯唐出使云中赦免功臣魏尚的典故。《汉书·冯唐传》载,云中太守魏尚多有边功,只因向朝廷汇报杀敌人数不实,文吏便以谎报之罪请罢魏尚之职。冯唐上书为魏尚开脱,称:"臣窃闻魏尚为云中守,军市租尽以给士卒,出私养钱,五日一杀牛,以飨宾客军吏舍人,是以匈奴远避,不近云中之塞。虏尝一入,尚帅车骑击之,所杀甚众。……一言不相应,文吏以法绳之。其赏不行,吏奉法必用。愚以为陛下法太明,赏太轻,罚太重。且云中守尚坐上功首虏差六级,陛下下之吏,削其爵,罚作之。繇此言之,陛下虽得李牧,不能用也。"文帝采纳了冯唐的建议,并派他出使云中赦免魏尚,命其仍任云中太守。此处苏轼自比魏尚,只因一句不妥之词便遭到贬谪,希望朝廷也能尽快派人前来,还他清白。　⑨会:将。如满月:把雕弓拉得如满月一样圆。　⑩天狼:星名,主贪残,在天之西北方。古人往往以天狼代指西北凶悍的异族。《楚辞·九歌·东君》:"举长矢兮射天狼。"王逸注:"天狼,星名,以喻贪残。"

【解析】

　　这首词的立意和主旨都十分明显,没有任何隐晦难解处。全词用"聊发少年狂"开篇,体现了作者急于将积压在内心多年的忧郁与愤懑喷发出来,清除掉胸中的块垒。我们发现,他的做法达到了应有的效果,情绪顿时变得激越,只见他左手牵着黄犬,右臂架着苍鹰,一副赳赳威仪。这种尽情发散的畅快,可能很久都没出现过了,一旦情绪被调动起来,那就真成了少年时的心态与做派了。不过他并没忘记自己的身份,他是一州的父母官,越是如此,就越要在全州百姓面前做出表率,越要以抖擞的精神回馈州民的信任和期待。作者选取了最能表现英雄气概的故事——三国孙郎射杀猛虎。尽管当今的苏轼早已过了孙郎射虎的年纪,但那种精神是不受时空限制的。他希望州民看到的知州,是个威武健壮、具有烈士情怀的人,而威武健壮、具有烈士情怀,也正是他所追求的人生境界。

  大概是意犹未尽的缘故,下阕前两句继续秀着自己的肌肉,畅畅快快地表现着他暂时放开的情怀:酒壮英雄胆,何惧鬓已霜?好像自己已不是昨天的自己,真成了横行江表的豪杰孙权。接下来几句重新回到现实中:他被朝廷冷淡至今,已经四五年了,这些年里,他像个罪人一样游走于州郡间,看不到回朝的曙光。他渴望朝廷中能够出现一个冯唐,对皇帝说:苏轼虽有小过,毕竟一心报国,绝无他念,应该让他发挥更大的作用。假如真有那一天,他会向朝廷主动请缨,投笔从戎,马革裹尸,虽死犹荣。

  这首词表现出的豪放风格被当时与后世普遍认可,并成为他豪放词的代表作。词中洋溢的爱国激情鼓舞着一代又一代热血男儿。

江神子(恨别)

  天涯流落思无穷。既相逢,却匆匆。携手佳人[①],和泪折残红[②]。为问东风余几许,春纵在,与谁同? 隋堤三月水溶溶[③]。

背归鸿④,去吴中⑤。回首彭城,清泗与淮通⑥。寄我相思千点泪,流不到,楚江东⑦。

【注释】

①佳人:美人。此处当指作者身边的美人朝云。 ②和泪:含着眼泪。残红:已经衰败的花。 ③隋堤:隋炀帝时沿通济渠、邗沟河岸修筑的御道,道旁种植杨柳,后人称之为隋堤。溶溶:水流丰沛之貌。 ④背归鸿:与北归大雁相背的方向。春季大雁从南方飞回北方,作者此时是从北方的徐州到南方的湖州赴任,故云"背归鸿"。 ⑤吴中:古代江苏、浙江一带称为吴越之地。湖州在今浙江北部,亦称吴中之地。 ⑥清泗与淮通:谓泗水与淮河相连。 ⑦楚江:此处指长江。湖州在长江以南,属古江东之地。

【解析】

此词作于苏轼徐州任满调任湖州知州之前,时间在元丰二年三月。清人黄苏《蓼园词选》说,这首词写的是作者离开徐州前,"于彭城遇旧好,又别之而赴淮扬,临别赠言也。先从自己流落写起,言旧好遇于彭城,又匆匆折残红以泣别"。从全词的叙述来看,大约如此,只是不知这位"旧好"究竟是何人。

词的基调比较悲怆,开篇对"旧好"流落天涯的不幸直言道出,接着说自从与旧友相别后,无日不深深思念。苏轼是个非常好交朋友也非常重感情的人,大凡与他交往过的人,只要不是对方主动疏远他坑害他,他是绝不会把友情忘却的。然而这次的相逢很不是时候,他马上要离开徐州,甚至来不及与友人畅叙别情就要出发,故发出深深的遗憾:既相逢,却匆匆。为了聊表情意,他带上爱妾朝云,折下一枝暮春的残花赠给友人,感叹道:即便还有春色,也无法再与故人同游。下阕想到即将赴任的情景,他将沿着泗水进入淮中,到遥远的吴地去。不管多远,那融融春水都是相通的,暗喻自己的心与故人相通,随后笔锋一转,又说即便是相思的泪水有千滴万滴,也很难流到大江之东。用这样的比喻表达相思之情的绵远无尽,使人很容易体会到真真切切又无可奈何的情绪,比直言难割难舍更显隽永。

蝶恋花（春景）

花褪残红青杏小①。燕子飞时,绿水人家绕。枝上柳绵吹又少②,天涯何处无芳草。　　墙里秋千墙外道。墙外行人,墙里佳人笑。笑渐不闻声渐悄,多情却被无情恼③。

【注释】

①花褪残红青杏小:谓杏花凋谢后,青杏刚刚成形,还很稚嫩。②柳绵:柳絮。吹又少:指暮春时节,柳絮已经寥寥无几。　③多情却被无情恼:多情者因无情者感到恼恨。

【解析】

与这首词相伴的还有一个凄美的故事。《宋人轶事汇编》卷十二载苏轼在惠州时,与朝云闲坐。时秋天初至,落木萧萧,凄然有悲秋之意。于是命爱妾朝云唱此词。朝云歌喉方啭,泪满衣襟。苏轼问其故,朝云答道:"奴所不能歌者,'枝上柳绵吹渐少,天涯何处无芳草'也。"苏轼道："我方悲秋，汝又伤春矣。"朝云不久而亡，苏轼终身不听此词。所以明人沈际飞《草堂诗余正集》卷二说："'枝上'二句，断送朝云。"苏轼所说的"悲秋"，指的是他这一生一贬再贬，此时已到暮年，还在贬谪之中，不免心生悲戚。他说朝云"伤春"，则在表明，作为女人的朝云，也已有了美人迟暮之慨。而这仅仅是表面上的含义，更深一层的意思，苏轼与朝云的感触就完全不同了：苏轼更看重"天涯何处无芳草"，体现的是真正的男儿走到哪里，都会保持乐观向上的积极态度；朝云则着意在"枝上柳绵吹又少"，触痛了她心灵最脆弱的地方，感受到的是有限的生命即将完结的哀伤。正因为如此，朝云唱到这一句时，才不由自主地流下了热泪。这种伤感，不仅仅是对自己迟暮的哀叹，也是对她深深爱着的苏轼晚年流落天涯的慨叹。

这首词蕴含的感情是很丰富的，尤其是上阕，不同的人读它会有不同的感受。就作者而言，可以看出虽然是在写暮春，但态度依旧乐观积极，我们感觉不到任何哀伤和惆怅；然而在朝云眼里，它却变得十分凄苦，"枝上柳绵吹又少"的画面，使她无法克制凄切的情感，以至泪流满面，唱不下去了。正因为作者本身的情绪没有那么低落，所以下阕描绘的场景更显得富有神趣：院墙里面一架秋千，院墙外便是一条小道。墙外的行人在慢慢行走，墙里的美人一边荡秋千一边甜甜地笑。这银铃般清脆的笑声，引得行人不由驻足倾听，然而美人的笑声却渐渐消失，自作多情的行人当然感到十分懊丧，可笑的是，墙里的美人对此却丝毫没有察觉。此中的妙处究竟该如何理解？有人说，这是苏轼在借小词抒发自己对朝廷自作多情，得到的却是当权者的唾弃。也有人说，这些文字曲折地反映了作者思想上伤感的一面，自己虽然历经坎坷，仍多情地怀念人生，追求未来，说明他是个对生活沉思、不会完全忘记现实的诗人。在我看来，苏轼当时写此词，似乎没有顾及那么多，他是个生性达观的人，很善于调节自身情绪，在被贬谪惠州的那段艰苦岁月里，他用调笑的笔触开解自我，行乐忘忧，才最符合他特有的性格。也就是说，下阕极富意趣的描写，仅仅是在表达一种诙谐，而这被"无情"所恼的主角，很可能就是他本人的自嘲。这几句话仅仅是把男女之情用诙谐的手法表现出来，与作者遭受诽谤等政治元素并无瓜葛，用今天一句北方话说，其实是作者自己和自己"逗闷子"罢了。这个"闷子"逗得手法巧妙，大概很多男子都曾有过类似的经历：见到赏心悦目的美人，很想多看几眼，孰料美人一扭身便离开了，多扫兴！如果一定要和当时的背景联系在一起，那么这几句话就是在以自嘲的口吻逗朝云开心一笑而已。当然，内心丰富的朝云不但没有被苏学士逗笑，反而触景生情，感伤落泪，却是作者绝没想到的。

蝶恋花（送春）

雨后春容清更丽。只有离人，幽恨终难洗①。北固山前三面水②，碧琼梳拥青螺髻③。　一纸乡书来万里④。问我何年，真个成归计⑤？白首送春拚一醉⑥，东风吹破千行泪。

【注释】

①幽恨：积郁已久的遗憾。　②北固山：在今江苏镇江市北。《读史方舆纪要》卷二五："北固山在（镇江）城北一里府治后，下临长江。自晋以来，郡治皆据其上。三面临水，回岭斗绝，势最险固，因名，盖郡之主山也。"　③碧琼梳：碧玉制成的梳子。青螺髻：深青色的螺壳状发髻。晋崔豹《古今注·鱼虫》说："童子结发，亦为螺髻，亦谓其形似螺壳。"

此处比喻北固山的形状。　④一纸乡书来万里：一封家乡寄来的书信来自万里之外的蜀地。　⑤真个：真的。成归计：定下回乡的打算。　⑥拚（pàn）：同"拼"，不顾一切。

【解析】

　　这是一首通俗易懂的小词，作于神宗熙宁七年春季。据施宿《东坡先生年谱》载，熙宁六年冬始，作者受转运司之命，辗转于常州、润州（即镇江）、苏州和秀州赈济饥民，其后仍时常来往于这几个州郡。词的写作背景是，作者在润州收到了一封来自家乡的书信，乡人以十分诚恳的口气向他问候，并问他何时才能回乡。就是这封信撩起了作者的思乡之情，他把浓浓的乡情形诸笔端，写下了这首小词。

　　在苏轼诸多的诗文中，充满了对家乡的眷恋，可以说，自从他离开蜀地就怀念家乡的山山水水和故老亲朋，正因为如此，他与家乡的兄弟子侄及其他亲朋，都保持着书信来往，用现在的话说，他始终都没有淡忘生他养他的那块土地，因为那里是他的"根"——他的父亲、母亲、发妻王弗的坟茔都在那里。

　　开篇一句还算轻松，除点明时间之外，也托出北固山雨后的清丽，随后笔锋陡转，说春雨可以把一切都冲洗得十分清丽，唯独离乡之人内心的思念和凄苦，是无论如何都洗刷不掉的。这两句话使外界的清丽与内心的幽恨形成巨大的反差，更衬托出作者思乡情结的深固和无法排解的忧烦。直到此处，作者还没点破这份"幽恨"是如何引起的，他故意多写了两句"北固山前三面水，碧琼梳拥青螺髻"，似乎在赞叹这里的景致，然而进入下阕，立刻点明自己收到了一封来自家乡的信，殷殷问他何年何月才能回到家乡。这就使前面的"幽恨"有了落点，也为下面的愁苦交代出原委：再美的镇江，毕竟不是家乡山水，为了那魂牵梦绕而不得回归的故乡,为了那份浓浓的乡思,他只有把自己麻醉,才能暂时宁静下来。可惜"借酒浇愁愁更愁",内心不但没有得到宁静,反而被风吹落了成串的泪珠。作者此时愁肠百结无计可施,那份痛苦,是一般人难以理解的。苏轼属于心大量宽的那类人,再大的痛苦他都能自我化解,唯独乡情,在他心里始终是个难以解开的结。

蝶恋花（述怀）

云水萦回溪上路①。叠叠青山②,环绕溪东注③。月白沙汀翘宿鹭④,更无一点尘来处。　　溪叟相看私自语。底事区区,苦要为官去⑤。尊酒不空田百亩,归来分得闲中趣⑥。

【注释】

①萦回:缭绕。溪上路:指宜兴荆溪旁的路。　②叠叠青山:重叠起伏的群山。　③环绕溪东注:环绕着荆溪流向东方,汇入大海。　④沙汀:水边的沙洲。翘宿鹭:歇宿在沙洲的白鹭翘首张望。　⑤底事区区,苦要为官去:究竟为了多大利益,非要离开这里出去做官。底事,何事。区区,不大。　⑥归来分得闲中趣:回来才能得到闲散逍遥的乐趣。

【解析】

这首词作于元丰八年夏天,苏轼刚在常州宜兴安顿下来,朝廷一纸诏书,命他出任登州知州。得到这个消息,他当然不会无动于衷,所谓"述怀",抒发的就是对这个突变的感慨。从全词的叙述可以看出,此时苏轼是在独自漫步，时间在傍晚，地点是在荆溪旁的路上。所见所闻所想，都是在这个过程中完成的。上阕开篇写走在烟雾缭绕的溪边小路，抬眼看去，重重叠叠的青山好像在环护着荆溪流向东海。皎洁的月光下，溪边沙洲上歇宿的白鹭警觉地翘首张望。一切都是那样静谧，那样和谐。"更无一点尘来处"，一语双关，表面上是说此地山清水秀，清净无尘，内里隐含着对世俗的厌倦，因为只有在这样的地方才能远离尘嚣，洁身自好。

下阕借一位溪边闲步的老叟之口道出自己的纠结。这位老叟可能真的出现在他面前，也可能根本就是虚构的，这都不重要，关键是他现在急需坦露心扉：刚刚静下心来准备在这里逍遥度日，尽享天年，谁知席不暇暖，又面临着新的抉择：是继续过"采菊东篱下"的隐居生活，还是重新融入已经厌倦的官场中去？他拿不定主意了。首先是读书做官天经地义，"穷则独善其身，达则兼济天下"的圣训在他脑子里回荡起来，此前的遭遇已使自己"穷"了多年，如今显然是否极泰来的好征兆，失去这个机会，以后再想"达"就很难了。况且如今是贤人司马光主政，再不是变法胡闹的王安石横行之时了。一个读了大半辈子圣贤书的人，面对能够展现才干的机会，真的应该放弃吗？他那颗已经灰懒数年的心开始激荡。就在这时，一个声音在向他呼唤：何必为了区区小利便心生觊觎？这里有良田百亩，美酒不空，无纤尘之染，无喧嚣之侵，苏轼啊苏轼，你可要三思再三思啊，一步跨进泥淖里再想抽身，恐怕要比你前半生付出的代价更惨重。在这样的纠结中，他最终经不起功名的诱惑，采取了一个自认为可以两全的方案：既然王命如天，又有贤宰相青眼相待，暂且把这青山绿水寄存一时，待到功成身退，总归还是要回来的。

有人说此词恬然旷达，淡化名利，显然没有读出其精髓，因为苏轼虽然经受了很大的挫折，还是没能把"进"和"退"真正弄清，遇到合适的土壤，彰显自我的冲动又会萌发。王文诰《苏诗总案》说："自后入掌诰命,出典雄藩,以及南迁海外,请老毗陵,未克践'归来'之语。读公述怀词,为之怃然也。"可谓得其精髓。王文诰所以"怃然",就是深憾苏轼这次出仕完全失去了自我,日后想回宜兴也没有机会了。

行香子（寓意）

三入承明①,四至九卿②。问书生、何辱何荣③？金张七叶④,纨绮貂缨⑤。无汗马事⑥,不献赋⑦,不明经⑧。　　成都卜肆,寂寞君平⑨。郑子真、岩谷躬耕⑩。寒灰炙手⑪,人重人轻⑫。除竺乾学⑬,得无念,得无名⑭？

【注释】

①三入承明：三度成为入侍帝王的高官。承明,承明庐,汉代承明殿旁屋,为侍臣值宿所居之处。《文选》应璩《百一诗》："问我何功德？三入承明庐。"张铣注："承明,谓天子待制处也。"此处是苏轼自称三度担任翰林学士。第一次在元祐元年,以七品服入侍延和殿,改赐银绯,除中书舍人。不久迁翰林学士、知制诰。第二次在元祐六年自杭州召回,除翰林学士承旨,复侍于迩英阁。第三次在元祐七年九月,自扬州召回任兵部尚书兼侍读,寻除端明殿学士兼翰林侍读学士、守礼部尚书。宋代重文轻武,而文官当中,尤以翰林学士、翰林侍读学士等最为荣耀。　②四至九卿：四次做到九卿的高官。《史记·汲郑列传》："（黯姑姐子司马安）巧善宦,官四至九卿。"汉代九卿是仅次于三公的高官,包括太常卿、光禄卿、卫尉卿、太仆卿、鸿胪卿、少府卿、司农卿、宗正卿和廷尉。此处是

苏轼以九卿为喻，说他多次担任朝廷高官。　③问书生、何辱何荣：试问：一介书生，怎样叫耻辱，怎样叫显荣？意谓苏某一个书生，按照世俗的标准，达到如此高度，还不算荣显吗？　④金张七叶：汉武帝时贵臣金日䃅和张安世及其子孙，世世代代任为显宦。左思《咏史》："金张籍旧业，七叶珥汉貂。"　⑤纨绮貂缨：指贵臣的穿戴。纨绮，名贵的丝织品。貂缨，貂尾的冠饰和系冠的精美丝带。　⑥无汗马事：没有作战杀敌的功劳。杜甫《收京》诗之三："汗马收宫阙，春城铲贼壕。"　⑦献赋：作赋献给皇帝，用以颂扬或讽谏。《西京杂记》卷三："（司马）相如将献赋，未知所为。梦一黄花翁，谓之曰：'可为《大人赋》。'"　⑧明经：古代取士的科目名。以上几句意谓如汉代金、张家族的后代，既没有杀敌野战之功，又没有献赋明经之才。　⑨成都卜肆，寂寞君平：汉代严遵卖卜于成都市肆。皇甫谧《高士传》卷中："严遵字君平，蜀人也。隐居不仕，常卖卜于成都市，日得百钱以自给。卜讫，则闭肆下帘，以著书为事。扬雄少从之游，屡称其德。……蜀有富人罗冲者，问君平曰：'君何以不仕？'君平曰：'无以自发。'冲为君平具车马衣粮，君平曰：'吾病耳，非不足也。我有余而子不足，奈何以不足奉有余。'冲曰：'吾有万金，子无儋石，乃云有余，不亦谬乎？'君平曰：'不然。吾前宿子家，人定而役未息，昼夜汲汲，未尝有足。今我以卜为业，不下床而钱自至，犹余数百，尘埃厚寸，不知所用。此非我有余而子不足邪？'冲大惭。君平叹曰：'益我货者损我神，生我名者杀我身，故不仕也。'时人服之。"　⑩郑子真、岩谷躬耕：皇甫谧《高士传》卷中："郑朴字子真，谷口人也。修道静默，世服其清高。成帝时，元舅大将军王凤以礼聘之，遂不屈。扬雄盛称其德，曰谷口郑子真，耕于岩石之下，名振京师。"严遵与郑朴都是汉代著名的高士。《汉书·王贡两龚鲍传》："谷口有郑子真，蜀有严君平，皆修身自保，非其服弗服，非其食弗食。成帝时，元舅大将军王凤以礼聘子真,子真遂不诎而终。君平卜筮于成都市,以为'卜筮者贱业,而可以惠众人。有邪恶非正之问,则依蓍龟为言利害。与人子言依于孝,与人弟言依于顺,与人臣言依于忠,各因势导之以善,从吾言者,已过半矣'。裁日阅数人,得百钱足自养,则闭肆下帘而授《老子》。博览亡不通。" ⑪寒灰炙手:用不再燃烧的冷灰烤手。喻没有炙手可热的权贵门阀。 ⑫人重人轻:是受人看重呢,还是被人轻蔑。 ⑬除竺乾学:除去佛教义理。傅干注此句云:"佛学本自天竺乾天。" ⑭得无念,得无名:谁能做到心无牵念,淡泊名利?

【解析】

这是一首抚今追昔感慨身世之作,作于元祐八年作者再次受到贬谪,出任中山府知府前后。这一年对苏轼来说,是相当不幸的,是几近遭受灭顶之灾的一年。从家庭来说,他最心爱的妻子王闰之病故于汴京;从大势来说,力挺司马光抑制变法派的太皇太后高氏崩逝,变法派蠢蠢欲动,朝廷风向开始转变;从他本人的处境来说,更是岌岌可危。宋施宿《东坡先生年谱》概括地说:"(元祐八年)夏,御史黄庆基、董敦逸连疏论川党太盛,且及先生草制词多指斥先帝,又与弟辙相为肘腋。……六月,以端明、翰林侍读二学士除知定州。七月,再乞越,不允。按,先生虽补外,自此至九月尚留京师,行礼部事。时太皇太后上仙,哲宗方亲庶政,先生将赴定,不得面辞,直批书令起发赴任。先生上疏言:'圣人有为,必先处晦观明,处静观动,默观庶事之利害与群臣之邪正,以三年为期,切恐好利之臣,辄劝陛下轻有变改。'时朝廷议论已变,公不以身退而废忠言。"

面对如此险恶的局面,几番大起大落的苏轼不可能不做深度的思考,而这种思考依旧基于世俗,因为他毕竟是官场中人,骨子里还是个俗世之客。上阕意味深长地回忆着虽然坎坷还算辉煌的前半生：几度担任最为荣宠的大学士，几度入朝做到九卿之位，这对一个书生来说，完全称得上荣显了。然而有一个问题：人家汉代金、张能"七叶珥汉貂"而不衰，其子孙用不着金戈铁马斩杀敌人，甚至用不着绞尽脑汁献赋明经，我苏轼前半生就起落数度，活像翻烧饼，问题究竟出在哪儿呢？答案其实正在两者的比较之中：有显赫家世的人，做官就如吃甘蔗那样轻松，而且永远都不会彻底倒台；像我苏轼这样出身寒素的读书人，仿佛在用早已没了热气的寒灰烤手，怎么可能有"炙手可热"的状态？即便是人家用得着你那一点点才学，也不过是用你而已，不是吗？人家随时可以不再用你，一旦你惹人家不高兴，随时可以像扬弃灰尘一样把你扔出去，你以为你是谁？你只是个读了几眼书的穷酸书生罢了，还想拿自己当贵胄不成？

  他终于想明白了——这是古今的通则。莫说是苏轼，就是再有本事的人，也根本无法改变这铁一样的通则。他在写给苏辙的《九月十四日东府雨中作示子由》诗中说："去年秋雨时，我在广陵归。今年中山去，白首归无期。"这种彻底的绝望，正是由于他经过反复思考才明白了的真理。面对冷酷的现实，他已做好了重走严君平、郑子真隐居道路的打算，他们的大名不是同样流传至今光辉不减吗？假如连这一点都做不到，毕竟还有高妙无比的佛学可以研读，可以安排自己最终的归宿。与其说这是苏轼走过大半生崎岖险路后的大彻大悟，毋宁说是对古往今来那些没有根基却一心想走仕途达到人生顶点的人最好的讽劝。

行香子（述怀）

清夜无尘，月色如银。酒斟时、须满十分①。浮名浮利，虚苦劳神。叹隙中驹②,石中火③,梦中身④。　　虽抱文章,开口谁亲⑤?且陶陶、乐尽天真⑥。几时归去⑦,作个闲人。对一张琴,一壶酒,一溪云。

【注释】

①酒斟时、须满十分:尽情畅饮,一醉方休。白居易《和春深》诗之十四:"何处春深好?春深痛饮家。十分杯里物,五色眼前花。"②隙中驹:即"白驹过隙",谓日影如白色的骏马飞快地驰过缝隙。形容时光过得极快。《庄子·知北游》:"人生天地之间,若白驹之过隙,忽然而已。"成玄英疏:"白驹,骏马也,亦言日也。"《史记·留侯世家》:"人生一世间,如白驹过隙,何至自苦如此乎!"③石中火:敲击石头迸出的火花。喻闪现极为短暂。北齐刘昼《新论·惜时》:"人之短生,犹如石火,炯然以过。"④梦中身:即"人生如梦"之意。⑤虽抱文章,开口谁亲:虽然自诩文章盖世,有谁真能与自己亲近?苏轼一生写的文章很多,尤其是担任中书舍人、翰林学士期间,每天都要写很多制词。这里所谓"文章",指的就是这类大雅之作。意思是这些文章,不过是为别人锦上添花,想以此博得朝廷看重是不可能的。⑥且陶陶、乐尽天真:姑且去过其乐陶陶的率真生活。⑦归去:用陶渊明《归去来兮辞》之意,表示彻底脱离官场,回到自然中去。

【解析】

这首词约作于元祐八年底或绍圣元年初,此时苏轼已离开京城来到北方的中山府。多次希望为朝廷尽忠又多次遭到无情贬谪的沉痛经历,使他再次萌生了脱离官场回归自然的期求,这首以清夜独酌为背景的词,可以看成他一番冷静的表白。

上阕把对人生的思索置于"清夜"之中，给人清绝无尘之感，可以看成是苏轼对未来生活的追求和憧憬，也可以看作他在努力荡涤心中污浊后渐归无尘的新状态，总之他已远离了无穷无尽的争斗和乌烟瘴气的氛围，来到相对清净的北方前沿，起码可以静静地坐下，安安稳稳地端起酒杯了。人这一生都在忙活什么呀？争夺什么呀？细算起来，不就是百年一瞬吗？

下阕追忆此生毫无价值的所谓"奋斗"，写了那么多文章，上了那么多奏疏，谁真拿这些东西当回事了？要说文章盖世，也不过是自欺欺人，没有任何实际的意义。如今又到了北方前沿的中山府，还在继续做着毫无意义的俗事，板着连自己都明白是假的那张面孔，煞有介事地继续给朝廷上奏章做汇报，可笑不可笑？谁待见你了，还这么自作多情？为了心灵的净洁，为了自身的无垢，还是学陶渊明赶紧归去吧。

遗憾的是，尽管苏轼归隐之心越来越重，还是难以实现这最低级的愿望，这就叫"上贼船容易下贼船难"——想得倒美，谁叫你有才气？谁叫你有思想？非要灭了你不可！此后不久，朝廷再发圣命，把他贬到蛮烟瘴雨的岭南去监视居住了。

菩萨蛮（天怜豪俊腰金晚①）

天怜豪俊腰金晚①，故教月向松江满②。清景为淹留③，从君都占秋④。　　身闲惟有酒，试问清游首⑤。帝梦已遥思⑥，匆匆归去时⑦。

【注释】

①豪俊腰金晚:指陈舜俞年纪老大,也没能身居高位。腰金,腰间挂着金印(或金鱼袋)。指身居显要者。唐李复言《续玄怪录·裴谌》:"腰金拖紫,图影凌烟。" ②松江:即吴淞江。施宿《东坡先生年谱》载:熙宁七年九月,苏轼改知密州。杭州知州杨绘召还翰苑,苏轼与杨绘同舟到苏州拜访李常,"陈舜俞令举、张先子野皆从,刘述孝叔亦来,置酒松江垂虹亭上"。垂虹亭前临太湖洞庭三山,横跨松江。"行者晃漾天光水色中,海内绝景,唯游者自知之。"(《吴郡志》卷十七)此句意谓正因陈舜俞无官一身轻,才能一同来到松江欢会。 ③清景:清丽的景致。淹留:长时间逗留。 ④从君都占秋:跟从而来的各位都享受到了初秋的美景。 ⑤清游首:指陈舜俞。此人罢官后畅游各地名山大川,还曾写过《庐山记》等游记,堪称清游首领。 ⑥帝梦已遥思:意谓皇帝已经记起了你这位大才子。 ⑦匆匆归去时:谓陈舜俞很快就会归朝为官。这是对陈舜俞的美好祝愿。

【解析】

这首词作于神宗熙宁七年秋,当时杨绘受召回朝任翰林学士,身为杭州通判的苏轼也受命改任密州(今山东诸城)知州,于是二人同舟北行,好友张先、刘述、陈舜俞、李常一同赶到松江,置酒垂虹亭上,饮酒赋诗。

此词写的是文人雅集,但主要是为陈舜俞而作,因为这六个人中,除张先已经致仕外,其他几人都是朝廷命官,唯独陈舜俞现为白衣之士,苏轼为此深感不公,却只能以"帝梦已遥思"为他开解。陈舜俞是个什么样的人呢?《宋史》本传说:"青苗法行,舜俞不奉令,上疏自劾。奏上,责监南康军盐酒税,五年而卒。舜俞始尝弃官归,居秀之白牛村,自号白牛居士。已而复出,遂贬死。苏轼为文哭之,称其'学术才能,兼百人之器,慨然将以身任天下之事,而人之所以周旋委曲、辅成其天者不至。一斥不复,士大夫识与不识,皆深悲之'云。"可见苏轼与陈舜俞的感情相当深厚。有人认为作者对陈舜俞的潇洒淡泊是出于赞赏,显然是没读懂。如果真是那样,苏轼应该说:我不去密州了,也跟着你陈舜俞浪迹天涯算了。实际情况正好相反,苏轼宽慰他说:陈公不必担心,想必皇上已经开始惦记你,打算把你召回朝廷委以重任了。

这首词的真正主旨在于对王安石变法排抑贤人的轻蔑和愤懑:像陈舜俞这样的有为之士被久久闲置,难道朝廷真的忍心吗?朝廷真的任凭王安石及其党徒为所欲为吗?作者多么希望皇上能够幡然悔悟,珍惜人才,把诸如陈舜俞这样的大君子都召回朝廷啊。

菩萨蛮(新月)

画檐初挂弯弯月,孤光未满先忧缺①。遥认玉帘钩②,天孙梳洗楼③。 佳人言语好④,不愿求新巧⑤。此恨固应知,愿人无别离。

【注释】

①孤光:月光。 ②遥认:远观。玉帘钩:喻新月。 ③天孙:织女星的别称。《史记·天官书》:"织女,天女孙也。"司马贞索隐:"织女,天孙也。" ④佳人:美人。此处指苏轼之妻王闰之。言语好:声音好听。

⑤不愿求新巧：没想再求别的娇声美女。意思是自己的妻子比任何女人都好。

【解析】

　　这首词作于元丰三年夏，夫人王闰之刚到黄州时。上阕写的是寻常景致，一弯新月高高挂在屋檐之上，好像在为身有所缺而感到忧伤。然而在作者眼里，它就像是美玉制成的帘钩一样美轮美奂，恰恰因为它仅是一弯新月，才能令人真切地看到天上的织女星，作者由此感慨织女与牛郎的别离之苦，同时联想到自己与夫人也已暌隔甚久，这些日子里她经受的感情折磨，丝毫不亚于织女的哀怨。下阕笔锋陡转，回到眼前：终于又与亲爱的夫人团圆了，她是世界上最好的女子，有她在身边，此生就非常满足了，何须其他？末句将夫妻恩爱直接表达出来，他告诉夫人：此前虽然不幸分离，幸而如今得以团聚，愿你我的恩爱天长地久，生生世世再也不分开。

　　王闰之是苏轼的第二任夫人，他的第一任夫人王弗不幸早逝，就在他回到眉州安葬父亲和夫人守丧的期间，王弗的父亲王方把女儿王闰之说给了他。王闰之才是王方的亲女儿，王弗实际上是王闰之的堂姐、王方的养女。这一点很多人并不清楚，可参看拙著《苏轼文集编年笺注》卷六三《祭亡妻同安郡君文》注②。不管王弗和王闰之是什么关系，这两位女子都给苏轼留下了非常美好的感受和记忆。他在《祭亡妻同安郡君文》中盛赞王闰之"妇职既修，母仪甚敦。三子如一，爱出于天。从我南行，菽水欣然"，道出了夫人几方面的贤德：不论是否己出之子，她都能待之如一；甘愿随自己南迁黄州，粗茶淡饭也绝无怨言。可见苏轼对夫人的爱是发自肺腑的。正因为有这样彻心彻骨的恩爱，他才屡屡写诗写词赞美妻子。这也给今天的夫妻做出了榜样，对爱情一定要珍惜，千万不可率意地求取"新巧",要知道,历经磨难的夫妻才是最可信赖的,那些"新巧"之辈,当你遇到难处时能靠得住吗?

菩萨蛮(七夕)

风回仙驭云开扇①,更阑月坠星河转②。枕上梦魂惊,晓檐疏雨零。　相逢虽草草③,长共天难老④。终不羡人间,人间日似年。

【注释】

①风回仙驭:风儿回转,把太阳之车吹到了原处。意即太阳落去。云开扇:云彩像扇面一样展开。　②更阑:夜深。星河转:银河也在旋转,已经很暗淡了。　③草草:仓促,匆忙。　④长共天难老:谓牛郎织女的爱情能够像天一样永恒地存在。

【解析】

这首小词立意别致。一般说来,人们写七夕牛郎织女相会,大都感慨他们的爱情来之不易,逝去匆匆,感慨仙界的生活不如人间那样甜美。此词却一反常态,说人间未必值得羡慕,倒是天界的牛郎织女更值得钦羡,虽然他们的相会十分短暂,但年复一年,直到永恒,不必担心音讯断绝。苏轼为什么生出这样的感喟呢?究其原因,是他深感人间烦恼太多,世情太复杂肮脏,令人难以承受。与此相比,仙界反倒单纯很多。就拿爱情来说,牛郎织女每年一次的相见,虽然相隔太久,然而年年如此,没有背叛,没有失约,也没有任何的干扰和陷害,这不比人间更纯美吗?

古代很多士子对于爱情,都很向往纯真和永恒。苏轼的弟子秦观有首《鹊桥仙》说:"纤云弄巧,飞星传恨,银汉迢迢暗度。金风玉露一相逢,便胜却、人间无数。　柔情似水,佳期如梦,忍顾鹊桥归路。两情若是久长时,又岂在、朝朝暮暮。"仔细体会,也是在说爱情贵在两情久长,而不在于朝朝暮暮的厮守,这与苏轼"相逢虽草草,长共天难老"的思路完全相同。"终不羡人间,人间日似年"两句,更把人间的污浊难耐进行了拔高,我们能体会到,作者并没有否定人间的真爱,而是强调人间的繁杂,不似天界那样单纯,故而生出宁可过牛郎织女那样两地相思的日子,也不愿深陷在无聊的勾斗和邪恶之中。如果我们多读些苏轼的诗文,就会发现,他渴慕天界,厌烦俗世,这种思想几乎贯穿了他一生。

菩萨蛮 (买田阳羡吾将老①)

买田阳羡吾将老,从来只为溪山好。来往一虚舟②,聊随物外游③。　有书仍懒著,《水调》歌归去④。筋力不辞诗⑤,要须风雨时⑥。

【注释】

①阳羡:江苏宜兴的古称。苏轼曾花费五百缗钱在这里买下田产,元丰八年遇赦后,打算在这里终老。　②虚舟:任其漂流的舟楫。此处指在远离人世的地方随意漂流,不设定任何目标。　③聊:姑且。物外:人世之外。　④《水调》:古曲调名。杜牧《扬州》诗之一:"谁家唱《水

调》，明月满扬州。"自注："炀帝凿汴渠成，自造《水调》。"歌归去：吟唱陶渊明的《归去来兮辞》。　⑤筋力不辞诗：意谓身体精神都还健康，可以作诗。　⑥要须：必须等到。

【解析】

　　这首词作于元丰八年五月，此时苏轼在常州宜兴，准备在此终老一生，所以心情比较宁静。上阕回忆数年前就在这里买下田产，打算宦游生涯结束后到这里养老，意在证实自己厌倦官场由来已久的狷介性情。随后二句是对未来生活的憧憬，乘着一条随意漂流的小船，任凭它在没有尘世喧嚣的乡野间自为行止，那将是多么惬意的享受。下阕依旧是对未来生活的设想，不过这些设想相当随意：我有能力著书立说，没有心情的时候是绝对不会勉强自己的。著书怎么样，不著书又怎么样？谁还能再来管我？歌可以唱，但唱的是陶渊明的《归去来兮辞》，我喜欢唱这样的歌曲，至于别的，那要看心情，谁也不能勉强我。诗嘛，还可以写，但未必还要"日课一诗"，高兴时想写就写，不高兴就不写。

　　我们看到的全然是一个出世老者的超然物外，也是这个时期苏轼思想的真实写照。苏轼的聪明在于他很善于平衡内心的倾斜，尽可能做到随遇而安。此话说起来容易，做起来却相当困难，困难也要这样调整，否则还有谁能救你？

虞美人（有美堂赠述古①）

　　《本事集》云：陈述古守杭②，已及瓜代③。未交前数日④，宴僚佐于有美堂，因请贰车苏子瞻赋词⑤，子瞻即席而就，寄《摊破虞美人》⑥。

湖山信是东南美⑦，一望弥千里⑧。使君能得几回来？便使尊前醉倒、且徘徊。　　沙河塘里灯初上⑨，水调谁家唱⑩。夜阑风静欲归时⑪，惟有一江明月⑫、碧琉璃⑬。

【注释】

①有美堂：杭州堂名，故址在杭州吴山上。《淳祐临安志》卷五："有美堂旧在郡城吴山。嘉祐二年，龙图阁直学士梅公挚出守杭州，仁宗皇帝赐诗宠行云：'地有湖山美，东南第一州。剖符宣政化，持橐辍才流。暂出论思列，遥分旰仄忧。循良勤抚俗，来暮听欢讴。'挚乃取诗之首章作堂，而名之曰'有美'。欧阳公修为记，蔡公襄书。"述古：杭州知州陈襄的字。陈襄，福建侯官人，北宋中期名臣。神宗时任知制诰、修起居注，因反对王安石变法，出知陈州，徙知杭州。回朝判尚书都省，卒。《宋史》有传。　②陈述古守杭：据《乾道临安志·郡守题名》载，陈襄于神宗熙宁五年五月乙未自知陈州来知杭州。熙宁七年六月己巳离任。③瓜代：《左传·庄公八年》："齐侯使连称、管至父戍葵丘，瓜时而往，曰：'及瓜而代。'"意谓等到明年瓜熟时派人去接替。后以官吏任职期满由他人接替为"瓜代"。　④未交前数日：离任前几天。古代地方官离任，须向下一任官员办理交割手续，宋朝称为"交代"。　⑤贰车：州郡中的副职。《礼记·少仪》："乘贰车则式，佐车则否。"郑玄注："贰车、佐车，皆副车也。朝祀之副曰贰。"后因称州郡副职为"贰车"。⑥《摊破虞美人》：即另一调的《虞美人》。"摊破"是唐宋时填词的专门术语，指因乐曲节拍的变动引起句法、协韵的变化，突破原来词调的谱式。　⑦信是：的确是。东南：国家的东南部，即今江浙一带地区。此处

指杭州。　⑧弥（mí）：遍、满。　⑨沙河塘：《咸淳临安志》卷三八载，此地"在（杭州）钱塘县旧治之南五里。潮水冲击钱塘江岸，奔逸入城，势莫能御。（唐）咸通二年，刺史崔彦曾开三沙河以决之，曰外沙、中沙、里沙"。　⑩水调：古曲调名。唐杜牧《扬州》诗之一："谁家唱《水调》，明月满扬州。"自注云："（隋）炀帝凿汴渠成，自造《水调》。"旧属商调曲。比如《水调歌头》，实际上就是水调的《歌头》，却不同于《六州歌头》。　⑪夜阑风静欲归时：夜已深，风已静，该回府去的时候。　⑫一江明月：据《淳祐临安志》卷九载："西湖本通海，东至沙河塘。向南一岸，皆大江也。"此处指天上的明月倒映在江面。　⑬碧琉璃：碧绿色的琉璃。此处喻江面的澄澈。

【解析】

　　这首词作于神宗熙宁七年（1074）六七月间。当时知州陈襄任满，临行前在有美堂宴请僚属，苏轼作为最高级别的属官，不但出席这次宴会，而且是即席填词首当其冲者。本词就是在宴会上为陈襄送行所作。

　　王安石变法之初，陈襄便对新法提出了不同的看法，因此得罪了变法派，不得不出为州郡官员。在对待新法的问题上，苏轼与陈襄立场完全一致，尽管在陈襄面前他是"小字辈"，官职也比陈襄低，但共同的政治见解，使两个人成为朋友。二人间的友谊十分真诚，因此这首词所表达的情感就显得真切感人。词的开篇为铺叙，说到东南景致之美，看似如同古风中的起兴，实则暗寓着对老知州为政的充分肯定：在轰轰烈烈的变法大潮中，一望千里的杭州一带，依旧保持着既往的纯美。接下来进入主题：可亲可爱的老知州就要离去，十有八九没有可能再回到此地，这种场合里，作为朝夕相处的僚属，即使喝得大醉，也会徘徊不忍离去。古代交通不便，亲友一旦分别，不知何时才能重新聚首，所以古人最看重别离。战国时的屈原就曾有过"悲莫悲兮生别离,乐莫乐兮新相知"(《九歌·少司命》)的名句。可以想象,当时苏轼心中依依难舍之情该有多么强烈。

然而分别是不以人的意志为转移的,不管怎么惜别,都要回到现实中,这正是此词下阕要表现的主旨。既然"天下没有不散的筵席",那就该把离别后的日子过好。作者离开有美堂,眼中所见是沙河塘里华灯初放的美景,是人们讴歌生活的美妙《水调》,是江面倒映的明月,是万顷碧波的大江——河塘依旧是那个河塘,《水调》依旧是那曲《水调》,明月还是那轮明月,大江还是那条大江,甚至苏轼还是那个苏轼,什么都没有变,唯一变化的是今后苏轼身边少了一个可亲可敬的长者,内心增添了一份对长者的思念。

菩萨蛮(西湖)

秋风湖上萧萧雨①,使君欲去还留住②。今日漫留君③,明朝愁杀人。　　佳人千点泪④,洒向长河水。不用敛双蛾⑤,路人啼更多。

【注释】

①萧萧:同"潇潇",风雨交加之貌。　②使君欲去还留住:意谓知州陈襄本拟出行,无奈遇到雨天,只得把行期往后推延,这很像是老天在有意留住他。　③漫留:徒然留住。　④佳人:指为知州送行的官妓。宋代有营妓制度,州郡中的官妓由官府供养并为公务服务。　⑤敛双蛾:颦蹙双眉。

【解析】

　　这首词的写作时间与上首相同，内容也是为离任老知州陈襄送行的，不同的是，上一首写陈襄宴请众僚属后便打算启程，这首接着写他还没离开杭州时，天上下起了雨，无法出行，只得暂时留下来等待天晴。开篇直接写杭州突然下起大雨，真个是"下雨天留客"。然而这短暂的停留究竟是好还是不好呢？从惜别的角度看，老知州毕竟多留了一天；然而仅仅是一天而已，明天呢？多相守了一天的老人明天离别时，会不会更加令人难过，更加难以割舍？

　　明天必定是如期而至，西湖上的雨停了，老知州真的要走了！杭州来了很多人为他送别，与老知州接触密切的营妓们一个个哭得像泪人，泪水成串地洒进河里，与河水融而为一。这种写法的高明之处在于作者把人们常说的"泪流成河"演化成了"真实版"——河里的水不都是女子们的眼泪吗？她们成串的眼泪不是汇成了眼前的河吗？用不着再说女子们的悲伤，看这河水就足以说明她们的哀切了。随后两句更为悲苦：就算女子们敛起双眉不再流泪也无济于事，看那沿街沿河为知州送行的百姓，啼哭之声岂不比营妓们更甚？他们的泪水岂不比营妓们泪水更多？作者善于把感情一阶一阶地推向巅峰，达到一般语言难以企及的效果。更可贵的是，整首词中并没有出现作者的影像，完全借用了"他物"即佳人们如何、老百姓如何、湖上如何、江水如何来宣泄情感。这些"外景"衬托的，正是作者本人难以摹状的深深情感。

哨　遍（为米折腰[①]）

陶渊明赋《归去来》，有其词而无其声[②]。余治东坡，筑雪堂于上,人俱笑其陋,独鄱阳董毅夫过而悦之③,有卜邻之意④。乃取《归去来词》,稍加概括,使就声律⑤,以遗毅夫⑥,使家僮歌之。时相从于东坡⑦,释耒而和之⑧,扣牛角而为之节⑨,不亦乐乎?

为米折腰,因酒弃家⑩,口体交相累⑪。归去来,谁不遣君归?觉从前皆非今是⑫。露未晞⑬。征夫指予归路⑭,门前笑语喧童稚⑮。嗟旧菊都荒,新松暗老⑯,吾年今已如此,但小窗容膝闭柴扉⑰。策杖看孤云暮鸿飞。云出无心,鸟倦知还⑱,本非有意⑲。 噫,归去来兮!我今忘我兼忘世⑳。亲戚无浪语㉑,琴书中有真味㉒。步翠麓崎岖,泛溪窈窕㉓,涓涓暗谷流春水㉔。观草木欣荣㉕,幽人自感㉖,吾生行且休矣㉗。念寓形宇内复几时㉘,不自觉皇皇欲何之㉙。委吾心㉚、去留谁计㉛?神仙知在何处,富贵非吾志㉜。但知临水登山啸咏㉝,自引壶觞自醉。此生天命更何疑?且乘流、遇坎还止㉞。

【注释】

①为米折腰:陶渊明不肯为五斗米折腰,愤而辞官。此处反用其意,指为了一点利益而忍受屈辱。 ②有其词而无其声:指陶渊明写的《归去来兮辞》只有文字,没有宫调,无法吟唱。 ③鄱阳:今江西省鄱阳市。此处指董毅夫的籍贯。董毅夫:名钺。同治《饶州府志》卷二十:"董钺字毅夫,德兴人,治平二年进士。遇事刚果,耿介不群。自奉清约,家无儋石之储,所积惟图书满箧而已。"过而悦之:指董钺路过黄州,见到东坡雪堂,十分赞赏。《全宋文》卷一八三一董钺小传说他熙宁中任夔州路转运判官。"元丰三年,韩存宝率军讨泸州夷,徙钺为梓州路转运副使,随军筹办军需。次年,存宝以畏懦不进伏诛,钺亦坐除名。" ④卜邻:

选择邻居。此处指董钺也打算在雪堂旁修建屋舍,与苏轼比邻而居。⑤使就声律:使新作符合声律的要求。这样就可以吟唱了。 ⑥遗(wèi):赠送。 ⑦相从于东坡:指董钺与苏轼在东坡雪堂新居交游。⑧释耒而和之:谓董钺放下耕具而与唱此曲的童子相赓和。 ⑨扣牛角而为之节:击打牛角作为节拍。 ⑩因酒弃家:因贪饮而不顾家室。梁萧统《陶渊明传》载,陶渊明曾命人将县令所拥有的三百亩公田全部种上可以酿酒的秫米,他有了酒,却没有顾及家人的食饮。 ⑪口体交相累:嘴巴和身体都受到牵累。意思是说因为不愿折腰向乡里小儿,连种秫米的官田都被收回了,只能回乡去当农夫。 ⑫觉从前皆非今是:认识到从前的所为都是错的,只有今天的选择才是对的。《归去来兮辞》:"实迷途其未远,觉今是而昨非。" ⑬露未晞(xī):露水没干。《诗经·秦风·蒹葭》:"蒹葭萋萋,白露未晞。"毛亨传:"晞,干也。" ⑭征夫指予归路:远行之人为我指点回家的路。征夫,远行在外的人。 ⑮门前笑语喧童稚:意谓回到家门前,孩子们正在笑语喧哗。 ⑯旧菊都荒,新松暗老:反用《归去来兮辞》中"三径就荒,松菊犹存"之语,谓连尚存的旧菊花和松树都已荒芜掉了。意思是说自己的境况还不如当年的陶渊明。⑰小窗容膝闭柴扉(fēi):狭小的窗前仅能容膝,柴门也总是关闭着。柴扉,柴门。 ⑱云出无心,鸟倦知还:化用《归去来兮辞》中"云无心以出岫,鸟倦飞而知还"两句。 ⑲本非有意:意谓造成如今这般境况,绝非是有意为之。此句言自己落到这步田地完全是出乎意料的,和当年的陶渊明主动归去还不一样。 ⑳忘我兼忘世:忘掉自己的功名前程,同时把世俗也全部忘掉。 ㉑浪语:妄加议论的流言蜚语。 ㉒琴书中有真味:弹琴读书中才能领悟人生的真谛。 ㉓泛溪:沿着小溪前行。窈窕:形容溪水细小弯环的样子。 ㉔涓涓暗谷流春水:即"暗谷涓涓流春水"的倒装。暗谷,幽深的山谷。 ㉕欣荣:生长茂盛,欣欣向荣。 ㉖幽人：幽隐之人，隐居之士。《周易·履卦》："幽人贞吉。"孔颖达疏："幽人贞吉者，既无险难，故在幽隐之人守正得吉。"此处是作者自指。㉗吾生行且休矣：我的生命即将走到头了。　㉘寓形宇内复几时：寄身于天地之中还能有多久。　㉙皇皇：即"惶惶"，匆忙，仓促。欲何之：将到何处。　㉚委吾心：安放我的心。㉛去留谁计：人生的存在与离去，谁能预计得出来。　㉜富贵非吾志：追求富贵并不是我的人生目标。《论语·述而》："不义而富且贵，于我如浮云。"　㉝啸咏：歌咏。苏轼《与张朝请书》之三："新春海上啸咏之余，有足乐者。"　㉞且乘流、遇坎还止：遇坎而止，乘流则行。喻依据环境的逆顺确定自身的进退行止。《汉书·贾谊传》："乘流则逝，得坎则止。"颜师古注："《易》坎为险，遇险难而止也。谓夷易则仕，险难则隐也。"

【解析】

元丰五年春，董钺自梓州路转运副使贬官东下，途经黄州，与苏轼在一起度过了不短的时间。两个人的身份都是谪宦，而且都认为是被冤枉了的谪宦，当然也就有了共同的语言。此时东坡雪堂刚刚建好不久，在这座只有谪宦才居住的简陋房舍里，两人的感触也大致相同。这阶段苏轼的心境已由惊恐悲愤渐渐转入平静达观，所以以陶渊明《归去来兮辞》为基础，写成了这首词，一是申明自己的人生态度，二是为新贬除名的董钺做些开解，希望他不要为逆境所摧折，人生无论走到怎样的境地，都要调节自我，使自己达观起来。

将前人的作品加以隐括，变成一篇全新的作品，既保留原作的基本思想和情感，又在此基础上加入新的感悟，这类作品在古典诗词中为数极少，所以这首词自古以来便受到评论家的肯定和赞许，如宋末张炎在《词源》下卷说："东坡词……清丽舒徐，高出人表。《哨遍》一曲，隐括

《归去来辞》,更是精妙,周(邦彦)、秦(观)诸人所不能到。"清人李佳《左庵词话》卷下说:"东坡《哨遍》词,运化《归去来辞》,非有大力量不能,此类后人不易学,亦不必学。强为之,万不能好。"抛开艺术方面的高下不说,单就苏轼选择陶渊明这首《归去来兮辞》进行"改编",就足以看出作者对陶渊明人生选择的高度赞赏。在苏轼浩瀚的文学作品中,景仰陶渊明的作品非常之多,只要他的人生之路处在逆境时,很自然就会想到以那位陶令作为衡量自身行止的标尺,说明作者的人生态度与陶渊明的确存在着很强的趋同性,即人们常说的"物以类聚,人以群分"。不仅如此,在遇到境遇相似的朋友时,他同样很自然地会以陶渊明为榜样去开解他们。

这首词充满"世路如今已惯,此心到处悠然"的意味,以往那些对官场黑暗的惊惧和憎恶,在这里淡化成了似有似无的影像,不再占据他思想的主流,而"归去"则成了他对人生取舍的主要目标,成为他追求和向往的更高境界。从中我们可以悟出:人生在世,面对"不如意事常八九"的冷酷现实,唯一能够平复内心、避免陷入俗世纠纷的办法,就是避开和归去,如果一味纠结在"理"的旋涡里,就永远不可能摆脱世俗,到头来折磨的其实是你自己。

满江红(忧喜相寻)

杨元素《本事曲集》①:董毅夫名钺,自梓漕得罪,归鄱阳②,遇东坡于齐安③。怪其丰暇自得④,曰:吾再娶柳氏,三日而去官⑤。吾固不戚戚⑥,而忧柳氏不能忘怀于进退也⑦。已而欣然同忧患,如处富贵⑧,吾是以益安焉。乃令家僮歌其所作《满江红》。东坡嗟叹之,次其韵。

忧喜相寻,风雨过、一江春绿。巫峡梦⑨、至今空有,乱山屏簇⑩。何似伯鸾携德耀⑪,箪瓢未足清欢足⑫。渐粲然⑬、光彩照阶庭,生兰玉⑭。　　幽梦里,传心曲⑮。肠断处,凭他续⑯。文君婿知否⑰,笑君卑辱⑱。君不见《周南》歌《汉广》⑲,天教夫子休乔木⑳。便相将㉑、左手抱琴书,云间宿㉒。

【注释】

①杨元素:杨绘,字元素,蜀中绵竹人。神宗时为翰林学士、御史中丞,因不满王安石变法,上书陈其弊端,罢知亳州,历知应天府、杭州,卒,年六十二。《宋史》有传。《本事曲集》:杨绘编写的一部有关词曲写作原委的书。　②归鄱阳:回老家江西鄱阳。参看上首注③。　③齐安:黄州的郡名。宋代的州府同时还保留前朝的郡名。《宋史·地理志》四:"黄州,下,齐安郡,军事。"其中"下"代表黄州的等次属于下等州郡,"齐安郡"表示黄州旧名齐安郡,"军事"表示此州在军事上有一定的重要性。　④丰暇自得:生活丰足且有闲暇,日子过得十分惬意。　⑤吾再娶柳氏,三日而去官:意谓在梓州转运副使任上又娶了位新夫人柳氏,进门三天便遭到罢免。去官,离开官位。　⑥戚戚:忧愁悲伤之貌。　⑦忧柳氏不能忘怀于进退:担心柳氏对罢官的现实感到不满。进退,士子在仕途上的升降得失。　⑧欣然同忧患,如处富贵:在董钺遭到罢免后,新夫人依然高高兴兴地和他过日子,如同仍在富贵时一样。　⑨巫峡梦:即楚顷襄王梦游巫山的典故。宋玉《高唐赋》序:"昔者先王尝游高唐,怠而昼寝,梦见一妇人,曰:'妾巫山之女也,为高唐之客,闻君游高唐,愿

荐枕席。'王因幸之。去而辞曰：'妾在巫山之阳，高丘之阻，旦为朝云，暮为行雨，朝朝暮暮，阳台之下。'旦朝视之，如言，故为之立庙，号曰朝云。"后代文人遂用为男女幽会之典。　⑩至今空有，乱山屏簇：指战国时的巫山旧梦如今早已远去，留下来的只有重峦叠嶂。　⑪伯鸾携德耀：东汉梁鸿携其妻孟光隐居于山中。《后汉书·梁鸿传》载：梁鸿字伯鸾，扶风平陵人，少有高节。同县有女子黑而肥，年三十未嫁。其母问为何不嫁，女子回答说："非梁鸿不可嫁。"梁鸿闻之，娶以为妻，并告诉她打算隐于山中。于是女子"更为椎髻，着布衣，操作而前。（梁）鸿大喜曰：'此真梁鸿妻也。能奉我矣！'字之曰德曜，名孟光"。　⑫箪（dān）瓢未足清欢足：生活虽然清苦，但精神上快乐而满足。箪，古代用来盛饭食的盛器，用竹或苇编成，圆形，有盖。《论语·雍也》："贤哉，回也！一箪食，一瓢饮，在陋巷，人不堪其忧，回也不改其乐。"　⑬粲然：明亮之貌。　⑭生兰玉：用晋代谢玄的典故，祝愿董钺新夫人柳氏会给他生下优秀的后代。《晋书·谢玄传》："（谢玄）少颖悟，与从兄朗俱为叔父安所器重。安尝戒约子侄，因曰：'子弟亦何豫人事，而正欲使其佳？'诸人莫有言者。玄答曰：'譬如芝兰玉树，欲使其生于庭阶耳。'"　⑮心曲：心声。　⑯肠断处，凭他续：逢到苦闷难熬时，还要她来开解安慰。　⑰文君婿：汉代卓文君的夫婿，即司马相如。卓文君的丈夫死后，爱上了司马相如，于是不顾家人反对嫁给了他。司马相如回到成都后一贫如洗，后得到卓文君父卓王孙资助，才变得富贵。　⑱笑君卑辱：耻笑司马相如的卑微耻辱。　⑲《周南》歌《汉广》：《诗经·周南》中有《汉广》一诗，歌咏的是男子守礼，女子贤淑。　⑳天教夫子：上天成全董夫子。夫子，此处指董钺。休乔木：《诗经·周南·汉广》："南有乔木，不可休息。汉有游女，不可求思。"郑玄笺："喻贤女虽出游流水之上，人无欲求犯礼者，亦由贞洁使之然。"此句意谓上天令董夫子获

苏轼词选 | 175

得了一位贤淑的贞女。　㉑相将：携手。　㉒云间宿：到人迹罕至如在云间的地方去隐居。

【解析】

　　这首词与上首写作时间大致相同，都是董钺在黄州与苏轼交游期间的作品。不过这一首的中心意思与上首完全不同，写的是董钺向苏轼讲述了一个娶妻的故事，不但很有意思，而且对今天的男女也有很强的启示作用。董钺在当"省级干部"梓州路转运副使时，娶了一位妻子，谁料女子进门才三天他就被罢官了。董钺骤然间由高官成了谪宦，担心女子会因此不快，庆幸的是，女子并没有因他身份地位的变化而对他心生轻蔑，恰恰相反，她更加爱自己的丈夫，并表示愿意跟随丈夫过艰苦的生活，决不变心。为此董钺十分感动，写了一首《满江红》命苏轼家的小童歌唱。苏轼听罢也受到感动，依原韵写了这首和词赠给董钺，对柳氏不嫌丈夫失官而戚戚的情操给予了高度的赞扬。

　　人们常说：婚姻的基础是经济而不是爱情。这话在很大程度上是有道理的，然而凡事都有例外，有时例外的情况还不算少。就拿董钺新娶的这位柳氏来说，当初嫁给董钺时是否看中了他的"高干"地位，不得而知，然而随之而来的则是严峻的考验：丈夫被朝廷罢了官，而且是一罢到底，成了赤贫阶层。连董钺自己都有些含糊了：这位娇妻还肯跟着自己继续受苦吗？在他心里，即使妻子离他而去，也不是不可接受，谁叫自己不争气受到朝廷严惩呢？令他感动的是，妻子并没有因他跌入人生谷底便心生不满，心甘情愿地跟随丈夫白头到老。董钺把自己的感动形诸笔端，写下了满含深情的《满江红》，且命苏轼小童把它演唱出来。我们可以想到，这位新夫人一定是个年轻的美女。在宋代，女子改嫁并不是什么丢人的事，所谓三从四德之类的桎梏，那时还没形成，也就是说，美女离开他再嫁，董钺是无话可说的。正是由于柳氏把感情放在了唯此为大的位置上,才使得这段婚姻增加了道德和情操的元素变得光鲜灿烂,令人艳羡,这也是苏轼为什么一定要写首和词加以褒美的原因所在。

总体来看,此词的格调很高,它赞美的是人间真情,歌颂的是纯美真诚。所以作者说:"何似伯鸾携德耀,筐瓢未足清欢足。"人生的追求有千千万,最值得珍视的莫过于真爱,哪怕生活再清苦,只要欢爱相得,就是至高无上的。至于说到柳氏一定会为董钺生下芝兰玉树般优秀的后代,则显得有些画蛇添足——这和女子的忠贞没有太直接的关系,且这种祝愿实在玄乎,万一柳氏生的是女孩,或者干脆没生育,就该淡化人家对爱情的忠贞吗?这个苏轼也真是,替人家操心操得太过了。

点绛唇(己巳重九和苏坚①)

我辈情钟②,古来谁似龙山宴③。而今楚甸④,戏马余飞观⑤。顾谓佳人⑥,不觉秋强半⑦。筝声远,鬓云吹乱⑧,愁入参差雁⑨。

【注释】

①己巳:哲宗元祐四年(1089)。苏坚:字伯固。《苏轼诗集》卷三二《次韵苏伯固主簿重九》诗施元之注:"苏伯固名坚,博学能诗。东坡自翰林守杭,道吴兴,伯固以临濮县主簿监杭州在城商税,自杭来会。作《后六客词》,伯固与焉。方经理开西湖,伯固建议,谓当参酌古今而用中策。湖成,其力为多。后一岁,又相从于广陵。坡归自海南,伯固在南

华相待，有诗。" ②我辈情钟：我辈很看重真正的感情。《世说新语·伤逝》："王（戎）曰：'圣人忘情，最下不及情。情之所钟，正在我辈。'" ③龙山宴：《晋书·孟嘉传》："（孟嘉）为征西桓温参军，温甚重之。九月九日，温燕龙山，僚佐毕集。时佐吏并著戎服，有风至，吹嘉帽堕落，嘉不之觉。温使左右勿言，欲观其举止。嘉良久如厕，温令取还之，命孙盛作文嘲嘉，著嘉坐处。嘉还见，即答之，其文甚美，四坐嗟叹。"后遂以龙山宴为重九宴会的代称。 ④楚甸：特指徐州。徐州古为楚国之地，故称。 ⑤戏马余飞观：意谓当年项羽所建的戏马台已经荡然无存，如今只剩后人所建的楼观了。 ⑥顾谓佳人：回头对美人说。 ⑦不觉秋强半：不知不觉间秋天已过大半。 ⑧鬓云吹乱：指美人如云的鬓发被风吹乱。 ⑨愁入参差雁：满怀愁情都融进了筝声之中。古称筝柱为雁行。唐李远《赠筝妓伍卿》诗："座客满筵都不语，一行哀雁十三声。"

【解析】

这首词作于元祐四年九月。这一年三月，在苏轼多次请求下，朝廷终于同意他离开京城，出任杭州知州。王宗稷《东坡先生年谱》载，苏轼抵达杭州在这一年的七月三日。此时苏坚任监杭州在城商税，用现在的话说就是杭州城区税务局长，为苏轼的属下。此人早已对苏轼非常敬重，苏轼也很感激他的真情，引为知己，故而苏轼出任杭州知州之际，将他从临濮县主簿调到杭州监税。二人的友情由来已久，如今终于成了同僚。

此时苏轼再次经历了朝廷争斗的险恶，在心力交瘁的状态下，又在54岁的年龄，重九饮宴，难免发些感慨。上阕起首以"我辈情钟"笼罩全词，为下文铺垫基础：所有文字，都是写给知己的。随后以龙山大宴点明这次宴会是为庆祝重阳节而举办的。重阳节大宴宾客本该如当年桓温龙山大会般热烈，然而苏轼却没有那样的兴致，倒是想起了曾在徐州时的所见所闻：当年项羽不可一世，修筑的戏马台千古留名，然而也只不过留名而已，真正的台基早已荡然无存，所存者是后来好事者再建的楼阁。戏马台本与杭州无关，所以它的介入显得有些突兀。然而仔细一想也合情理：当年当的是徐州知州，一晃数年过去，如今到了杭州，岂不是时光如梭？

下阕用了一个很巧妙的情节，他悄悄地对弹筝的侍女感叹：既然已是重九，秋天岂不是过了大半？这句话不但道出了对人生短暂的感叹，同时也使弹筝女子默默无言，因为女子的青春更容易消逝。再看女子，已被风吹得鬓发凌乱，满腹忧愁都灌注到筝声之中了。如此描写重九大宴，可谓别具一格，整场宴会没有欢声笑语，没有揎拳捋袖，人们似乎都明白，眼前这位苏大人实在太疲倦了，太心碎了。

点绛唇（庚午重九再用前韵①）

不用悲秋②，今年身健还高宴③。江村海甸④，总作空花观⑤。尚想横汾，兰菊纷相半⑥。楼船远⑦，白云飞乱，空有年年雁⑧。

【注释】

①庚午重九：元祐五年的重九。再用前韵：指还用去年那首《点绛唇》的韵脚。去年所作的《点绛唇》，见本书《点绛唇·己巳重九和苏坚》。　②悲秋：对萧瑟秋景的伤感情绪。《楚辞》宋玉《九辩》："悲哉秋之为气也。萧瑟兮草木摇落而变衰。"　③高宴：纵情饮宴。　④江村

海甸：江边村落、海边平原。　⑤总作空花观：都把它当作空花来看待。此句连同上句，意谓这一天不论是在江村还是在海甸，到处都在观赏菊花，这番热闹，不妨都把它看作一片幻影。这里表现的是佛教虚无思想。傅干注此句云："释氏以圆明达观，视世界如空中花耳。"　⑥尚想横汾，兰菊纷相半：化用汉武帝《秋风辞》："秋风起兮白云飞，草木黄落兮雁南归。兰有秀兮菊有芳，携佳人兮不能忘。泛楼船兮济汾河，横中流兮扬素波。箫鼓鸣兮发櫂歌，欢乐极兮哀情多。少壮几时兮奈老何！"　⑦楼船：建有楼的大船。此句反用"泛楼船兮济汾河"之意，言济汾河的楼船早已远去，不见踪影。　⑧空有年年雁：只有大雁还在年复一年地飞。此句感叹汉武帝所说的那些景物都已不见，唯一能见到的只剩年年不变的飞雁。唐李峤《汾阴行》诗："山川满目泪沾衣，富贵荣华能几时？不见只今汾水上，唯有年年秋雁飞。"

【解析】

　　这首词开篇便是"不用悲秋"，似乎在表现作者老骥伏枥的壮志，其实这是正话反说，往下看就全明白了。为什么要把重九的喧闹当成空花来看呢？还不是在感叹人生如梦一切皆空吗？于是读者开始怀疑东坡老人是不是在发出苦恼的笑。果然，到了下阕，立刻呈现出一派苍凉之气，借汉武帝《秋风辞》大发感慨：遥想当年横渡汾河的汉武帝何等气派，到头来不也是乐极生哀的下场吗？他肯定不愿看到，曾经富贵至极的一代雄主，落得个汾水之上一切皆消，只剩下大雁年复一年南北飞翔。

　　陈廷焯《词则》卷一称此词"笔意超远，东坡本色"，意在强调本词的核心是个"空"字。今天热闹的江村海甸，完全可以当作"空花"来看，这是从佛教教义出发来看待俗世；当年横渡汾水的汉武帝，如今也只剩下一片空白，这是从历史的角度看待尘世都是过往。总而言之，人不能把荣华富贵看得太重，也无需把功名利禄看得太重，人或可称为尘埃，或可称为过客，就算俗世永存，也没有任何东西永远属于你。以乐观的态度过好眼下的每一天，才是真正的聪明人。

殢人娇（或云赠朝云①）

白发苍颜，正是维摩境界②。空方丈、散花何碍③？朱唇箸点④，更髻鬟生彩。这些个，千生万生只在⑤。　　好事心肠⑥，著人情态⑦。闲窗下、敛云凝黛⑧。明朝端午，待学纫兰为佩⑨。寻一首好诗，要书裙带。

【注释】

①朝云：苏轼在杭州收的歌伎，后为妾。苏轼《朝云墓志铭》："东坡先生侍妾曰朝云，字子霞，姓王氏，钱塘人。敏而好义，事先生二十有三年，忠敬若一。绍圣三年七月壬辰，卒于惠州，年三十四。"　②维摩境界：清净无欲的境界。维摩，维摩诘，意译为净名或无垢。他是一位在家的居士，娶妻生子，资财无量，衣服饮食尽皆丰好，但他能在世俗生活中保持清净梵行。　③空方丈、散花何碍：《维摩诘经·观众生品第七》："时维摩诘室有一天女，见诸天人闻所说法，便现其身，即以天华散诸菩萨大弟子上。华至诸菩萨即皆堕落。"此句意谓在老苏的方丈里，天女可以随意散花。　④朱唇箸（zhù）点：谓朝云的红唇像是筷子点染过一样娇美。箸，筷子。　⑤千生万生只在：谓对朝云的朱唇、髻鬟之美，千辈子万辈子都会记在心里。表示对朝云的爱意永远不会淡去。　⑥好事心

肠：喜好助人的善心。 ⑦著人情态：惹人怜爱的情态。 ⑧敛云凝黛：梳理头发描画黛眉。 ⑨纫（rèn）兰为佩：编织兰草为佩带。《楚辞·离骚》："扈江离与辟芷兮，纫秋兰以为佩。"纫，缝制。

【解析】

　　这首词约作于绍圣二年苏轼在惠州贬所期间。元祐八年，苏轼的妻子王闰之病故，此后他没有续娶，只与几个妓妾在一起生活。被贬惠州时，身边还有两个女子，一个是朝云，另一个叫碧桃。叶廷琯《鸥陂渔话》说："王文诰撰苏集编注：《总案》论此云：其友衡山王泉之作令江西，尝以事至都昌，见《都昌志》称坡翁南迁时，遣妾碧桃于县，因为此诗。"意思是说苏轼被贬惠州时，为了让侍妾碧桃少受罪，走到都昌，让她留在那里自谋生路。为此他还颇为伤感地写了一首诗："鄱阳湖上都昌县，灯火楼台一万家。水隔南山人不见，东风吹老碧桃花。"如果这个记录是真实的，那么苏轼抵达惠州后，只有朝云一人陪伴他了。另外，苏轼的《朝云诗》序说："予家有数妾，四五年相继辞去，独朝云者随予南迁。"也可以证明这一点。不管苏轼曾经有过多少妓妾，他对朝云的感情是最深的，这位女子不但聪明灵巧，还为苏轼生过一个儿子叫苏遁，可惜一岁就死了。在苏轼眼里，别的妓妾都可以遣散，唯独朝云是离不开的。绍圣三年朝云死后，他特地写了篇墓志铭作为永恒的纪念。

　　上阕先写自己年纪老大，白发苍颜，已过了男欢女爱的阶段。爱妾朝云不论如何"散花"，都无所谓了。在他看来，对朝云的感情和珍爱，绝非尽出于对女色的需求，更重要的是情与情的深深沟通，用现在的话说，就是能"读懂我的心"。基于此，朝云在苏轼眼里和心里，永远都是最可爱的人，单看那永远娇美的面庞，那一点朱唇、光彩照人的鬓鬟，就总也欣赏不够。

然而这只是表象,下阕才是最重要的:天生的爱行善事,总希望事事都做到别人心坎上讨人欢喜。这样的女子,难道不值得一辈子珍爱吗?看着她那副认真梳洗的情态,那副认真要学纫兰为佩的模样,苏轼心里就十分满足。有人赞扬此词咏女人而没有绮罗香泽之态,此话固然有理,然而苏轼咏女子的诗词并非都没有绮罗香泽之态,只不过这首词咏他的爱妾,已经超越了"美女"的范畴,实际上是在咏"亲人",何须那些撩人的字眼?如果是那样,反倒降低了朝云在他心里的形象。退一步说,此时苏轼处在人生的最低谷,连命都快保不住了,哪里还有绮罗香泽的心情?

如梦令(水垢何曾相受①)

元丰七年十二月十八日,浴泗州雍熙塔下②,戏作《如梦令》阕。此曲本唐庄宗制③,名《忆仙姿》,嫌其名不雅,故改为《如梦令》。盖庄宗作此词,卒章云:"如梦如梦,和泪出门相送。"因取以为名云。

水垢何曾相受,细看两俱无有④。寄语揩背人,尽日劳君挥肘。轻手,轻手,居士本来无垢⑤。

【注释】

①水垢何曾相受:清水和污垢什么时候融合在一起过? ②泗州:宋代州名,治所在今江苏盱眙。雍熙塔:又名泗州塔,是为供奉僧伽大师修建的塔。《释氏稽古略》卷三:"泗洲僧伽大士,初自碎叶国游于西凉,是年显化洛阳。……时大士不欲异凡,乃隶名楚州龙兴寺,澹如也。或宴

坐于深房，或振锡于长路。中宗景龙二年，诏大士自淮寺入宫，帝称弟子，三台问法，百辟归心。馆于荐福寺。……睿宗景云元年三月，大士示寂，寿八十三。敕奉全身归泗洲普光王寺，塑身建塔。"　③唐庄宗：五代后唐庄宗李存勖。他曾作过一首《忆仙姿》词云："曾宴桃园深洞，一曲舞鸾歌凤。长记别伊时，和泪出门相送。如梦，如梦，残月落花烟重。"

④细看两俱无有：仔细查看，其实这里既没有水也没有污垢。　⑤居士：苏轼曾自号为东坡居士，这里是自指。本来无垢：原本就没有污垢。

【解析】

　　元丰七年年底，苏轼北行抵达了泗州，并在泗州度过了元丰八年的元旦。此时他的情绪变得平和了许多，心中的愤懑和不平越来越少。这种境界的转变，当以元丰五年修筑东坡雪堂为转折点。在黄州那段时间里，苏轼不但探究《易经》真谛，而且对《庄子》也进行过深入的研究，更在与佛印、方山子等方外之友的交往中，渐渐感悟到出世的宁静。有人说苏轼不仅受到儒、道的影响，也受到佛学的影响。事实的确如此。这首小词看似游戏笔墨，其中充满了佛学一切皆空的思想。

　　有个很多人都听过的故事，说有一次六祖慧能在广州法性寺听印宗法师讲《涅槃经》，忽然来了一阵风，吹得经幡摇动。两个和尚为此争执不休，一个说是风动，一个说是幡动，谁也说服不了谁。慧能插嘴道："既不是风动，也不是幡动，是你们的心在动。"这就是佛教禅宗强调色界为空，强调直指人心最典型的例子。苏轼从这种理论延展开去，故而说水和污垢原本都不存在，既然是两种本不存在之物，又怎能彼此交融发生作用呢？于是乎大有感悟：进了浴室后曾经要求搓背人不停挥肘是大错特错了。搓背人，你轻点吧，再轻点吧，别费那瞎劲了！此话怎讲？第一，东坡居士原本就没有污垢，搓什么呀？第二，不但东坡居士没有污垢，整个世界上本来就没有污垢，更用不着搓了。您看，原本只是想洗个澡，结果悟出了这么一堆佛理，岂不是意外之得？

如梦令（有寄）

为向东坡传语①，人在玉堂深处②。别后有谁来③？雪压小桥无路④。归去，归去，江上一犁春雨。

【注释】

①东坡：苏轼被贬谪黄州时躬耕之处。此处代指黄州。传语：带信。②玉堂：代指翰林院。《汉书·李寻传》："久污玉堂之署。"王先谦补注："汉时待诏于玉堂殿，唐时待诏于翰林院，至宋以后，翰林遂并蒙玉堂之号。"此时苏轼已由中书舍人升为翰林学士，故称其在"玉堂深处"。③别后有谁来：元丰七年离开东坡雪堂后，还有谁曾经到过那里？④雪压小桥无路：大雪把小桥压垮，没了通往雪堂的路。小桥，指东坡雪堂南面的桥。

【解析】

这首词作于元祐初年，当时苏轼已担任了翰林学士。全词虽然只有五六句话，却令人感到句句灼人，看来他对黄州那段不凡的生活实在太萦心挂怀了，以至官至翰林，仍时时渴望回到魂牵梦绕的雪堂前，再亲自把一把锄犁，耕一耕浸满春雨的东坡故地。那座小桥还在吗？会不会早被无人清扫的厚厚积雪压垮了？那荒芜了的、寂寞已久的东坡，一定在热切盼望着它的主人归去吧?

王水照在《苏轼》一书中说这首词是"苏轼任职翰林学士时怀念黄州东坡的作品。对东坡的亲切真挚的乡土之爱,融注着他'躬耕'的劳动体会,也含有对污浊官场生活的厌倦。语言清丽,节奏明快,不失为佳作"。这几句话讲得周到而准确,完全可以涵盖此词的精髓。我之所以说此词用语灼人,也是在说明它没有任何造作,甚至没有一丝装点,实打实地把自己对躬耕黄州的思念和盘托出——用情至真,故而灼人。

如梦令（春思）

手种堂前桃李,无限绿阴青子①。帘外百舌儿②,惊起五更春睡。居士,居士,莫忘小桥流水③。

【注释】

①青子:尚未成熟的果实。 ②百舌儿:鸟名。因其叫声多有变化,故名。《淮南子·说山训》:"人有多言者,犹百舌之声。"高诱注:"百舌,鸟名,能易其舌效百鸟之声,故曰百舌也。" ③小桥流水:东坡的景致。陆游《入蜀记》卷四:"（雪堂）东大柳,传以为公手植。正南有桥,榜曰'小桥',以'莫忘小桥流水'之句得名。其下初无渠涧,遇雨则有涓流耳。旧止片石布其上,近辄增广为木桥,覆以一屋,颇败人意。"据此记载,当年苏轼在东坡时并没有"小桥"之名,且当时所谓小桥,不过是一片大石而已。其后苏轼作此词有"小桥流水"之句,才被后人冠以"小桥"之名。

【解析】

　　这首词是苏轼担任翰林学士时所作，与上一首《有寄》相隔不久，遣词用语和反映出的情愫也十分接近，都是怀念黄州东坡野趣生活的作品。不过本首在写作方法上与前一首稍有不同，前半部分是追忆黄州生活的片段，后面一句听上去像是在发泄对当今境遇的不满：虽然身已在玉堂深处，可东坡居士千万别忘了雪堂前头那醉人心魄的小桥流水。这种近乎呐喊的语句难免让人猜想，他一定是遇到了很不顺心的事，否则不会是如此焦灼的心态。

　　人就是这么奇怪，在黄州时，整天埋怨朝廷辜负了他的忠心，落得个江城安置的下场。好不容易盼到了回朝为官，当的还是堂堂大学士，却又怀念起贬谪生活的无拘无忌来了。如果有人对他说：东坡居士，要不您老还回黄州歇着去，如何？不知苏轼该怎么回答。

南歌子（再用前韵①）

　　苒苒中秋过②，萧萧两鬓华③。寓身化世一尘沙④。笑看潮来潮去、了生涯⑤。　　方士三山路⑥，渔人一叶家⑦。早知身世两聱牙⑧，好伴骑鲸公子⑨、赋雄夸⑩。

【注释】

　　①再用前韵：作者曾写过一首《南歌子·八月十八日观潮》："海上乘槎侣，仙人萼绿华。飞升元不用丹砂。住在潮头来处、渺天涯。　　雷辊

夫差国,云翻海若家。坐中安得弄琴牙。写取余声归向、水仙夸。"本书没有选入。所谓"再用前韵",指依旧用前一首中的"华""砂""涯""家""牙""夸"为韵脚填词。　②苒苒:同"冉冉",缓慢。　③萧萧:萧疏之貌。两鬓华:两鬓花白。　④寓身化世:寄身于世。一尘沙:不过如同江河中的一粒细沙。言人的存在本来十分微小。　⑤笑看潮来潮去、了生涯:看看潮来,看看潮去,不知不觉中一辈子就过去了。意思是人生如潮,来时如生去时如灭,转瞬即逝。　⑥方士三山路:方士们求仙于三山的道路。《史记·封禅书》:"自威、宣、燕昭使人入海求蓬莱、方丈、瀛洲。此三神山者,其传在勃海中,去人不远;患且至,则船风引而去。盖尝有至者,诸仙人及不死之药皆在焉。其物禽兽尽白,而黄金银为宫阙。未至,望之如云;及到,三神山反居水下。临之,风辄引去,终莫能至云。"　⑦渔人一叶家:渔夫以一叶扁舟为家。　⑧身世两聱(áo)牙:立身行事都与世俗格格不入。聱牙,喻乖忤,抵触,不能合于世俗。　⑨骑鲸公子:指李白。杜甫《送孔巢父谢病归游江东兼呈李白》诗:"几岁寄我空中书,南寻禹穴见李白。"仇兆鳌注:"俗传太白醉骑鲸鱼,溺死浔阳。"　⑩赋雄夸:写出极度夸饰的文赋。指李白的《大鹏赋》等具有浪漫色彩的文赋。

【解析】

　　这首词是由观看钱塘江潮生发的感慨,作于元祐五年杭州知州任上。这一年苏轼55岁,已经进入老年,所以上阕起首便说自己已是"萧萧两鬓华"的老者。随后写观潮获得的心得:奔涌浩瀚的钱塘江卷起了多少泥沙?而自己这个肉身正如佛典所说,不过是恒河里的一粒沙子,太渺小,太微不足道了。即便从大处着眼,把自己看作是巨浪,也不过一起便落,生命只在转瞬之间而已。

下阕用方士、渔人两个形象揭示出一个道理：想以入海求仙的方式得到永存，是绝对不可能的；想像渔夫那样以一叶扁舟为寄身之所，也无法逃过惊涛骇浪的冲荡。这两句话究竟要表达什么意思呢？作者告诉人们：自古以来人们都想摆脱世俗的羁绊，可惜不论什么方式都不可能达到目的，还不如像李白那样上天入地，纵情翱翔，起码落得活着的时候痛快淋漓。从这个意义上说，此时苏轼心里的郁结，似乎比任何时候都更加强烈，这是为什么呢？因为他重新回朝的几年中，不但没有大展宏图的机会，连战战兢兢如履薄冰地为朝廷做事都很难立身。元祐元年刚刚回朝，就因免役法与司马光发生矛盾，受到不少人的攻击；不久又因学士院试馆职的策题有"欲师仁宗之忠厚，而患百官有司不举其职，或至于偷，欲法神考之励精，而恐监司守臣不识其意，流人于刻"之语，受到朱光庭、傅尧俞、王岩叟等人合力的攻讦；又因举荐王巩、黄庭坚等人，受到赵挺之等人恶语弹劾。可以说从元祐初回到朝廷，没过过几天消停日子，弄得他心力交瘁，不得不疲于应对来自各方的围攻。为了避开与小人们的纠缠，他最终只能选择出任州郡长官这条路，再次来到了杭州。您想，被人家轰出朝堂躲到杭州，心情能好到哪儿去？曾经屡考屡捷、自认为可成大事的苏轼总算认识到，他不过是普普通通的一粒细沙，任何一股潮水，都能把他冲得找不到自己。在这种境况下，他连洁身自好都无法实现，更何况求仙蓬莱、扁舟桃源？由此想到与骑鲸公子为伴，进入"雄夸"的境界，不就显得很自然了吗？

减字木兰花（送东武令赵晦之①）

贤哉令尹②，三仕已之无喜愠③。我独何人④，犹把虚名玷缙绅⑤。　　不如归去，二顷良田无觅处。归去来兮⑥，待有良田是几时？

【注释】

①东武：古县名，此处代指密州州治所在的诸城县，在今山东诸城。赵昶晦之：名昶，晦之是他的字。拙作《苏轼文集编年笺注》卷五七收有《与赵昶晦之书》四篇，均为元丰四年后作者被贬到黄州时所作，可见苏轼与赵昶在密州时定交，其后数年还有来往。据《苏轼文集》载，赵昶元丰中任藤州知州，元祐中任高邮军知军。又按：原本副题作《送东武令赵晦之失官归海州》，则赵昶为海州人。海州在今江苏连云港。　②令尹：春秋战国时楚国的最高执政官。唐宋以后，泛指县令。此处即用后义，指诸城县令而言。　③三仕已之无喜愠：指楚国令尹子文多次担任高官，没见他面带喜色；又多次遭到罢免，也没见他面带怒色。《论语·公冶长》："令尹子文三仕为令尹，无喜色；三已之，无愠色。"　④我独何人：我算什么人。这是作者在赵昶面前的谦逊之语。　⑤虚名玷缙（jìn）绅：意谓我苏轼只是徒有虚名，哪里能玷污真正的大君子。古代官员插笏于绅带间，称为缙绅，也代指士大夫。《汉书·郊祀志》上："其语不经见，缙绅者弗道。"颜师古注："缙，插也，插笏于绅。"　⑥归去来兮：谓辞官归隐。语出陶渊明《归去来兮辞》。

【解析】

苏轼与赵昶的交往从密州开始，诸城县为密州的倚郭县，所以二人相交十分便利。此词写于熙宁八年年底，当时赵昶因故罢官回乡，苏轼写词为他送行。

这首词的最大特点是以散文化的语句入词，易读易懂。上阕起首赞扬赵昶是道德之士，可与楚国令尹子文相比美。接下来两句把自己融入进去，谦称自己虽有些虚名，但与赵君比起来还差得很远。下阕全是对赵昶的抚慰之词，不过是巧妙地"拿自己说事儿"：官场险恶，不如退隐家园来得自在。我早就想辞官归乡，可惜连两顷薄田都没有，想归隐都难。等到挣够了求田问舍的钱可以归隐时，又不知何年何月了。这四句写得饶有兴致，略带些自嘲和调侃的味道，大约也是想以此博赵昶一笑吧。有学者称苏轼说想归隐仅仅是安慰赵昶，他自己并没有归乡之想。我倒以为苏轼时时都会有摆脱官场束缚的渴求，此时被搁置在密州这个偏远州郡，怎么可能兢兢业业、踏踏实实呢？

对于此词，历来评价不一，有人认为它过于枯瘠，没有诗意的含蓄，甚至说它是苏词中最坏的一种倾向（郑振铎《插图本中国文学史》）。我倒不这样认为。拿欧阳修《生查子·元夕》为例："去年元夜时，花市灯如昼。月上柳梢头，人约黄昏后。　今年元夜时，月与灯依旧。不见去年人，泪满春衫袖。"其用语之俗与苏轼这首《减字木兰花》毫无二致，其叙事之直白坦露，甚至超过苏词（苏词好歹还用了几个典故）。为什么欧词被捧上了天，苏词却被骂得一无是处？难道仅仅是因为欧词写的是男女之情，苏词写的是朋友之情？其实词本来就属于俗文学范畴，与诗之大雅判若两途，一味要求词也要写得含蓄深沉，似乎过于苛刻，也不符合词的属性。还拿此词来说，明白浅俗的文字之间，作者对官场的厌恶、对友人的敬重、对隐居的调侃、对失意的达观等，都表现得十分充分，且情感真挚，没有任何做作，读来朗朗上口。其间虽无"大江东去"的气派，无"会挽雕弓如满月"的豪迈，但娓娓之间不失真情，也算难能可贵，起码要比周邦彦之流的"学院派"词好听得多。

减字木兰花（双龙对起①）

《本事集》云②：钱塘西湖，有诗僧清顺居其上③，自名藏春坞④。门前有二古松，各有凌霄花络其上⑤，顺常昼卧其下。子瞻为郡⑥，一日屏骑从过之⑦，松风骚然⑧。顺指落花觅句⑨，子瞻为赋此词。

双龙对起，白甲苍髯烟雨里⑩。疏影微香，下有幽人昼梦长⑪。湖风清软，双鹊飞来争噪晚⑫。翠飐红轻⑬，时下凌霄百尺英⑭。

【注释】

①双龙对起：指下文所谓"门前有二古松"，宛如两条巨龙相对而起。　②《本事集》：是当世杨绘编写的一本小书，内容是记载当时名贤词曲写作原委的。全名叫《时贤本事曲子集》。　③诗僧：会作诗的僧人。清顺：《咸淳临安志》卷七十："钱塘西湖旧多好事僧，往往喜作诗。其最知名者，熙宁间有清顺、可久二人。顺字怡然，久字逸老，所居皆湖山胜处，而清约戒静，不妄与人交，无大故不至城，士大夫多往就见。"

④藏春坞：僧人清顺所居之处。　⑤凌霄：落叶藤本植物，攀援茎，小叶卵形，边缘有锯齿，花鲜红色，花冠漏斗形，结蒴果。元稹《解秋》诗之三七："寒竹秋雨重，凌霄晚花落。"络其上：缠绕在古松枝干之上。

⑥子瞻为郡：作者自言担任杭州知州。　⑦屏骑从：没有带任何侍从。

⑧骚然：风吹的声音。　⑨顺指落花觅句：清顺指着落在地上的凌霄花

求苏轼作词。 ⑩白甲苍髯：喻古松的鳞片如白色的甲胄，虬枝如苍劲的须髯。 ⑪幽人：幽居的隐士。昼梦：白日之梦。 ⑫争噪晚：傍晚时栖息在古松上争相聒噪。 ⑬翠飐（zhǎn）：风吹绿叶轻轻颤动。红轻：红色的凌霄花瓣。 ⑭时下凌霄百尺英：时而有凌霄的花瓣从高处飘落。

【解析】

  这首词作于作者元祐五年杭州知州任上。苏轼的交游十分广泛，除士大夫之外，和尚、道士与之来往的也有不少。拙作《苏轼文集编年笺注》卷七二被他列为重点的就有佛印、本秀、朱照僧、钟守素、妙总、维琳、圆照、秀州长老、楚明、仲殊、守钦、思义、闻复、可久、清顺、法颖、惠诚、荣师、卓契顺等，这还不算游宦之间偶然结识的僧道之流和更加亲密的高僧高道。值得赞赏的是，苏轼与他们的交往都是诚心诚意、真正与他们平等相待的，所以这些和尚、道士对他也非常真诚。苏轼的性格天生是属于戏谑玩笑的类型，这首词也是玩笑之作，用不着过于认真，所以有学者认为此词在"描写清顺的端肃志操"，似乎有拔高之嫌。倒是宋人张戒《岁寒堂诗话》所说"本不期于咏物，而咏物之工，卓然天成，不可复及"，说得比较客观。也就是说，这首词并没有更深的寓意，不过是应清顺之请，信手摹状而已。

  "双龙对起，白甲苍髯烟雨里"一句，尽在描写双松的遒劲之气。从姿态上说，这两棵松树犹如两条巨龙相对蟠曲；从年代上说，二松经历了千年风雨，呈现在人们面前的鳞片都变成了白色，可与人中寿星相比。随后"疏影微香"四字，巧妙地引出凌霄的存在，先不说藤条，也不说花叶，却说它的"微香"，使此坞的自然美提升到了更高境界。至此，清简无华的自然之美似乎渲染得差不多，该介入主角人了。有了古松，有了花香，在这样环境里的人是什么状态呢？原来是个永远都睡不醒的老和尚。

下阕写坞外之物：西湖的轻风吹到这里，令人感到暖意融融；傍晚的飞鸟回到这里，叽叽喳喳增添了生趣。直到此时作者才回笔来写风中颤动的凌霄花，花片飘飘洒洒地从高处落下，原来上面的六句都是在为这最后的"眼"做铺垫的。词中出现了古松、疏影、微香、湖风、双鹊，它们与凌霄花相映成趣，却始终没有夺去凌霄花落英缤纷的主角地位，称之为"卓然天成"，显然不为过分。

减字木兰花（立春①）

春牛春杖②，无限春风来海上。便丐春工③，染得桃红似肉红。春幡春胜④，一阵春风吹酒醒。不似天涯，卷起杨花似雪花⑤。

【注释】

①立春：元本此词副题作《己卯儋耳春词》，说明这首词作于哲宗元符元年（1098），写作地点在海南的儋州（今海南儋州）。　②春牛：用泥土堆成的土牛。古代立春前，百姓做土牛，并于土牛旁安放犁具。立春前五天的黎明，官府为坛以祭先农，官员们各持缕杖环绕土牛击打其身，以示劝农之意。　③丐：祈请。春工：雕琢春天的神工。　④春幡：又叫春旗。古代民俗于立春这一天张挂春幡于树梢，或剪缯绢做成小幡，连缀起来簪戴在头上，迎接春天的到来。南朝陈徐陵《杂曲》："立春历日自当新，正月春幡底须故。"春胜：旧俗于立春日剪彩成方胜为戏，或作为妇女的首饰戴在头上，叫作春胜。苏轼《章钱二君见和复次韵答之》诗："分无纤手裁春胜，况有新诗点蜀酥。"　⑤卷起杨花似雪花：意谓杨柳

的白絮随风飘起，宛如飘飘洒洒的雪花。海南气候温暖，北方还在飘雪的季节，儋州已是柳絮飘飞了。

【解析】

苏轼被贬到惠州的第四年，即绍圣四年的五月，再次遭贬到海南儋州。当年六月十一日渡海，七月十三日抵达贬所。在宋朝，儋州是个充满海氛烟瘴、毒虫蛇蝎、无医无药的蛮夷之地，与世隔绝、非人所居的海角天涯。他在《与王敏仲书》里说："某垂老投荒，无复生还之望，昨与长子迈诀，已处置后事矣。今到海南，首当作棺，次便作墓，乃留手疏与诸子，死则葬于海外。"可见他刚到儋州时，情绪相当低落，几乎不做再回内地之想。然而他毕竟是个适应能力极强的人，用现在的话说，就是特别禁折腾。在如此恶劣的环境里，他不但活了下来，而且活得有滋有味。

这首词应该作于来到儋州的第二年立春前，经过半年与当地黎人的交往，作者已经融入他们的生活，并从中品尝到了生活的乐趣，而且是别有一番风味的乐趣，令他感到虽然身在海岛，生活却显得更充实，更有激情。当此立春之日，作者满眼所见，都是盎然的春意与生机。同内地一样，这里的百姓逢到开春，也会堆土牛，张春幡；这里的景致丝毫不比内地逊色，那早来的春景，反而是内地人瞠乎其后的。此时他领悟到，无论天涯海角，只要有一颗淡定的心，就能从看似不同的环境中获取无尽的乐趣，美在人的心里，就看你能不能领略其妙处。比如这里的桃花，比内地更加鲜艳；又比如杨花，内地还在飘落雪花时，这里已是春色满园，杨柳白絮纷纷扬扬了。这一切都让他颠覆了"非人所居"的最初定义，变得充满愉悦，充满生意。全词格调鲜明亮丽，描绘的场景热烈而清新，使读者仿佛见到了一幅构图简洁的海南民俗画卷。

浣溪沙（新秋）

风卷珠帘自上钩①，萧萧乱叶报新秋。独携纤手上高楼。缺月向人舒窈窕②，三星当户照绸缪③。香生雾縠见纤柔④。

【注释】

①风卷珠帘自上钩：风儿吹起珠帘，将帘子吹到了帘钩上。 ②缺月：不圆的半月。舒窈窕：显出窈窕的姿态。 ③三星：《诗经·唐风·绸缪》："绸缪束楚，三星在户。"郑玄笺："心星在户，谓之五月之末，六月之中。"三星，指二十八宿中的心星。绸缪：男女之间的亲近。 ④香生雾縠（hú）：谓女人的香气在纱帐中飘散。纤柔：指女人的纤细温柔。

【解析】

这首词作于元丰三年七月初，此时作者夫人王闰之初到黄州，夫妻相聚，欣喜之下，写下此词。

作者把时间选在晚间，清风吹来，珠帘竟自动地挂在了帘钩之上，表达出作者见到夫人后的轻松心情，随后一句点明季节在新秋七月，外面已是落叶萧萧。一切交代清楚才开始写人：作者自受到奸人陷害进了御史台狱至今，已有好几个月没见到夫人，如今夫妻团聚，自然感到十分亲切，竟像新婚夫妇般拉起夫人的手登上楼头。词中没有具体描写二人在楼头的举止和言谈，但我们能感觉到，他们一定在讲述着彼此的思念，甚至把受人陷害却保全性命的欣慰也回忆了一遍,当然诉说更多的应该是夫妻间浓浓的爱意。有了这些铺垫,下阕才进入到举头望月、极尽绸缪的状态。末句直书回到卧室内的亲密,一切尽在不言中了。

词写得很直白,虽然出现了秋风、落叶、缺月、三星,但没有丝毫的悲秋之慨,作者感觉到的是来之不易的团圆和幸福,大有"金风玉露一相逢,便胜却、人间无数"的意味,甚至毫不隐晦地表达出对妻子的爱恋和依赖,读来甚为感人。自从宋玉写了"悲哉秋之为气"那篇赋之后,出现在文人笔下的秋之描写,大多以悲为主线,此词别出机杼,故而有人称之为秋词的"别调"。

浣溪沙(游蕲水清泉寺①。寺临兰溪②,溪水西流)

山下兰芽短浸溪③,松间沙路净无泥。萧萧春雨子规啼④。谁道人生无再少⑤,门前流水尚能西。休将白发唱黄鸡⑥。

【注释】

①蕲水:河流名,也是县名,在今湖北浠水,这条河后亦改为浠水。清泉寺:在蕲水县东,为蕲水著名古迹。 ②兰溪:河流名,即蕲水的旧称。 ③山下:指蕲水县境内的凤栖山,也在蕲水县以东。据《黄州府志》载,此山生长着繁茂的兰花。兰芽短浸溪:谓不少兰花的嫩芽浸在溪水里。 ④子规:又名杜鹃鸟,相传为蜀帝杜宇精魂所化。 ⑤谁道人生无再少(shào):谁说人生不可能重归少年。 ⑥白发唱黄鸡:意谓老者不要唱令人更加衰老的歌曲。白发,老年人。黄鸡,黄色羽毛的鸡。白居

易《醉歌·示伎人商玲珑》诗:"谁道使君不解歌,听唱黄鸡与白日。黄鸡催晓丑时鸣,白日催年酉前没。腰间红绶系未稳,镜里朱颜看已失。玲珑玲珑奈老何,使君歌了汝更歌。"

【解析】

　　这首词作于元丰五年,苏轼已度过了初到黄州那段充满恐惧和悲愤的日子,变得潇洒淡定了。不过此时他害了病,听说蕲水麻桥有位神医名叫庞安常,于是亲自到那里求医,这首词就是那次到蕲水时写的。整首词没有一点哀伤色彩,充满乐观积极的情绪,他坚信不但自己的病能医好,身体还会回到更健壮的状态。您想,如果他不是把满腹委屈都遣散了,把愤懑都排解了,怎么可能如此昂扬自信?

　　词虽字数无多,铺排却很有章法,上阕专写蕲水的景致,山下的兰花嫩芽在清清的溪水中,松林间的沙路干净得一点尘泥都没有,蒙蒙春雨之中,子规在哀声啼鸣。这些景致的共同点是清爽明净,满含着春天醉人的娇美,用语直白不加修饰,更显出朴素自然的韵致。下阕三句只欲说明一个问题:人只要能保持健康的心态和热爱生命的追求,什么奇迹都可能发生,甚至越活越年轻都不是神话。你看东流的溪水,竟在清泉寺下拐了个弯,变成了向西流淌,这合于常规吗?既然本该向东的溪水可以折转向西,人怎么就不可能由趋向年老转而走向年轻呢?话语看似朴实,实则狡黠,作者其实是把没有可比性的两种现象进行了对比。好在文学作品不根究自然规律,所以任凭他信口雌黄就是了。透过这些不合逻辑的话语,我们感到的是作者对生命的珍视,他相信人能创造奇迹,能让很多看似不可能的事变成可能。陈廷焯《白雨斋词话》卷六说:"东坡《浣溪沙》云:'谁道人生无再少,门前流水尚能西。休将白发唱黄鸡。'愈悲郁,愈豪放,愈忠厚,令我神往。"一首小词能令千年之后的人为之"神往",说明它一定是重重地拨动了人的心弦。

浣溪沙（渔父①）

西塞山边白鹭飞②，散花洲外片帆微③。桃花流水鳜鱼肥④。自庇一身青箬笠⑤，相随到处绿蓑衣。斜风细雨不须归。

【注释】

①渔父：这首词又一本有小序为："元真子《渔父》词极清丽，恨其曲度不传，故加数语，令以《浣溪沙》歌之。"据此可知，所谓"渔父"，是唐末张志和旧词的名称，而不是真的要写渔父。张志和，字同和，号玄贞子。他的《渔父》词全文是："西塞山前白鹭飞，桃花流水鳜鱼肥。青箬笠，绿蓑衣，斜风细雨不须归。" ②西塞山：在今湖北省大冶东北。《读史方舆纪要》卷七六："西塞山，（武昌）县东百三十里。《志》云：在大冶县东北九十里。盖地介两县间，状如关塞。山高百六十丈，周三十七里，吴、楚分界处也。" ③散花洲：在今湖北浠水县境内。《读史方舆纪要》卷七六："散花洲在西塞山侧，临江。相传周瑜战胜于赤壁，吴王散花劳军，亦名散花滩。" ④鳜（guì）鱼：又名桂花鱼，体侧扁，背隆起，青黄色，腹部灰白，全身有不规则黑色斑点，大口细鳞，肉味鲜美，是我国长江流域独有的淡水鱼类。 ⑤自庇一身青箬（ruò）笠：自己戴了一顶青色的箬笠。箬笠，用箬竹叶及篾编成的宽边帽。

【解析】

这是一首游戏文字，或作于黄州遇赦沿江东行的途中，也有学者说作于元丰五年他到蕲水去闲游时,现在很难确定了。它实际上是把张志和的《渔父》词稍加扩展,使之成为更便于吟唱的《浣溪沙》,以博一笑而已。其实张志和的原词本已清丽流畅,一直得到人们的赞赏和传诵,苏轼说人家"曲度不传",实为诈语。苏轼有时喜欢耍些小把戏,这也是他放旷性格的组成部分,不必认真。

也不能说苏轼"改编"后的《渔父》词没有发明,那我们就替他打个圆场吧。有什么发明呢?寻来寻去,只剩下"散花洲外片帆微"一句。还别说,这一句果然极富韵致,这种韵致只须与张志和原词比较一下就能领略到了。张词前两句的全景是山、白鹭为一体,水、鳜鱼另为一体,一在天上,一在水中。经苏轼点染,原画面里增加了一组美景:洲、片帆,而且是若隐若现的"微"帆,显然丰富了画面的空灵和神韵,这一组景致又恰好介于天上和水中之间:是在水的上面、天的下面。这样的点染破坏张志和原词意境了吗?看来是没有。大概苏轼也很担心做画蛇添足的蠢事,所以小心翼翼地强调:我添的这片帆很小很小,绝不会把人们的眼球从白鹭那里夺过去,恰可与白鹭相得益彰,不是很好吗?

浣溪沙(九月九日二首)

珠桧丝杉冷欲霜①,山城歌舞助凄凉②。且餐山色饮湖光③。
共挽朱幰留半日④,强揉青蕊作重阳⑤。不知明日为谁黄?

【注释】

①珠桧:桧柏所结圆珠形的果实。傅干注此词称"桧柏叶端雪,炯然

如珠",恐未切。此时刚刚重九,远没到下雪的时节,何来雪珠?丝杉:青杉树细细的针叶。冷欲霜:天气寒凉,很快就要霜降了。　②山城:指钱勰即将赴任的越州。　③且餐山色饮湖光:姑且流连于越州的山光水色之中。　④朱轓:车乘两边的红色障泥。《汉书·景帝纪》:"令长吏二千石车朱两轓,千石至六百石朱左轓。"颜师古注:"所以为之藩屏,翳尘泥也。"后遂以"朱轓"指贵显者所乘的车。　⑤青蕊:指菊花。杜甫《叹庭前甘菊花》诗:"檐前甘菊移时晚,青蕊重阳不堪摘。"

【解析】

　　这首词作于元祐三年九月,当时作者任翰林学士。友人钱勰为开封知府,因刚正清廉处事果决为人所嫉,受到攻击,不得已出知越州。此词就是为钱勰送行时所作。上阕写想象中的越州景色,言钱大人抵达越州时,应该是桧柏结实、青杉挂霜的深秋季节。那里的乐伎和百姓虽然也会出城迎接,但不可能给钱大人带来多少欣慰,因为这次出守州郡,是被小人们排挤出京的,越是敲锣打鼓欢声笑语,越会使钱大人感到莫大的嘲讽和奚落,只能增加内心的凄凉,倒不如独自清游于水色山光之中,或许还能感受到几许荡涤忧烦的宁静。

　　下阕回到现实中。面对刚正不阿的钱大人无端受到群小攻讦离开京城,友人们多想挽住他出城的车轮,哪怕是留他一天甚至半天也是好的。摘下一朵菊花聊做赠别之物,有谁知道下一次的相会将在何时?

　　全词充满对大君子钱勰的依依不舍之情,同时暗含着对朝政的失望。此时的苏轼同样也受到不少人的弹劾攻击,处境与钱勰大同小异。最令他无法接受的是,此番攻击他的不再是王安石新法派的人物,而是同出于名相司马光门下的朔党和洛党之徒,说白了就是自己人在害自己人。这种局面使苏轼深深感到与时俗格格不入,故而也已打算出京躲避。从这个意义上说,此词与其说是表达对钱鏐的惋惜,毋宁说是表达了自己对现实的不满与无奈。这种不满与无奈,都由"不知明日为谁黄"一句表达了出来。

浣溪沙（和前韵）

霜鬓真堪插拒霜①,哀弦危柱作《伊》《凉》②。暂时流转为风光③。　　未遣清尊空北海④,莫因长笛赋山阳⑤。金钗玉腕泻鹅黄⑥。

【注释】

①霜鬓真堪插拒霜：花白的鬓发真该插戴拒霜花了。意谓鬓发已经白了许多,经不住再白下去了。拒霜,又名木芙蓉、木莲,八九月间开花,至霜降不谢,故名。　②哀弦：琴发出的凄咽之声。危柱：高高的琴柱。《伊》《凉》：古商调大曲名,即《伊州曲》和《凉州曲》。《新唐书·礼乐志》十二："天宝乐曲皆以边地名,若《凉州》《伊州》《甘州》之类。"　③流转：流连。为风光：为了一时的景致。杜甫《曲江二首》之二："传语风光共流转,暂时相赏莫相违。"　④清尊：酒樽。北海：汉末名士孔融,因曾任北海相,世称孔北海。《三国志·魏书·崔琰传》注引《续汉书》："融,孔子二十世孙也。……累迁北军中候、虎贲中郎将、北海相,时年三十八。……虽居家失势,而宾客日满其门,爱才乐酒,常叹曰：'坐上客常满,樽中酒不空,吾无忧矣。'"　⑤长笛赋山阳：《晋书·向秀传》："（嵇）康善锻,秀为之佐,相对欣然,傍若无人。又共吕安灌园于山阳。康既被诛,秀应本郡计入洛。……作《思旧赋》云：

'……济黄河以泛舟兮，经山阳之旧居。瞻旷野之萧条兮，息余驾乎城隅。践二子之遗迹兮，历穷巷之空庐。'" ⑥金钗玉腕：指佐酒的美女。泻鹅黄：斟酒。鹅黄，汉州酒名，为蜀中最有名的美酒。

【解析】

　　这首词和上一首同时而作，用的韵也相同。如果说上一首的情绪还算平和，这一首便显得慷慨激越了。开篇大发感慨：看我辈的头发都白成了什么样子？如果拒霜花能阻止乌发变白，我真该插戴此花。人生易老的悲情，在这里被巧妙地用"拒霜花"做了解嘲，虽然读来仍有不甘老去的感叹，毕竟注入了文趣，不显得那么悲怆。接下来以唐代古曲《伊州》《凉州》表现作者与友人身世的苍凉，用得恰到好处：苍凉但有韵味，有内容，有耐得住甘苦的坚韧，更有一段只可意会不可言传的音乐美，为了这段音乐，我苏某继续流连于这个世界，为后人也为自己留下一串串苍凉而悲壮的脚印。

　　下阕情绪继续升腾，似乎在大声呼喊：此时此刻的我们，何不以孔北海的胸襟气度开怀畅饮？又何必要学向秀吹奏怀旧的乐曲？"今朝有酒今朝醉，明日愁来明日愁"才是一条好汉。姐姐斟酒来，且为我的友人，也为我自己痛饮千钟，有何不可？其实这些都是正话反说，作者此时的激越，完全是出于对同类遭贬的不平而改变方才的矜持，似乎方才对友人的劝勉太不尽兴，不得不用"金钗玉腕泻鹅黄"加以弥补，否则快要憋死了！

浣溪沙（咏橘）

菊暗荷枯一夜霜①，新苞绿叶照林光②。竹篱茅舍出青黄③。

香雾噀人惊半破④,清泉流齿怯初尝⑤。吴姬三日手犹香⑥。

【注释】

①菊暗荷枯一夜霜：一夜风霜之后，菊花黯淡，荷花枯萎。 ②新苞绿叶照林光：新长出的橘子和橘树的绿叶将林子装点得熠熠生光。 ③竹篱茅舍出青黄：谓橘树就生长在农家竹篱茅舍间。青黄，橘子初成时青黄相间的颜色。 ④香雾：橘子刚刚剥开时挤出的雾状水汽。噀（xùn）：含在口中而喷出。半破：剥开一半。此句意谓橘子剥开一半时，香气喷出，令人惊叹。 ⑤清泉流齿怯初尝：想到橘子的汁液浸入牙齿那股酸味，竟然不敢张口品尝。 ⑥吴姬三日手犹香：意谓美女剥过橘子的手，三天后依旧清香。吴姬，吴地少女，亦泛指年轻女子。

【解析】

这是一首咏物词，所咏对象是橘子。此词究竟作于何时，历来有不同的说法，一说作于元丰五年（1082）在黄州时，又一说作于绍圣元年（1094）在惠州时。作者还有一首《食柑》诗云："一双罗帕未分珍，林下先尝愧逐臣。露叶霜枝剪寒碧，金盘玉指破芳辛。清泉蔌蔌先流齿，香雾霏霏欲噀人。坐客殷勤为收子，千奴一掬奈吾贫。"作于惠州。比较这两件作品，很像是同时写的。

词通常是言情的载体，无论是男女欢爱之情，还是友人相思之情，甚至狎昵之情，都是常见的内容，而咏物词在整个词林中所占比例并不多。作者用小令的形式将橘的质朴与清香记录下来，清新而有趣，当作山歌俚曲唱出来，也别有一番风味。上阕点明秋霜降后，菊花荷花都已风光不再，而此时的橘树却占尽风流，看那新苞绿叶仿佛涂上了油脂，阳光之下格外润泽，而这玲珑剔透的南国佳品并不故作娇贵，普通人家的房前屋后,都能够见到它们的芳姿。

　　下阕写到橘子成熟。作者借少女为助,刻画新橘初熟后的情景。看女子纤手将橘子慢慢剥开,橘皮中蕴含的汁液喷出,带来阵阵清香。眼见得橘的肉瓤已经现出,格外诱人,可惜老人齿已半衰,哪里还敢去品尝带着浓酸的新橘?"香雾噀人惊半破,清泉流齿怯初尝"二句写得极有情致,一方面闻到清香见到橘瓣馋得流口水,另一方面又因其具有令人倒牙的酸味而不敢尝鲜,多有韵致!末句把橘的品格作了升华,强调它带给人们的清香之气三日不绝。有学者凭着想象,认为此词歌咏的是南国女子的香、气、质,也有学者说这是苏轼自赞品格万古流芳。以我做过800多万字的《苏轼文集编年笺注》的切身感受,可以肯定地说,这种理解实在是替作者想得太多了,年届60的苏轼早没有了孤芳自赏的兴趣,甚至对女子的兴味也几乎为零。其实他不过是眼见橘子成熟,女子剥橘,百无聊赖之际凑凑趣而已,并非有意托物言志,因为此人一辈子也改不了好事的毛病。

浣溪沙(雪颔霜髯不自惊①)

　　公守湖②,辛未上元日③,作会于伽蓝中④,时长老法惠在坐。时有献剪伽花彩甚奇⑤,谓有初春之兴。因作二首,寄袁公济⑥。

　　雪颔霜髯不自惊,更将翦彩发春荣⑦。羞颜未醉已先赪⑧。
　　莫唱黄鸡并白发⑨,且呼张丈唤殷兄⑩。有人归去欲卿卿⑪。

【注释】

　　①雪颔(hàn)霜髯:雪白的下巴,如霜般白的鬓髯。　②公守湖:

此处有误，当作"公守杭"。苏轼知湖州在元丰二年四月二十九日，该年为己未而非辛未。辛未，元祐六年。　③上元：正月十五的元宵节。④作会：安排酒宴。伽（qié）蓝：梵语僧伽蓝摩译音的略称，意为众园或僧院，即僧众居住之处。后称佛寺为伽蓝。　⑤伽花彩：按照佛教天女散花的图样剪成的彩花。　⑥袁公济：袁毂，字公济，苏轼知杭州时任杭州通判。据《全宋文》卷一七〇四小传，袁毂为两浙鄞县人，仁宗嘉祐六年进士。　⑦春荣：春天万物欣欣向荣。此处指春天的花还没开，权且拿纸花充作春花。　⑧羞颜：害羞的面颜。未醉已先赪（chēng）：没喝醉却已经脸红。赪，颜色变红。　⑨黄鸡：黄色羽毛的鸡。白发：老年人。谓老者不要唱令人更加衰老的歌曲。参看本书《浣溪沙·游蕲水清泉寺。寺临兰溪，溪水西流》注⑥。　⑩且呼张丈唤殷兄：用白居易《岁日家宴戏示弟侄等兼呈张侍御二十八丈殷判官二十三兄》诗："弟妹妻孥小侄甥，娇痴弄我助欢情。岁盏后推蓝尾酒，春盘先劝胶牙饧。形骸潦倒虽堪叹，骨肉团圆亦可荣。犹有夸张少年处，笑呼张丈唤殷兄。"此处指邀请别人前来赴宴。　⑪卿卿：夫妻亲昵之态。《世说新语·惑溺》："王安丰妇常卿安丰，安丰曰：'妇人卿婿，于礼为不敬，后勿复尔。'妇曰：'亲卿爱卿，是以卿卿；我不卿卿，谁当卿卿？'遂恒听之。"

【解析】

　　这是一首清新俏皮的小词，作于元祐六年杭州知州任上。从小序看，作者把宴会安排在佛寺当中，明显具有"与民同乐"的意味。词中充满嬉笑诙谐之语，看来此时他的心情还不错。

　　上阕是几句自嘲，明知自己已是白发苍颜，还禁不住要参与年轻人才感兴趣的热闹宴会。此时有女子剪成春花献给知州大人，这位苏知州真的接过来并插戴在自己头上。可以想象，他这一插戴，必然引来众人善意的大叫大笑,这么一叫一笑,把老知州弄得不好意思了,还没喝酒,脸先红了。您看多有趣!

下阕继续此前的"没皮没脸",用"且呼张丈唤殷兄"这种顾左右而言他的方式巧妙地为自己解嘲,而把自惭年迈的尴尬也都遮掩过去了。通过这些描写,我们真切地看到了作者乐观忘情的积极生活态度。苏轼是个不甘寂寞的家伙,没人的时候动不动烦哪愁啊,一旦有人和他聊天饮酒,谈诗论文,立马儿把烦愁抛到九霄云外去了,这种性格委实可爱,甚至令人感到天真。此时的他趁着过元宵节在佛寺里摆下酒宴,热情地招呼友人前来凑热闹。我们弄不清究竟来了多少人给他捧场,但有一个人还没饮酒却要退席,谁呢?本州通判袁毂袁大人。坏坏的苏轼又开始恶作剧了,他忘乎所以地对着来宾"宣布":嗨嗨,各位听好,知道袁大人为啥要退席吗?老夫告诉你们,人家是要回家去和夫人卿卿我我哪!原本是自己出洋相的场面,被他巧妙地转移了目标,这种以调侃来表达友谊的方式,令人既觉得生动有趣,又能感受到作者对生活的热爱和对友人、对所有人抱以真诚的坦荡之心。

浣溪沙(前韵)

料峭东风翠幕惊①,云何不饮对公荣②?水晶盘莹玉鳞赪③。花影莫孤三夜月④,朱颜未称五年兄⑤。翰林子墨主人卿⑥。

【注释】

①料峭:形容春风尚带着寒冷。翠幕惊:翠绿色的帐幕被风吹起,像是

受到了惊吓。　②不饮对公荣：不与我同饮，难道是怕酒少吗？《晋书·王戎传》："（王）戎尝与阮籍饮，时兖州刺史刘昶字公荣在坐，籍以酒少，酌不及昶，昶无恨色。戎异之，他日问籍曰：'彼何如人也？'答曰：'胜公荣，不可不与饮；若减公荣，则不敢不共饮；惟公荣可不与饮。'"此句中"公荣"为作者自指，意在劝人们开怀畅饮，不必拘泥。　③水晶盘：精美的盘子。莹：晶莹的色彩。玉鳞赪：美玉般红色的鱼。　④花影：即上首中所说的伽花彩，此时被苏轼戴在头上。莫孤：休要辜负。三夜月：元宵节的三个夜晚。宋代元宵节休假三天，这三天里不禁夜，百姓可以尽情玩赏。　⑤朱颜未称（chèn）五年兄：意谓袁毂的脸还没喝得太红，对不起长你五岁的苏知州。称，相匹。五年兄，出《礼记·曲礼》："年长以倍，则父事之；十年以长，则兄事之；五年以长，则肩随之。"　⑥翰林子墨主人卿：为"翰林主人子墨卿"的倒装。翰林主人，苏轼自指；子墨卿，喻袁毂。《文选》卷九扬雄《长杨赋》："（扬）雄从至射熊馆，还，上《长杨赋》，聊因笔墨之成文章，故借翰林以为主人，子墨为客卿以风。

【解析】

　　这首词承接上首而来，气氛场面完全一致，苏轼的撒酒疯也还在继续。上阕开篇先说有风吹来，于是煞有介事地嚷嚷：你们看，料峭春风突然吹来，把帷幕都惊着了。随后开始埋怨座客：你们为什么不肯纵情畅饮？难道怕我备的酒不够多？这种充满豪情的"埋怨"，即便是在今天的酒桌上，也还常能听到，体现的是主人的热情好客。接着是一条鲜红晶亮的"水晶鱼"端上酒桌，老知州顿时来了精神，招呼宾客尝鲜饮酒，号称不可辜负了元宵节的三个良宵，大口喝酒，满脸抹油。

　　不知为什么，今晚苏轼跟人家袁毂干上了，抓住袁毂再也不放手。您看，袁通判的脸已经喝得发了红，苏轼却还不依不饶，非说人家还没喝好,对不住年长他几岁的老知州,您说多可气?这种情况在今天的酒宴上也经常出现,不知怎么,两个人就较上了劲,咬住对方不撒嘴,别人怎么劝都劝不开。这种人往往都是没有城府的人,也往往是很重情义的人,喝得稍多便露出了率意的天真。其实苏轼的酒量本来就有限,别看他气势如虹瞎嚷嚷,喝不了多少酒他就半疯了。袁毂的酒量看来也不大,脸已经红了,看来苏轼非要把人家灌个不省人事才算尽兴。就是这么个本没有太多内容的酒宴,被苏轼写得活灵活现,意趣横生。

浣溪沙(簌簌衣巾落枣花①)

簌簌衣巾落枣花,村里村北响缲车②。牛衣古柳卖黄瓜③。酒困路长惟欲睡,日高人渴漫思茶④。敲门试问野人家。

【注释】

①簌簌衣巾落枣花:谓枣树上的花扑扑簌簌落在衣巾上。②缲(sāo)车:古代抽茧出丝的工具。 ③牛衣:本指供牛御寒的披盖物,如蓑衣之类。后亦指穷人穿的粗布之衣。黄瓜:又叫胡瓜,圆柱形,成熟后为黄绿色,可以当蔬菜吃。此处泛指黄色的瓜。 ④漫思茶:想随便喝些茶水解渴。

【解析】

这首词是作者任徐州知州时写的一组词中的第四首。这组词共五首,全称是《徐门石潭谢雨道上作》。神宗元丰元年(1078),苏轼在徐州知州任。这一年徐州大旱，于是他带领僚属到石潭祷雨。此前还写了一首《起伏龙行》，序文说："徐州城东二十里有石潭。父老云与泗水通，增损清浊，相应不差，时有河鱼出焉。元丰元年春旱，或云置虎头潭中可以致雷雨。用其说，作《起伏龙行》一首。"这首词则是祷雨返回时所作。

上阕以精练的语言描绘了一幅生动的农家生活写意，枣花扑簌簌落在头巾上、衣服上，既有声音又有动感，构思之巧，堪称出奇。接下来两句，一句描写声音，一句描写人物。全村到处都响着缲车的声音，却看不见一个人影，这种"只闻其声不见其人"的描写，不但没有削弱劳作者的辛苦和勤劳，反而表现得更加传神。写人物只选取了一个卖瓜者为代表，看那古朴的衣着、闲散的姿态、所卖物品的单纯，令人感到仿佛回到了上古击壤的尧民时代。下阕写祷雨大事做完后松懈的情致：天又热，路又远，绷着的心弦一旦松弛下来，累也来了，渴也来了，困劲儿来得更狠。想想当时苏大知州的狼狈相，实在是既可敬又可爱，甚至有点可笑，把潇洒出尘而又敬业为民的苏大人描绘得活灵活现。

这组词写的都是徐州郊外农村的景物和人事，文字通俗清新，代表着苏轼另一种词风，且对后人影响也不小。南宋辛弃疾所作大量的农家词，明显受到了这组词的影响和启发，最典型的是《清平乐》："茅檐低小，溪上青青草。醉里吴音相媚好，白发谁家翁媪？　大儿锄豆溪东，中儿正织鸡笼。最喜小儿亡赖，溪头卧剥莲蓬。"其风格与本词几无二致。

浣溪沙（软草平莎过雨新①）

软草平莎过雨新，轻沙走马路无尘。何时收拾耦耕身②。日暖桑麻光似泼，风来蒿艾气如薰③。使君元是此中人④。

【注释】

①平莎（suō）：生长平整的莎草。莎，多年生草本植物，生于潮湿地区，叶细长，深绿色，质硬有光泽。过雨新：经过雨水的浇洒，色泽更显鲜亮。　②耦（ǒu）耕：两人合用耕具而耕作。此句意在问自己：什么时候能像长沮和桀溺那样，过上躬耕陇亩的自在生活。《论语·微子》："长沮、桀溺耦而耕。"注云："长沮、桀溺，隐者也。耜广五寸，二耜为耦。"　③蒿艾：蒿草和艾草。艾草又名艾蒿。气如薰：指蒿艾的香气。　④使君：古代对郡太守、知州的别称。元是：原本就是。此中人：具有蒿艾品格的人。

【解析】

此词是《徐门石潭谢雨道上作》的第五首，写祷雨归来其应如响，果然下了场雨。我们能想象此时的苏轼是多么高兴：久违的雨水在他虔诚的祈祷下终于落在了徐州大地上，落在了农民的田地里。由于兴奋，所以看着莎草也格外清新，看着沙地也清净无尘，看到田里耕作的老农，也顿生羡慕之情，盘算着自己何时也能回归田里，过那融进自然、亲近田父的生活。再看那桑麻的枝叶，雨过之后阳光照射，宛如泼上了油一样晶光发亮，多么可人。一阵风吹过来，地上的艾蒿飘出香气——这种香气来自大地，来自并不名贵却生机盎然的小草。作者由此联想到自己，也像这遍地艾蒿一样，无须求取什么，也无须乞求谁来赞赏，只管自由自在地生长，把自身所有的香气洒向人间。

这首词的主旨虽在最后一句，但景色的描写既简洁又深接地气，质朴中透出空灵，是苏轼农村题材作品中的上佳之作。

浣溪沙（荷花）

四面垂杨十里荷,问云何处最花多。画楼南畔夕阳和①。天气乍凉人寂寞,光阴须得酒消磨。且来花里听笙歌。

【注释】

①夕阳和:夕阳柔和之处。

【解析】

这首词约作于元祐六年秋季,当时苏轼从翰林学士承旨出为颍州（今安徽阜阳）知州。他的《怀旧别子由》诗序云:"元祐六年,予自杭州召还,寓居子由东府。数月,复出领汝阴,时予年五十六矣。"这次回朝,苏轼连一年都没待够便再次离开了朝廷,来到了欧阳修寓居并过世的地方担任父母官。

小词清新别致,反映出作者此时相对宁静的心态。56岁的他似乎再也没有入世的激情,更倾向于在远离尘嚣的清幽之地慢慢品味人生。全词除了几处若有若无的影像之外,都是描写颍州西湖的景色。上阕起首概括西湖的全景:偌大西湖,除了垂杨就是荷花,可谓壮观。然而这种壮观在苏轼看来不再新颖,因为他此前已路过此地,了解这里的大致风貌。此番当的是地方官,所以他需要更详细地了解:什么地方的荷花最为繁盛?有人告诉他,赏荷最佳的去处,莫过于画楼以南那片地方。

下阕先交代:如今天气初凉,人也显得格外寂寞。要打发寂寞,无非是饮酒赏花。于是他按照人们的指引，载酒来到"画楼南畔"那片夕阳柔和之处，打开酒壶，钻进花丛，自斟自酌，欣赏着来自远处的笙歌，进入到"不知今夕何夕"的世外仙境。他为什么要躲进世外仙境呢？原来这次离开朝廷，还是受到了小人们的无端指摘。施宿的《东坡先生年谱》说："（元祐六年）五月，除兼侍读。秋七月，累疏乞外，且回避贾易。盖易与赵君锡弹奏先生不已，至摘先生元丰末《游竹西寺》诗语，诬以悖逆，赖太皇察其无他，卒以自明。易与君锡虽相继逐去，先生寻亦补外矣。易，亦程伊川门人也。"一看就明白了，原来是朝中某些大臣很不喜欢苏轼回朝，故而极尽丑诋，必欲除之而后快。此次苏轼受谤，并非出于王安石变法派人物，而是出于司马光旗下的某些大臣，这就是历史上说的旧党内部互相攻击，所谓洛党、蜀党、朔党之争。就拿贾易来说，属于洛党首领程颐的弟子，也是曾受司马光抬举的人。这些人互不团结，最终使新党乘虚而入，把他们统统编成了"元祐党籍"一网打尽。

浣溪沙（赠闾丘朝议①，时还徐州②）

一别姑苏已四年③，秋风南浦送归船④。画帘重见水中仙⑤。

霜鬓不须催我老，杏花依旧驻君颜⑥。夜阑相对梦魂间⑦。

【注释】

①闾丘朝议：朝议大夫闾丘孝终。据范成大《吴郡志》卷二六载，闾丘孝终字公显，苏州人，曾任黄州知州上。苏轼被贬在黄州时，二人交往甚密。后来致仕回到苏州，与其他几位致仕老人组织了一个"九老

会"。实则苏轼到黄州时，闾丘孝终已经离任致仕了。　②时还徐州：指作者的友人闾丘孝终因事来到徐州。此时作者仍在徐州知州任上。　③一别姑苏已四年：指作者曾在苏州与闾丘孝终相会，至今已分别四年。姑苏，苏州的旧称。熙宁七年，苏轼自杭州通判调任密州知州，途经苏州时，曾与已致仕归乡的闾丘孝终相见。　④秋风：代指秋季。苏轼北行赴密州时，已是深秋时节。南浦：古指送别之处。江淹《别赋》："送君南浦，伤如之何？"此处指苏轼离开苏州时，闾丘孝终曾为他送行。　⑤画帘重见水中仙：指苏轼登舟后，从船窗的帷帘中望见闾丘孝终，宛如水中仙子。这是对友人的褒美之词。　⑥杏花依旧驻君颜：喻闾丘孝终面如杏花，青春永驻。这也是对友人的赞美之词。　⑦夜阑相对梦魂间：谓与友人长谈到夜半，仿佛是在梦中。夜阑，夜深。杜甫《羌村三首》之一："夜阑更秉烛，相对如梦寐。"

【解析】

这首词的写作年代有两种说法，一是清人王文诰说，作于熙宁十年（1077），一是今人孔凡礼说，作于元丰元年（1078），二说相差一年，总之都是苏轼任徐州知州期间。我认为元丰元年之说更符合史实，因为熙宁十年的夏秋，苏轼一直奔忙于抗击徐州大水，那样紧张的状态，与本词的格调相差甚远。再说此词所谓"一别姑苏已四年"，也可证明写作的时间应该是熙宁七年之后的第四年，即元丰元年，如果是在熙宁十年，作者完全可以写成"一别姑苏已三年"。

这一年苏轼旧友来到徐州，作为知州的苏轼欣喜之情可想而知，所以入手便回忆起四年前的情景，且将那次会面的情景用了整个上半阕加以描述，其分量之重无须多言。由此可见，作者对既往的友情是何等看重，又是何等记忆犹新。这种大段铺垫，使整首词的感情色彩显得格外深沉。今天我们如果遇到了旧友，茶饭之间一直处在回忆状态而喋喋不休，那一定是带着深深的感情和浓浓的美好，如若不然，就不会有那么多追忆的故事和语言。这种经历，相信每个人都曾有过。

虽然接连用了三句话讲述旧事，我们却能发现其清晰的层次：第一句点明分别的时间，四年以前；第二句回忆离开苏州时间丘孝终的具体影像，老人家不辞辛劳，把客人送到江边；第三句写自身的状态：作者撩开窗帘，望着岸上送行的友人，内心默默地赞美着他。总体来看，既有时间，又有你我，构成了一幅完美的送别图。下阕三句写今日：与友人久别重逢，先写自己，四年风霜后已见衰老；接着写友人：虽然岁月流逝，他却容颜依旧，与从前那位"水中仙"相比没有丝毫改变；第三句写二人在一起无话不谈的亲密之状，既是真，又如梦，道出了作者与友人情感的真挚，同样是既有时间，又有你我，构成了一幅更加完美的对床夜语图。

浣溪沙（有赠①）

惟见眉间一点黄②，诏书催发羽书忙③。从教娇泪洗红妆④。

上殿云霄生羽翼⑤，论兵齿颊带风霜⑥。归来衫袖有天香⑦。

【注释】

①有赠：为赠友人而作。这位友人当是指左藏库副使梁交。作者诗集里还有《和子由送将官梁左藏仲通》《送将官梁左藏赴莫州》等诗。此时梁交受诏到河北前沿莫州（今河北任丘市）为官，苏轼兄弟均作词为他送行。　②眉间一点黄：韩愈《郾城晚饮奉赠副使马侍郎及冯李二员外》

诗："城上赤云呈胜气，眉间黄色见归期。幕中无事惟须饮，即是连镳向阙时。"后人以眉间黄代指武官受命出征的典故。　③诏书催发：天子的诏命催促他赶快赴任。羽书：插有羽毛的军书，军情紧急的军书。　④从教：忍教，不得已使得。娇泪：女子的眼泪。　⑤上殿云霄生羽翼：指梁左藏上殿对答皇帝的询问，有如云间大鹏生出羽翼。喻梁左藏气度轩昂。　⑥论兵齿颊带风霜：议论兵事，如同齿牙间带着风霜。喻议论凌厉。　⑦天香：天子殿里的香气。喻天子的恩泽。

【解析】

　　这首词作于元丰元年，作者在徐州知州任上。梁交是作者的朋友，得到天子诏书，命他入京改任他官，作者写词为他送行。从行文来看，也属于一首具有豪放风格的词。

　　上阕用韩愈"眉间黄"典故直入主题，同时把梁交的英武之气连带托出，令人初读即有振奋之感。随后道出梁交入朝的大背景：战事将兴，朝廷急于用人。随后却出人意料地把笔锋转到女子身上，称梁左藏一旦离家赴京，家中红颜必是以泪洗面。如果说"诏书催发羽书忙"是作者故意夸大之词，那么"从教娇泪洗红妆"则属于戏谑之语。实际上元丰初年，宋朝并没有对外用兵的事情发生，朝廷召他入朝改任莫州知州，也属于正常的调任。作者却抓住莫州在河北前线这一特征，将梁交推到了与战事有关的境地，好像梁交真的要上战场一样。男人上前线，留在家里的女子自然会深感悲伤，看起来似乎合情合理，那为什么说苏轼这一句属于戏谑之语呢？因为此处所言的"红妆"是指梁交宠爱的家妓，名叫雪儿（苏轼《送将官梁左藏赴莫州》诗有载），而不是他妻子。宋朝士大夫经常拿彼此间所宠的歌伎开玩笑，此词也不例外。两句连起来，恰好合了"英雄气短，儿女情长"之意。

下阕完全是想象之词，因为作者所描述的那些场景都还没发生呢。他之所以这么写，只是出于对梁交美好的祝愿，希望自己的朋友能成为帝王器重的贤者，异日凯旋时，身上还带着天子的恩泽，以为交游之光宠。全词都在为梁交壮行，没有掺入作者的哀切情绪，所以有人说此词的豪放之气不亚于他在密州所作的《江神子·猎词》。此说不无道理，只是两首词读罢感觉不同：《猎词》所抒发的是作者本人矢志报国的豪情，真切而感人；此词写的是对所送友人的祝愿，稍稍带有人为拔高的意味，不如《猎词》更能落到实处，掷地有声。

浣溪沙（罗袜空飞洛浦尘①）

绍圣元年十月二十三日②，与程乡令侯晋叔③、归善簿谭汲同游大云寺④。野饮松下，设松黄汤⑤，作此阕。

罗袜空飞洛浦尘，锦袍不见谪仙人⑥。携壶藉草亦天真⑦。

玉粉轻黄千岁药⑧，雪花浮动万家春⑨。醉归江路野梅新⑩。

【注释】

①罗袜：女子穿的丝袜。曹植《洛神赋》："凌波微步，罗袜生尘。"洛浦：洛水之滨。曹植在《洛神赋》中描写了一位宓妃，形象生动传神，后人遂以此女为洛水之神。此句意谓这次游赏没能见到凌波微步的洛水女神。 ②绍圣元年：1094年。作者本年初由定州知州贬为英州知州，途中再贬为惠州安置，当年十月三日到达惠州贬所。 ③程乡：宋代县名，在今广东梅州，是梅州唯一的属县。侯晋叔：绍圣初年程乡县令。嘉靖

《广东通志》卷五六载:"侯晋叔字德昭,曲江人,登元丰八年进士。为程乡令。与苏轼兄弟往还款密,家藏二公墨帖甚富。"　④归善:宋代县名,惠州州治所在县,在今广东省惠州。簿:指归善县主簿。宋代的县主簿是县令的主要属官,协助县令处理一县杂务。大云寺:在惠州西部。　⑤松黄汤:以松花为主熬制的饮料。　⑥谪仙人:指唐代著名诗人李白。据孟棨《本事诗》载,李白到京师长安后,秘书监贺知章闻其名,前往探访。李白拿出自己写的《蜀道难》给贺知章看。贺知章"读未完,称叹者数四,号为'谪仙'。解金龟换酒,与倾尽醉"。此句意谓这次的游赏也不可能见到谪仙李白。　⑦携壶:带着酒壶。藉草:在草地上随便而坐。天真:率真自然。指此游最为接近自然。　⑧玉粉:松花粉。千岁药:延年益寿的良药。　⑨雪花浮动:指酒面浮起的泡沫。宋代以前的酒都是酿制的米酒,与今天的烧酒不同,故而酒面都浮着一层泡沫。万家春:苏轼自家酿造的酒名。不过此时他还没有酿出"万家春"酒,仅仅是用来代指美酒,其后自己酿酒,就以"万家春"为名。　⑩江路野梅新:意谓合江两岸的野梅刚刚成熟。江路,指惠州附近的合江沿流之路。据《归善县志》卷四,东、西二江之水合流于惠州,称为合江。

【解析】

　　这首词作于作者被贬到惠州后的第二十一天。苏轼似乎习惯了被贬谪的生活,我们几乎感觉不到此词出于一个刚刚受到沉重打击的迁客之手。全词可谓置身世外,放浪形骸,不知今夕何夕,充分表现了作者"此心到处悠然"的达观精神。然而这并不等于他不热爱生活和自然,他吃的是延年益寿的千岁药,饮的是神清气爽的万家春。他没有自轻自贱,也没有自怨自艾,深知生命的意义在于自身,而不决定于外界,这种看破官场、淡泊名利的境界,较之初贬黄州时更加升华,更加彻底,更加无所羁系。

苏轼被贬到惠州后，与当地官员的关系都处得非常融洽，那些官员也没有因为他是朝廷贬谪的罪人而疏远他、排斥他。在这里的三年多里，他与绍圣初年的惠州知州詹范、绍圣三年的惠州知州方子容、绍圣四年的循州知州周彦质，以及本词中提到的程乡县令侯晋叔、归善主簿谭汲等下层官员和道士吴复古、陆惟忠等都有亲密的交往，与他们一同商量怎样造酒、怎样炼丹，生活丰富得不亦乐乎。此时的苏轼已完全成了个自然人，一个与天地万物包括惠州之民融合为一的客体，以最纯真的态度享受着来自虚廓宇宙的馈赠。

浣溪沙（扬州赏芍药樱桃[①]）

芍药樱桃两斗新[②]，名园高会送芳辰[③]。洛阳初夏广陵春[④]。

红玉半开菩萨面[⑤]，丹砂浓点柳枝唇[⑥]。尊前还有个中人[⑦]。

【注释】

①扬州：宋代州名，治所在今江苏扬州。此词作于其任扬州知州的元祐七年（1092）。　②两斗新：指芍药花和樱桃花争奇斗艳。　③高会：官员士子们的雅集盛会。芳辰：春季美好的时光。唐陈子昂《三月三日宴王明府山亭》诗："暮春嘉月，上巳芳辰。"　④洛阳初夏广陵春：洛阳初夏时牡丹花盛开，花满全城；扬州的春天芍药花、樱桃花盛开，气势可与洛阳牡丹花相比美。"扬州芍药，自宋初名于天下，与洛阳牡丹俱贵于时。"（《四库全书》王观《扬州芍药谱》提要语）　⑤红玉半开菩萨面：谓红玉般的芍药花盛开，宛如菩萨的面容。此典出自唐王璘《与李群玉岳

苏轼词选 | 219

麓寺联句》诗："芍药花开菩萨面，棕间叶散野人头。"（见五代王定保《唐摭言》卷十三）　⑥丹砂浓点柳枝唇：谓樱桃花如艳红的丹砂，点缀在柳枝之上，如同美人的朱唇。　⑦尊前：酒樽之前。个中人：能欣赏花之美艳的座中人。此为作者自指。

【解析】

　　哲宗元祐六年，苏轼知颍州（今安徽阜阳）。次年二月改知扬州，三月到郡问政。清人王文诰《苏文忠公诗总按》说："（壬申四月）赏芍药、樱桃，作《浣溪沙》词。"指的就是这首词。

　　这是一首写景之作，开篇点明盛开的芍药花和樱桃花斗艳，"美色不同面，皆悦于目"的动人场景，衬托出作者当时愉悦的心情和宴会气氛的热烈。可以看出作者在具体的描写上，还是分有主次的。扬州的"州花"是芍药花，自唐而然，宋代尤胜，所以作者拿这里的芍药花与洛阳的"州花"牡丹花相比，认为芍药花之盛，可与洛阳牡丹花相比美，至于樱桃花，则是在芍药花之次所加的点缀。作者见到精巧的樱桃花，便想起唐代白居易赞美爱妾的诗句"樱桃樊素口"，于是用拟人化的语言描绘樱桃花是点缀在柳枝上的美人朱唇，人中有花，花中有人。末句以调笑的口吻称自己也融入了自然造化的美艳之中，与芍药花和樱桃花融为了一体，表现出作者对美的向往。

浣溪沙（端午）

　　轻汗微微透碧纨①，明朝端午浴芳兰②。流香涨腻满晴川③。

彩线轻缠红玉臂④,小符斜挂绿云鬟⑤。佳人相见一千年⑥。

【注释】

①碧纨:碧绿色的丝绢。此处指爱妾朝云所穿的丝衣。 ②浴芳兰:在浸满芳香兰草的水中洗浴。 ③流香涨腻满晴川:脂粉的香气非常浓郁,飘满晴川。此句言明天在水中洗浴的女子很多,以至香气四溢。 ④彩线轻缠红玉臂:五彩丝线轻轻缠绕在粉红色的手臂上。 ⑤小符斜挂绿云鬟:精巧的灵符斜挂在鬟髻之下。 ⑥佳人相见一千年:和朝云生生世世永不分离。一千年,言天长地久。

【解析】

这首词和《殢人娇·或云赠朝云》同时而作,都在绍圣二年端午节的前一天,甚至"剧情"都与《殢人娇·或云赠朝云》相衔接,大约是苏轼见到朝云"敛云凝黛"的神态后,又见她轻缠手臂,斜挂灵符,于是想到明天要陪她到外面去,与州里人们一同下水嬉戏。他多希望苦命的朝云能够多一些快乐,似乎只有这样,才能减轻他内心的愧疚:多好的女子啊,却跟着自己来到了岭南烟瘴之地受苦,而且不知苦到何时才是个头。他情不自禁地想到:此生再也不可能有什么仕途,唯愿与她两相厮守,直到永远。最后一句"佳人相见一千年"既是真心的表白,又是在向朝云表示歉疚,因为现在的他除了真情之外一无所有。他希望朝云能理解这份真情,更希望能理解他的歉疚。

浣溪沙(感旧)

徐邈能中酒圣贤①,刘伶席地幕青天②。潘郎白璧为谁连③?

无可奈何新白发④,不如归去旧青山⑤。恨无人借买山钱⑥。

【注释】

①徐邈能中酒圣贤:《三国志·魏书·徐邈传》:"徐邈字景山,燕国蓟人也。……魏国初建,为尚书郎。时科禁酒,而邈私饮至于沉醉。校事赵达问以曹事,邈曰:'中圣人。'达白之太祖,太祖甚怒。度辽将军鲜于辅进曰:'平日醉客谓酒清者为圣人,浊者为贤人,邈性修慎,偶醉言耳。'竟坐得免刑。"能中酒圣贤,意谓徐邈能分辨何为清酒,何为浊酒。

②刘伶席地幕青天:晋刘伶字伯伦,为"竹林七贤"之一。好饮酒,著有《酒德颂》,称他自己"行无辙迹,居无室庐,幕天席地,纵意所如"。　③潘郎白璧为谁连:《晋书·夏侯湛传》:"夏侯湛字孝若,谯国谯人也。……湛幼有盛才,文章宏富,善构新词,而美容观,与潘岳友善,每行止同舆接茵,京都谓之'连璧'。"此句意谓夏侯湛死后,潘岳还能与谁连璧?　④新白发:刚刚长出的白发。　⑤旧青山:故乡的青山。　⑥买山钱:购买卜居家山修建屋舍的钱。

【解析】

这首词可能作于元丰末年苏轼遇赦即将离开黄州前往汝州之际,也可能作于其后的一段时间。所谓"感旧",指的是他在黄州四年多的时间里,得到当地不少朋友帮助,并与他们成为很好的朋友,如今一别,不知何时才能重见。我们也大都有过类似的经历,譬如大学四年即将分开、部队数年复员转业等,应该能体会到苏轼当时的情感。与上述分别不同的是,苏轼当时是以谪宦的身份寓居黄州,属于"被监视居住"人员,还能得到上至知州、下到百姓的信任和帮助,较之今天正常交往的同学和战友,那种惜别之情会更加深沉,更加浓烈。

上阕连用了三个典故。徐邈比况的是徐得之,乃黄州知州徐君猷的弟弟。据孔凡礼《苏轼年谱》卷二二载,徐得之名大正,早在苏轼熙宁中任杭州通判时就已定交。苏轼被贬黄州后,又在那里有过交往。元丰六年,其兄君猷死在南下途中,徐得之又因丧事与苏轼频繁交往,应该说,苏轼得到徐得之的信赖是由来已久的。有人称这里的徐邈指的是知州徐君猷,难免有臆断之嫌。拙著《苏轼文集编年笺注》卷五七收录有与徐得之的书信多达16封,可以参看。刘伶比况的是刘唐年,即苏轼诗中多次提到的"刘监仓"。潘郎比况的是郡人潘大临,也是最早与苏轼交往的黄州当地人。对于刚刚脱离谪宦生涯的苏轼来说,往事历历在目,深情岂能忘怀?如果没有那么多心地善良的人,想熬过数年贬谪生涯,几乎是不可想象的。不过作者还是尽量用轻松的笔墨寄寓深情,把他们和古人拴在一起,暗含徐刘善饮酒、潘英俊而多才。

下阕回到自身,感叹对逐渐老去的无奈、大半生虚度光阴的自责,以及连退隐还乡都捉襟见肘的自我调侃,传达出的情感十分复杂,其中有对冷酷现实的厌倦,也有对实现自我价值的渴求,更有看破红尘的达观。从这点来说,此词所表现出的状态,应该比元丰五年写前、后《赤壁赋》时更增添了几分迷茫。

浣溪沙(自适①)

倾盖相逢胜白头②,故山空复梦松楸③。此心安处是菟裘④。
卖剑买牛吾欲老⑤,乞浆得酒更何求⑥?愿为同社宴春秋⑦。

【注释】

①自适:自求适意。 ②倾盖相逢胜白头:意思是偶然相逢的新知往

往胜过自小交往到白头的故人。《史记·鲁仲连邹阳列传》:"白头如新,倾盖如故。何则?知与不知也。"倾盖,两车上的伞盖相倾碰到一起。 ③故山:故乡的山,家山。松楸(qiū):古人往往在墓地种植松树和楸树,故以"松楸"代指坟墓。苏轼的母亲于仁宗嘉祐二年(1057)四月卒于故里,夫人王弗于英宗治平二年(1065)卒于汴京,父亲苏洵于治平三年(1066)四月卒于汴京。当年,苏轼护送父亲和夫人的灵柩回到蜀中眉山安葬。 ④菟(tù)裘:古地名,在今山东省泗水县。《左传·隐公十一年》:"羽父请杀桓公,以求大宰。公曰:'为其少故也,吾将授之矣。'使营菟裘,吾将老焉。"后因以称告老退隐的地方。此句意谓被贬到黄州后,本已打算在这里终老。 ⑤卖剑买牛:把士子随身之剑卖掉去购买耕牛。典出《汉书·龚遂传》:"民有带持刀剑者,使卖剑买牛,卖刀买犊。"此句也是在说打算在黄州终老余生。 ⑥乞浆得酒:向人求浆水却得到了美酒,谓所得超过所求。 ⑦愿为同社宴春秋:意谓愿意与这里的新知友人们饮宴以度时光。此句化用唐韩愈《南溪始泛》诗:"愿为同社人,鸡豚燕春秋。"社,古代地区单位名,方六里为社。顾炎武《日知录·社》:"社之名起于古之国社、里社,故古人以乡为社。……《管子》'方六里名之曰社'是也。"此处指的是作者所在的黄州。作者被贬到黄州后,与知州徐君猷、当地秀才潘大临、郎中庞安常、隐士方山子等皆为好友。所谓同社,即指这些新交的朋友,即所谓"倾盖相逢胜白头"者。

【解析】

此词或作于元丰七年。苏轼自元丰三年初被贬到黄州,直到元丰七年三月才得到朝廷的赦免,授予他检校水部员外郎,量移汝州团练副使,这首小词正是作者得到赦书后与黄州友人相会时所作。量移汝州表面上看是离开了黄州，实际上政治地位并没有太大的变化，依然是被"安置"的对象，所以作者并没有太多的惊喜，正相反，他觉得与其到另一个地方去当团练副使，还不如就待在黄州，有那么多当地的朋友可以交往。词中表达了对黄州朋友们深深的眷恋，上阕开篇便用了"倾盖相逢胜白头"这样满含深情的词语，为全词定了基调。可以体会出，在这个基调中，还满含了作者本人的人生追求：有这么多情真意切的友人在身边，即使是在这里安家，也是十分惬意的选择。正因为如此，在得到朝廷命他离开黄州移居汝州的当口，他的情感升华到了更高的高度，对倾盖相交的友人们依依不舍，甚至宁可"愿为同社宴春秋"。

也有学者认为此词是苏轼元丰八年回到常州时所作。苏轼的确有过想在常州终老的打算，但在常州，他并没有几个值得依靠的"同社"，所以我认为，此词作于他即将离开黄州时比较符合事实。

渔家傲（赠曹光州①）

些小白须何用染②，几人得见星星点③？作郡浮光虽似箭④。君莫厌，也应胜我三年贬⑤。　　我欲自嗟还不敢⑥，向来三郡宁非忝⑦？婚嫁事稀年冉冉⑧。知有渐⑨，千钧重担从头减⑩。

【注释】

①曹光州：元丰中光州知州曹九章。光州治所在今河南潢川，宋朝时属淮南西路。曹九章的儿子曹辅娶了苏辙的女儿，而且是苏轼做的媒，故二人甚为相得。　②些小：些少，不多。　③星星点：不多的白发。此句言曹知州的

白发白须并不算多，没人能注意得到。　④作郡：担任州郡长官。浮光：时光。　⑤胜我三年贬：意谓曹知州忙于州郡事务，深感时光飞快，为此感到厌倦，也比我遭贬三年苦熬岁月强得多。宋代知州每三年为一任。　⑥我欲自嗟还不敢：我想像曹知州这样发牢骚还没胆量。　⑦向来三郡宁非忝（tiǎn）：此前也曾在三个州郡做过知州，那岂不是勉强应对？忝，羞愧。苏轼自熙宁至元丰间共担任过密州、徐州、湖州三郡的知州。　⑧婚嫁事稀：子女婚嫁的事不多。年冉冉：年纪越来越大。　⑨有渐：慢慢变老的规律。　⑩千钧重担从头减：压在肩上的千钧重担总有一天会完全消失。意思是最终会死亡。

【解析】

　　这首词作于元丰五年。因为苏辙与光州知州曹九章为儿女亲家，曹九章也算是苏轼的亲戚，二人之间难免说些心里话，发发牢骚。曹九章仕途也不光鲜，年纪老大，仅仅是个支郡的知州。他曾对苏轼发过怀才不遇的牢骚，苏轼这首词，就是想给他一些安慰和劝勉。

　　开篇先说曹知州并不显老，只有不多的几根白发，那算得了什么？接着说曹知州作为一郡父母官，虽然忙于杂务，毕竟还能找到自身的价值，总比我这个遭贬三年的谪宦强得多。这些都是现实的比较，不论从哪个方面说，苏某都还不如你，所以也就用不着发牢骚了，知足常乐嘛。下阕依旧是与曹知州的比较：我虽然也当过三任知州，可惜业绩平平，无法与曹大人相比，也就没有发牢骚的资本了。嗨，还说那些往事干什么，都这把年纪了，也不用操持儿女婚嫁之事了，剩下的仅仅是聊度残生，哪里还有多少愤懑和牢骚？

　　这首词在写作上几乎没有起伏，从开篇劝曹知州，说到自己老大无为，一直是平平稳稳向前推进，颇似耆老劝世之语。有学者认为此词"有牢骚，有不平，也有乐观，却无颓唐，无消沉，亦无激愤"，也算有些道理：牢骚是不可避免的，尽管作者在劝解对方，然而他自身"我欲自嗟还不敢"的心态，本身就是一种牢骚。作者在密州消弭盗贼、在徐州率领军民抗击洪水并得到朝廷嘉奖，都做得有声有色，怎么能说"向来三郡宁非忝"呢？可如果不这么说，又怎么解释自己被抓进御史台、被流放到这个江滨小城的现实呢？所以这些正话反说之语，既隐含着牢骚，也隐含着不平。不过进入下阕，那种"免饥寒桑麻愿足，毕婚嫁儿女心休。百年期六分甘到手，数干支周遍又从头"的平和和洒脱，又展现得格外充分。做人就得这样，若一味纠缠在世俗里，早晚把你气死，还没人为你偿命。

江城子（墨云拖雨过西楼①）

墨云拖雨过西楼。水东流，晚烟收。柳外残阳，回照动帘钩②。今夜巫山真个好③，花未落，酒新篘④。　　美人微笑转星眸⑤。月华羞⑥，捧金瓯⑦。歌扇萦风⑧，吹散一春愁。试问江南诸伴侣⑨，谁似我，醉扬州。

【注释】

①墨云拖雨：乌黑的浓云裹挟着雨水。　②回照：夕阳的返照。动帘钩：映照着帘钩。帘钩，古代人们将帘子挂在门旁的钩上。　③巫山：宋玉《高唐赋》序："昔者先王尝游高唐，怠而昼寝，梦见一妇人，曰：'妾巫山之女也，为高唐之客，闻君游高唐，愿荐枕席。'王因幸之。去而辞曰：'妾在巫山之阳，高丘之阻，旦为朝云，暮为行雨，朝朝暮暮，阳台之下。'"后遂以"巫山"指男女欢会。　④篘（chōu）：以刍草或竹篾编制的

过滤器过滤。　⑤星眸：像星星一样晶亮的眸子。　⑥月华羞：指美女如月亮般白皙的面庞现出羞涩之态。　⑦金瓯：金制的酒杯。　⑧歌扇：唱歌时手持的团扇。萦风：有风回旋。　⑨江南诸伴侣：杭州的故旧。

【解析】

这首词约作于元祐七年担任扬州知州时。苏轼在颍州待了一年，至元祐七年二月，又被安排到扬州任知州，在这里又待了半年，当年八月再次回朝。据词中"墨云拖雨"的描写，当作于入夏之后。

"墨云拖雨"四个字，真可谓浓墨重彩，把浓云大雨的状态描摹得相当震撼。不过很快便雨散云收，夕阳重新出现在烟柳之外。这番大开大合后，作者将笔墨转移到"今夜巫山"的铺垫上，花还在，酒新筛，良宵的惬意上阕已见。下阕与前面的文字没有任何间隔和转移，紧紧续上，大写侍女的仪容和娇态：先写美人微笑，接着说她迷人的星眼，再加上以"月华羞"的娇态频频劝酒，更令人心痴神迷了。随后再让女子一展歌喉，那手中的团扇荡出的微风，足以将满腹闲愁吹得无影无踪。末句用"试问江南诸伴侣，谁似我，醉扬州"作结，凸显作者此时百无聊赖的寂寞之情，同时透出自己并不甘心过这样的日子，只是身为官吏，把握不了自身而已。

减字木兰花（江南游女①）

江南游女，问我何年归得去？雨细风微，两足如霜挽纻衣②。
江亭夜语，喜见京华新样舞③。莲步轻飞，迁客今朝始是归④。

【注释】

①江南游女：此处指苏轼的爱妾朝云。此女是杭州人，熙宁五年以后一直跟在苏轼身边。苏轼被贬为黄州团练副使之初，只带了朝云来到贬所，其妻王闰之是后来才到黄州与苏轼团聚的。　②两足如霜：指朝云的腿脚皮肤白皙。纻（zhù）衣：苎麻制成的衣裳。是普通平民所穿之衣。　③喜见京华新样舞：很高兴欣赏到了汴京流行的新舞蹈。　④迁客：遭受贬谪迁往荒远之地的官员。今朝始是归：如今总算开始北归了。

【解析】

　　这首词作于元丰七年遇赦量移汝州之前。从整首词的语气判断，应该是在写朝云。为什么我不同意某些人所说是写歌女的看法呢？很简单，词中明确说此女是个美貌女子，然而所穿竟然是粗麻布的衣裳，您见过身穿粗麻布的"文艺工作者"吗？再穷也得置办行头，否则谁会看你那副寒酸相？只有苏轼的爱妾朝云才可能具备既美丽又简朴两个方面的特性。再说通读全词，作者一片怜香惜玉之情，且是发自内心的珍爱，如果是个生头生脸的歌者，作者断不会有如此深沉的情爱。朝云在苏轼的一生中扮演了极为重要的角色，不但时时跟随在他身边，而且吃苦在先，对苏轼非常忠诚，尤其能理解苏轼的心思。宋人费衮《梁溪漫志》卷四记载着这样一个故事："东坡一日退朝，食罢扪腹徐行，顾谓侍儿曰：'汝辈且道是中有何物？'一婢遽曰：'都是文章。'坡不以为然。又一人曰：'满腹都是识见。'坡亦未以为当。至朝云，乃曰：'学士一肚皮不入时宜。'坡捧腹大笑。"可见在苏轼诸多侍婢中，朝云可称为最能"读懂"他的人。元丰六年，朝云为苏轼生下了一个儿子，取名叫苏遁。人人都能诵读的《洗儿》诗"人皆养子望聪明，我被聪明误一生。惟愿孩儿愚且鲁，无灾无难到公卿",就是苏轼为苏遁而作的。可惜此子短命,不足一岁便夭折了。了解了这些背景再看此词,显然是对朝云的口吻。

首句入题便说这位美丽而不幸的江南佳丽,跟着苏某备尝艰辛。她撒娇般地问道:"先生说说,咱们究竟什么时候才能离开这倒霉的黄州啊?"紧接着描写她的装扮:在斜风细雨中,一个没穿罗袜只穿粗布麻衣的丽人正睁着求解的眼睛望着他呢。大概是看出了苏轼的欣喜,知道很快就要离开此地,抑或是在江亭之上的低声私语中得知了即将离开黄州的准信儿,朝云兴奋得翩翩起舞,那优美的舞姿一点也不落伍,足能赶得上京城的潮流。只见她莲步轻盈,如同飞仙,惹得苏轼赞叹不绝。朝云为什么如此高兴?当然是因为"迁客今朝始是归"。她的舞姿真能赶上京城的潮流吗?应该不会,可苏轼为什么偏要这般夸赞她呢?这就用得上一句俗话"人逢喜事精神爽",不论朝云姿态如何,在苏轼眼里永远都是最美丽的,更何况是在结束谪居生活的当今呢?全词朴素自然,没有太多的修饰,却传递出了最真最美的情愫,这就是爱,说也说不清楚。

满庭芳(归去来兮)

余谪居黄州五年,将赴临汝①,作《满庭芳》一篇别黄人。既至南都②,蒙恩放归阳羡③,复作一篇。

归去来兮,清溪无底,上有千仞嵯峨④。画楼东畔,天远夕阳多。老去君恩未报⑤,空回首、弹铗悲歌⑥。船头转,长风万里,归马驻平坡⑦。　无何⑧。何处有,银潢尽处⑨,天女停梭⑩。问何事人间,久戏风波⑪。顾谓同来稚子⑫,应烂汝、腰下长柯⑬。青衫破，群仙笑我，千缕挂烟蓑⑭。

【注释】

①将赴临汝：即将到汝州去做团练副使。临汝，北宋汝州的郡名。《宋史·地理志》一："汝州，辅，临汝郡，陆海军节度。本防御州。" ②既至南都：到了南都应天府以后。北宋的应天府为陪都，称南京，又称南都。苏轼到这里，是打算探望对苏家有恩的前执政张方平。 ③蒙恩：得到朝廷的恩惠。放归阳羡：放他自便，可以回常州居住。阳羡，今江苏宜兴的旧称。北宋时常州辖晋陵、武进、宜兴、无锡四县，苏轼曾购买的田产即在宜兴，故称"放归阳羡"。 ④嵯（cuó）峨：山势高峻之貌。此句言宜兴家产临青溪，对青山，景致甚美。 ⑤君恩未报：没能为朝廷作出大的贡献。 ⑥弹铗（jiá）悲歌：手弹剑柄，唱着悲歌。《战国策·齐策》四："齐人有冯谖者，贫乏不能自存，使人属孟尝君，愿寄食门下。孟尝君曰：'客何好？'曰：'客无好也。'曰：'客何能？'曰：'客无能也。'孟尝君笑而受之曰：'诺。'左右以君贱之也，食以草具。居有顷，倚柱弹其剑，歌曰：'长铗归来乎！食无鱼。'左右以告。孟尝君曰：'食之，比门下之客。'居有顷，复弹其铗，歌曰：'长铗归来乎！出无车。'左右皆笑之，以告。孟尝君曰：'为之驾，比门下之车客。'于是乘其车，接其剑，过其友曰：'孟尝君客我。'后有顷，复弹其剑铗，歌曰：'长铗归来乎！无以为家。'左右皆恶之，以为贪而不知足。孟尝君问：'冯公有亲乎？'对曰：'有老母。'孟尝君使人给其食用，无使乏。于是冯谖不复歌。" ⑦归马：回归常州的坐骑。 ⑧无何：无何有之乡。此处是作者幻想着宜兴所居之地静如仙界。 ⑨银潢（huáng）：银河。 ⑩天女停梭：织女停下了梭子。 ⑪何事人间，久戏风波：何必要在人间俗世里长久地忍受宦海风波。 ⑫顾谓同来稚子：望着一同来的小儿子苏

过说。 ⑬应烂汝、腰下长柯：南朝梁任昉《述异记》卷上载："信安郡石室山，晋时王质伐木，至，见童子数人，棋而歌，质因听之。童子以一物与质，如枣核，质含之，不觉饥。俄顷，童子谓曰：'何不去？'质起，视斧柯烂尽，既归，无复时人。"后人遂以"烂柯"指代岁月流逝，人事变迁。此处是作者对儿子说，我们父子总算要升到仙界了。 ⑭千缕挂烟蓑：意谓所穿青衫已经破碎，一条一条的，活像蓑衣挂着千丝万缕。

【解析】

苏轼在黄州遇赦后，沿长江东下，其间还专程到江西筠州看望了弟弟苏辙，而后从九江继续东行北上，途中给朝廷上书，请求允许他回常州居住，在那里终老一生。直到到了南京，才正式得到朝廷圣命，答应他可以归隐常州。这首词就是在这样的背景下写成的。

此词在写作上采用了现实与浪漫的巧妙结合，上阕写得到朝廷恩准，终于可以回到梦寐以求的常州，于是立刻勾画即将回归的故园：面对深深的清溪和高高的山峦，站在画楼东面放眼望去，天是那么遥远无际，夕阳是那么丰满多彩。到此为止，作者一直处在且惊且喜的状态，好像在做梦。接下来才彻底清醒：这一切的确是真的，苏某就要回归乡间，过那"种豆南山下，草盛豆苗稀"的隐居生活了！人太清醒其实并不愉快，您看这位东坡先生，刚才还高兴得像个孩子，转眼间清醒过来，立刻反映在脑子里的却是"老去君恩未报"，多内疚啊，毕竟苏某也曾是个信心满满要"致君尧舜上，再使风俗淳"的士大夫啊。结果却是有志难伸，屡遭贬黜，如今竟然被贬得连官身都快没了，好意思吗？

下阕以"无何"陡起，把自己放进仙界，而且再也不打算出来。这种转换是否显得过于突兀呢？从字面上看的确转换太快，但如果深入苏轼的内心，便能体谅他这份决绝："君恩未报"是我苏某造成的吗？是我苏某情愿的吗？既然报国无门，苏某也只能进入无何有之乡，躲开那些豺狼一样的目光。这里没有愤懑，甚至没有文字的抒写，仅仅是给了一个无声的转换，理解苏某的人都能感受到"此时无声胜有声"的力量。

"无何有之乡"真好啊，银河的尽头，织女早已停下了织梭，盼望着苏某的归来。她嫌我在俗世里混得太久，埋怨我为什么不早些归来？我笑着对过儿说：这一回我们真的摆脱了世俗，进入了仙境，你替老父背着的那柄斧头，早就烂没了吧？群仙都来了，她们纷纷笑话苏某还穿着那件破烂得丝丝缕缕的青衫。其实这不过是假托"群仙"在自我解嘲：谁叫你汲汲于名利，久而不归，非等到青衫都碎成了丝缕才幡然悔悟？真是太愚钝了。

南歌子（见说东园好①）

见说东园好，能消北客愁②。虽非吾土且登楼③。行尽江南南岸、此淹留④。　　短日明枫缬⑤，清霜暗菊球⑥。流年回首付东流。凭仗挽回潘鬓、莫教秋⑦。

【注释】

①东园：宋代真州（今江苏仪征）的园林之一。仁宗皇祐中，施正臣、许元为江淮发运使，马遵为江淮发运判官，将原来的真州监军营改造成园林，很快成为士大夫及百姓游览之所，称为东园。欧阳修《真州东园记》说："龙图阁直学士施君正臣、侍御史许君子春之为使也，得监察御史里行马君仲涂为其判官。三人者，乐其相得之欢，而因其暇日，得州之

监军废营以作东园,而日往游焉。岁秋八月,子春以其职事走京师,图其所谓东园者来以示予,曰:'园之广百亩,而流水横其前,清池浸其右,高台起其北。台,吾望以拂云之亭;池,吾俯以澄虚之阁;水,吾泛以画舫之舟。敞其中以为清燕之堂,辟其后以为射宾之圃。芙渠芰荷之的历,幽兰白芷之芬芳,与夫佳花美木列植而交阴,此前日之苍烟白露而荆棘也。高甍巨桷,水光日景动摇而下上,其宽闲深靓,可以答远响而生清风,此前日之颓垣断堑而荒墟也。嘉时令节,州人士女啸歌而管弦。'"

②能消北客愁:东园的美景能够暂时消解北行迁客的烦愁。北客,作者自指。 ③虽非吾土且登楼:虽然不是我管辖之处,也要登临楼阁。 ④淹留:逗留。 ⑤短日明枫缬(xié):白昼渐短的秋天,明丽的枫叶宛如织锦。缬,染有彩纹的丝织品。⑥清霜暗菊球:清冷的秋霜使菊花团成了球,颜色也变得暗淡。 ⑦凭仗:手扶拄杖。挽回潘鬓、莫教秋:挽住花发,不使头发继续变白。晋代潘岳《秋兴赋》序:"余春秋三十有二,始见二毛。"后遂以"潘鬓"代指中年头发发白。

【解析】

这首词作于元丰七年初秋,苏轼自黄州东行路过真州,在此地逗留数日,并与当时知州袁陟有所交往,此词就是应袁陟之邀到东园游赏而作的"实录"。全词的基调就是一个字:"愁"。故而上阕开篇便用了东园能令自己暂时消解愁闷的句子,说明如果没有游赏东园这件事,愁是一直没断的。果然,接下来的句子印证了这种情绪:我从黄州东行了数百里,也只在真州逗留,为的就是游东园,暂消烦闷。这种描写隐含着对知州袁陟的感激之情,还包含着对恩师欧阳修的怀念。为什么这么说呢?因为东园是欧阳修写过记文的名园,来此游赏,仿佛又听到了欧公的声音,见到了欧公的笔墨。这层意思,历来评论者几乎都没有提到,而这的确是非常重要的一层深意。

下阕写秋日之景，作者抓住最有代表性的两种事物，一是枫叶红遍，二是秋菊暗淡，准确而生动地把东园的萧瑟表现了出来。正因为有了这些铺垫，才有了对人生苦短的感慨：物犹如此，人何以堪？真想挽住潘鬓，不让华发继续变白。古代诗词中，感慨沈腰潘鬓的作品可谓众多，严格说苏轼在这个年龄发此感慨，属于极正常的情感活动，如果没有上一句"流年回首付东流"作为"眼"，就不值得称道了。恰恰是这一句，使原本平淡的"潘鬓"之叹有了依托：作者并不是单纯地感喟光阴易逝，强调的是光阴本来就很容易消逝，自己的前半生又是在蹉跎无聊中虚度过去的，岂不更令他伤感备至？

点绛唇（闲倚胡床①）

闲倚胡床，庾公楼外峰千朵②。与谁同坐？明月清风我。别乘一来③，有唱应须和④。还知么，自从添个⑤，风月平分破⑥。

【注释】

①胡床：一种可以折叠的轻便坐具，类似今天的躺椅。因从胡地传入，故名。　②庾公楼外峰千朵：此句《全宋词》注云："一作'暝烟深处'。"当以注文为是。庾公楼在武昌，发生过晋代庾亮率左右登楼的故事，而此词作于杭州，意义上与庾公楼没有必然的联系。峰千朵，言月光之下，远处的山峦重重叠叠。　③别乘：这里指杭州通判。汉代郡太守的副官称为别驾，也就是别乘的意思。后代遂以别驾或别乘代指州郡副职。

据南宋楼钥《攻愧集》卷七七载:"元祐五年,(袁毂)倅杭州,东坡为郡守,相得甚欢。" ④有唱应须和:通判既已先有词作,东坡当然应该有赓和之词。 ⑤自从添个:自从通判来此。添个,俗语,意即增添了你。 ⑥风月平分破:风花雪月被你分去了一半。

【解析】

　　这首词究竟作于何时,历来有不同说法。按照楼钥的题跋,应该是与新来的杭州通判袁毂唱和之作。曹树铭《东坡词》注认为,别乘未必就是指袁毂,甚至说此词可能是在黄州所作,也未可知。后一种说法有点牵强,因为从整首词来看,苏轼担任知州的迹象是相当明显的,若是在黄州,怎敢称与通判平分风月?那岂不是大大失敬了?所以我认为此词作于元祐中比较稳妥,那个"别乘"极有可能就是袁毂。其实就欣赏词作来讲,与谁唱和并不重要,我们更看重的是词的意境。

　　上阕写通判到来之前的状态,每每闲坐楼台,看着远处的叠叠青山,身边没有任何人陪伴,只有清风、明月和我自己,透出的是一种清冷孤独的意绪。下阕直言通判到来,杭州的主要长官成了两个人。彼此唱和,情趣顿增,透出的是一种欣快之情。最妙处在词的末句,作者不说友情,却出人意表地拿风月说事:你这家伙,竟然把原来全都属于我的风花雪月分走了一半。读来真是妙趣横生。原来的风月无人同赏,隐含的意思是孤寂之情;如今二人同赏,隐含的意思是身边多了一位志同道合的友人。如此看来,究竟是你独占风月好呢,还是与人同赏好呢?这样的问题还用得着回答吗?

虞美人（持杯遥劝天边月）

　　持杯遥劝天边月,愿月圆无缺。持杯复更劝花枝,且愿花枝长在、莫离披①。　　持杯月下花前醉，休问荣枯事②。此欢能有几人知，对酒逢花不饮、待何时？

【注释】

①离披：分散下垂之貌。《楚辞·九辩》："白露既下百草兮，奄离披此梧楸。"朱熹集注："离披，分散貌。"　　②荣枯事：人世盛衰及人生荣辱之事。

【解析】

这首词作于元丰中，作者仍在黄州贬所。语句虽然不多，却比较全面地反映出作者身处逆境时丰富的内心：对美好事物的追求和对世事荣枯人生无常的厌倦。他似乎对月亮的变化情有独钟，每当看到月亮缺失，便会大发感慨，甚至把"月有阴晴圆缺"和"人有悲欢离合"紧紧地联系在一起。对于花儿也有着同样的感慨，寻常的花儿飘落，他也会感到深深的无奈，这种细腻的情感在他的诗词中往往会被极度地夸大，此词也是如此。作者先写举杯向月，祈求它把圆月尽量保持得长久一些；随后又举杯面对花枝，央它永葆艳丽的花朵，千万不要凋谢。然而他很清楚，不管他有多强烈的愿望，月该缺时必然要缺，花该谢时必然会谢，不可能以任何人的意志为转移。既然如此，就只有趁着月圆花盛之时尽享欢情，把所有的痛苦和忧烦置于脑后。人生本来就不长，而且是"不如意事常八九"，月圆花开更为短暂，能逢到两者重合在一起是多么难得，此时若不抓紧与花月同欢，下一回又不知到了什么时候。

有学者评此词说这些文字表现了作者襟怀的旷达，我则认为恰恰相反，此时作者的内心相当纠结，唯其如此，才使他近乎呐喊般地说出自己的苦闷，这就如同晚唐罗隐"今朝有酒今朝醉，明日愁来明日愁"，你能说他写此诗时真的旷达吗？李白所说"举杯消愁愁更愁"，才是这类读书人内心郁结的真实写照。苏轼与李白在性格上有很多相似之处，他们给人的印象都是那么放旷乐观，其实就其内心而言，压抑的情感太多太多，对世路不平的愤慨太重，这才是他们很难为世所容的根源所在。

南乡子（宿州上元①）

千骑试春游，小雨如酥落便收②。能使江东归老客③，迟留④，白酒无声滑泻油⑤。　　飞火乱星球⑥，浅黛横波翠欲流⑦。不似白云乡外冷⑧，温柔，此去淮南第一州⑨。

【注释】

①宿州：宋代州名，治所在今安徽宿县。上元：正月十五元宵节。　②小雨如酥：韩愈《早春呈水部张十八员外》之一："天街小雨润如酥，草色遥看近却无。"落便收：刚刚落下便被大地吸收了。　③江东归老客：作者自指。此时苏轼又得朝廷圣命，答应他回到常州居住，故自称为"归老客"。　④迟留：长时间地逗留。　⑤白酒：泛称美酒，而不是指今天的白酒。南朝梁武帝《子夜四时歌·夏歌》："玉盘著朱李，金杯盛白酒。"无声滑泻油：指酒味甚美，如同滑油，不觉饮多，以至不再说话。　⑥飞火乱星球：飞动的烟火中滚动着绣球般的花灯。　⑦浅黛：女子用螺黛描画过的眉。横波：女子娇媚的眼波。翠欲流：指女子的穿戴如同翠玉般美丽。　⑧白云乡：神仙居住的地方。意思是说这里的气氛十分热烈，比清冷的仙界温馨多了。　⑨淮南第一州：淮南路十余州郡中最繁华

的一个州。

【解析】

　　此词作于元丰八年的元宵节。苏轼北行途中在泗州过了元旦，到达宿州时，已是元宵佳节了。整首词全在写宿州百姓过节的情景，起首一句便把场面之宏大展示出来：千骑试春游。足见宿州人的富庶和逍遥，逢到这样的日子，谁也不甘心待在家里，纷纷骑上马来到街市，那场面之热烈，是在其他州郡难得一见的。尽管此时下起了小雨，丝毫不影响人们的游兴，反而让人觉得更加清爽宜人。就是这种清爽中的热烈，竟使苏某这个外乡人忍不住流连忘归，痛饮达旦。

　　上阕虚写气氛，下阕则进入具体场面的描写。作者选取了两个最具代表性的场景，一是花灯绣球不间断地飞舞，一是女子穿戴打扮的艳丽，既有物又有人，两相辉映，不但把宿州变得活了起来，而且是活力四射，这种活力把作者深深带入其中，令他颇为感慨：此前觉得只有白云乡里最纯洁最清净，如今见到宿州百姓忘乎所以地尽情游赏，不也非常惬意吗？如此说来，白云乡里反倒显得过于清冷，不像这里的人们毫无顾忌地宣泄内心的欢愉。苏轼所说的"白云乡"是个综合概念，包含着道家缥缈的天界和佛家遗落现世万事皆空的来世之想。之所以曾对白云乡那样向往，全是因为俗世过于恶浊，难以容身。其实那种认识是不全面的，宿州的元宵节难道不是在俗世？这里又怎么可能出现令人窒息的恶浊呢？他的这些思考，是在努力验证即将归老的常州，在那里他仅仅是个布衣平民，与今天要花灯喝美酒的宿州百姓身份全同，或许到了常州，也会在摆脱了俗世名利的羁绊后，获得今天这样的"温柔"吧？

浣溪沙（缥缈红妆照浅溪①）

缥缈红妆照浅溪，薄云疏雨不成泥②。送君何处古台西③。废沼夜来秋水满④，茂林深处晚莺啼。行人肠断草凄迷⑤。

【注释】

①红妆：女子的服饰。此句谓女子艳丽的服装映在水面之上。　②薄云疏雨不成泥：谓云也薄雨也稀，落在地上没有形成泥水。　③古台：指徐州的戏马台，为徐州著名古迹，相传为项羽所筑。　④废沼：许久未经人工修缮的池沼。　⑤行人：作者所送的友人。凄迷：凄凉而惆怅的样子。

【解析】

这是一首送别词，作于徐州知州任上。所送之人为谁，今已难以考证，从整体格调来看，此人应该是能够深深牵动作者情感的人。全词总共六句，作者以唯美的笔触描绘外景就用去了四句，虽然首句出现了"红妆"一语，但整体色泽仍偏于淡雅，薄云疏雨、废沼秋水、茂林晚莺，构成了一幅令人感伤的秋景：云是薄的，雨是稀的，池沼是衰败的，树林虽然还算茂盛，黄莺的啼叫却已有气无力，所有这些景物衬托出的，都是作者送人时绵永却又伤感的情绪。上阕的第三句出现了人——送君的"君"，而送君到何处呢？戏马台之西。戏马台本已显得十分沧桑，送友人送到这里，作者的心绪当然不可能欢快，一定是压抑的。下阕的第三句里同样出现了人——所送的"行人"。行人此时是何心情呢？阴沉的秋晚，天上下着沾衣欲湿的冷雨，作为有情的人自然是肝肠欲断，作为无生命的秋草，显得惝恍迷离，好像在注解着离人的哀苦。

全词句句凄清，作者调动了眼前能见到的一切秋景，共同渲染了令人肠断的离情别绪，却不露"悲哉秋之为气"的消极，可谓隐显得当。

浣溪沙（送叶淳老①）

阳羡姑苏已买田②，相逢谁信是前缘③？莫教便唱水如天④。

我作洞霄君作守⑤，白头相对故依然。西湖知有几同年⑥？

【注释】

①叶淳老：元祐六年时担任两浙路转运副使的叶温叟。《全宋文》卷一七四〇小传说他熙宁间担任开封府推官，元祐四年十月为两浙路转运副使。元祐六年回朝为主客郎中。　②阳羡姑苏已买田：指苏轼在常州宜兴买了准备退养的田地，叶温叟在苏州也买了准备退养的田地。　③相逢谁信是前缘：两个志同道合的人在杭州相逢，谁相信这是前生的缘分。④水如天：唐赵嘏《江楼感旧》诗："独上江楼思渺然，月光如水水如天。同来望月人何处，风景依稀似去年。"此句意谓叶温叟离开杭州后，虽然没有了苏某的陪伴，也不必感旧哀伤，毕竟还有同回乡野比邻而居的那一天。　⑤我作洞霄君作守：此句为假设之词，言多希望我能提举杭州洞霄宫，叶公来做杭州的郡守。洞霄，杭州宫观名。宋代设有提举杭州洞霄宫的祠禄官。　⑥西湖知有几同年：同在杭州为官的，能有几位同年？

唐宋以来称同榜进士为"同年"。

【解析】

　　这首词作者作于元祐六年，苏轼送叶温叟离开两浙转运副使之任回朝之时。关于苏轼与叶温叟的关系，叶梦得《避暑录话》卷下有段记载说："叔祖度支讳温叟，与子瞻同年，议论每不相下。元祐末子瞻守杭州，公为转运使。浙西适大水灾伤，子瞻锐于赈济，而告之者或施予不能无滥，且以杭人乐其政，阴欲厚之。公每持之不下，即亲行部一皆阅实，更为条画上闻，朝廷主公议。会出度牒数百，付转运司易米给民，杭州遂欲取其半。公曰：'使者与郡守职不同。公有志天下，何用私其州而使吾不得行其职？'卒视它州灾伤重轻分与之。子瞻怒甚，上章诋公甚力。廷议不以为直，乃召公还为主客郎中。子瞻之志固美，虽伤于滥，不害为仁。而公之守不苟其官，亦人所难。"意思是说那年浙江遭受灾伤，作为杭州知州的苏轼极力主张将救灾粮的大部分用来赈济杭州之民，叶温叟不相信杭州的灾害比左近州郡更甚，于是亲自前往视察，认为苏轼所言不符合事实。恰好赶上朝廷发下度牒换钱买粮，苏轼打算把其中的一半都给杭州，与叶温叟发生了极大的矛盾，叶温叟说：苏公急于赈济杭民，是从知州的立场出发，叶某作为一路转运使，必须主持公道，哪里的灾害重就多给哪里一些。苏轼大怒，多次弹劾叶温叟。朝廷不得已，只得召叶温叟回朝。看了这段文字，您是不是觉得苏轼与叶温叟的关系很微妙？既然闹得不可开交，人家被召回朝，你还有脸去送人家？是不是在作秀啊？

　　北宋中前期的士子大多都有君子之风，他们可能在具体事务上争得面红耳赤，然而并不影响彼此间的敬重。从叶梦得的记述里我们也可发现，二人的矛盾完全是为了有利于一方百姓，只不过个人的立场和角度不同，实则两人的品德都很值得尊重，您说是不是？正因为如此，叶温叟回朝之际,苏轼并没有把他当成敌人,而依旧当成朋友,出自真心地为他送行。这种阔大的襟怀和心净无垢的光明磊落,很值得今天的我们好好学习。不是有句古话叫"君子坦荡荡,小人长戚戚"吗?如果我们都能加强自身的修养,尽可能做到坦荡无私,尽可能避免戚戚于得失锥末之间,社会将会是多么和谐。

减字木兰花(以大琉璃杯劝王仲翁①)

海南奇宝②,铸出团团如栲栳③。曾到昆仑④,乞得山头玉女盆⑤。 绛州王老⑥,百岁痴顽推不倒⑦。海口如门⑧,一派黄流已电奔⑨。

【注释】

①琉璃杯:琉璃制成的酒杯。李贺《将进酒》:"琉璃钟,琥珀浓,小槽酒滴真珠红。"王仲翁:名公辅。王文诰《苏诗总案》:"王公辅,儋州人,俗呼王六翁。苏轼、折彦质雅重之。一日举酒贺折曰:'夜来占天象,公当内召矣。'未几果验。公辅年一百三岁卒。" ②海南奇宝:指大琉璃杯乃当今海南的奇珍异宝,难得一见。 ③团团:圆乎乎。栲栳(kǎo lǎo):用柳条编成的盛物器具。俗称为笆斗。 ④昆仑:昆仑山,在今西藏、新疆和青海之间。《淮南子·原道训》:"经纪山川,蹈腾昆仑。"高诱注:"昆仑,山名也。在天之西北,其高万九千里。"古代传说此山为神仙所居之地。 ⑤乞得山头玉女盆:此句连上句,意谓这件大琉璃杯一定是曾经有人到昆仑山,求得山巅玉女用来洗头的琉璃盆。言此物

必然来之不易。 ⑥绛州：北宋州名，属河东路，治所在今山西新绛。此处指王公辅的郡望。王老：对王公辅的尊称。 ⑦百岁痴顽：能活到一百岁的老顽童。 ⑧海口如门：大嘴如同一扇大门。言其豪饮。 ⑨一派黄流已电奔：一大杯酒顷刻间便迅速消失。一派，一股。黄流，指酒。《诗经·大雅·旱麓》："瑟彼玉瓒，黄流在中。"电奔，喻如闪电般迅速消失。

【解析】

这首词作于哲宗元符中在儋州贬所时。全词只写了两大"奇"。一是难得一见的大琉璃酒杯，究竟有多大呢？具体尺寸不便讲，那就打个比方吧：听说过昆仑仙女洗头的大盆子吗？对，就那么大，唯其如此，才能和"海南奇宝"的首句定义相吻合，够奇了吧？二是王老的身体和酒量，这是一个问题的两个方面，没有强壮的身体哪来的酒量？唯其海量，才更说明其身体之健壮。瞧他那血盆大口，刚一张开，便像旋涡吸水一样一饮而尽。全词所有文字，莫不是围绕着这两大"奇"而发，您看，这么大的酒杯，怎么才能制作得如此精美，活像常见的栲栳那么圆滚滚？再看王老，百岁之人，哪个想跟他比试比试，都未必是他的对手。如此健壮的身体是怎么练就的呢？说来也很简单，不过是万事不入心，一切随他去，绝不像一般人那样凡事斤斤计较。人们不是经常说那样活着太累吗？不错，累了就折寿，不让自己累着，才是对自己最大的爱护。你说人家"痴"也好，说人家"顽"也好，随你便，老王决不跟你们计较。

读完此词，王老的形象便深深印在我们脑子里了。看人家活得多潇洒，多痛快！可如果扪心自问，你能像人家那样活吗？恐怕你会感到脸红。正因为苏轼达不到王老那般境界，才使他遏制不住要把今天向王老劝酒的小故事记录下来，并打算以他为榜样，潇洒走一回。当然，苏轼的酒量很差,别看他动不动就写饮酒,还口口声声佩服陶渊明饮酒,他的酒量怎么也上不去,这就不说了,天生的,没办法改变,但人家王老的"痴顽",总可以用心去学吧?

这首词揭示出一条很深刻的哲理:人在世上走,不可能事事顺心,莫说普通百姓,皇上还有发不完的愁呢,要是凡事认真,一天就得生八回气,十天就能把你气死。命都没了,还争什么?这点道理都弄不明白,真是太"没文化"了。尤其是老年人,胡子一大把,还遇事便较真地跟别人论理,不嫌累吗?看人家王老,除了一张海饮的大嘴什么都没有,再看人家苏轼,满肚子墨水,肚皮之外也是什么都没有。人家能做到又痴又顽,我们怎么就做不到呢?建议爱生气、爱凡事都要跟别人讲理的人把这首词写下来,当成座右铭,每天读它几遍,肯定长命百岁。

木兰花令（元宵似是欢游好）

元宵似是欢游好,何况公庭民讼少①。万家游赏上春台②,十里神仙迷海岛③。　　平原不似高阳傲④,促席雍容陪语笑⑤。坐中有客最多情,不惜玉山拚醉倒⑥。

【注释】

①公庭:州衙门的公堂。　②春台:指游赏之地。《老子》第二十章:"众人熙熙,如享太牢,如春登台。"　③十里神仙迷海岛:十里杭州都成了仙岛。海岛,《史记·封禅书》中的蓬莱、方丈、瀛洲三岛,相传是神仙所居之处。　④平原不似高阳傲:平原君比不得高阳酒徒那般倨

傲。平原君，战国时赵国公子赵胜。《史记·平原君虞卿列传》："平原君赵胜者，赵之诸公子也。诸子中胜最贤，喜宾客，宾客盖至者数千人。"高阳，汉初狂士郦食其。《史记·郦生陆贾列传》说，刘邦路过陈留时，郦生求见。使者回到刘邦住处时，刘邦正在盥洗，问使者："何人求见？"使者答道："状貌类大儒。"刘邦说道："我现在正在为天下大事操劳，无暇接见儒者。"郦生闻此言，"瞋目案剑叱使者曰：'走！复入言沛公，吾高阳酒徒也，非儒人也。'……沛公遽雪足杖矛曰：'延客入！'" ⑤促席：坐席互相靠近。雍容：仪态温文大方。 ⑥玉山拚醉倒：《世说新语·容止》："嵇叔夜之为人也，岩岩若孤松之独立；其醉也，傀俄若玉山之将崩。"

【解析】

这首词作于元祐六年元宵节，写的是元宵游赏。上阕四句都用来描绘杭州市民熙熙和乐的场景，作者当然不会忘记身为知州的职责：古代的地方官，都以事简人淳、庭无留讼为最大的荣耀，而杭州恰恰做到了这一点，这使苏轼从内心里感到满足。见到州民百姓纵情游赏，不禁用了《老子》的"如春登台"和司马迁的"海上三神山"为喻，他在为杭州百姓打分，更是在为自己打分，这样的景象，还不该打满分吗？这样的景象，还不该与民同乐吗？

下阕全在写与属僚宴乐的场面。作者饶有风趣地记录了当时不同人物的不同性格，有平原君那样谦恭下人的，也有高阳酒徒那样狂放无忌的。谦恭者颇有君子之风，一直在陪着老夫谈笑风生；狂放者自去吆五喝六，没有人去阻止他。作者的高明之处就在于：只举出一个谦者和一个狂者，整个酒席的气氛便被烘托起来了。不过这显然还不够，因为没有自己的影子，能过瘾吗？末二句"坐中有客最多情，不惜玉山拚醉倒"，恰恰"填补"了这个空白:满座里最多情者非我老苏莫属,虽然酒量不大,也要拼他个玉山将颓,很快就把气氛推到了最高潮。

或许是"诗无达诂",有学者认为"平原"是苏轼自指,说苏轼犹如平原君那样贤明待宾,而毫无高阳酒徒的傲慢。那个"不惜玉山拚醉倒"的人,竟被理解成"民客"形象,而且敢于在知州面前放肆无忌,这都与苏轼的亲民有直接关系。(《苏轼词新释辑评》)对这样的解释,本人无论如何都不能赞同。第一,苏轼亲民不假,但他绝不是平原君那样稳重的性格,自然也就不可能自比为平原君。第二,把"坐中有客"解释成一位百姓代表,既不符合古代官场宴饮的规矩,也显得过于突兀,纯属臆断。解说古人诗词,首先要对这位古人的脾气性格摸透,才不至于说得离题太远。

虞美人(冰肌自是生来瘦)

冰肌自是生来瘦,那更分飞后①。日长帘幕望黄昏②,及至黄昏时候、转销魂③。　　君还知道相思苦,怎忍抛奴去?不辞迢递过关山④,只恐别郎容易、见郎难。

【注释】

①分飞后:男女分别之后。　②日长帘幕望黄昏:日高时卷起帘幕盼望黄昏的到来。　③转销魂:反而更加失魂落魄。　④迢递:遥远之貌。

【解析】

这首词写作年代不详,为何人所作也无从考知。观其词意,属于比较常见的离别词，主人公是位独居在家的女子，全词以这位女子的口吻述说离别之苦。

首句先写女子的清瘦。作者别出新意地让女子告诉读者：本来就瘦，与情郎相别后，更是清瘦无比，因为相思之苦折磨得人茶饭不思，失魂落魄，您说还能丰润得起来吗？话语虽平，道出的情感却令人动容。接下来两句构思也颇新奇：莺慵燕懒地睡到日高，睁开眼睛四顾无人，便开始了痴痴的期盼，盼什么呢？盼着天黑，或许情郎会有归来的可能吧？然而真到了黄昏，那焦灼的期盼却落了空，于是渴望了一天的女子更觉失落甚至绝望：这即将降临的漫漫长夜将如何挨过？由于有了上面的铺垫，下阕的哀怨便油然而生，她开始埋怨情郎：你明知道相思之苦难以忍受，为什么还忍心把奴家留在家中？想你跋山涉水渐渐远行，只怕是与你分别容易，再见到你却难上加难了。细读后面四句，真个是如泣如诉，哀苦万端，把一个独守空房的女子内心的焦思和煎熬描绘得惟妙惟肖。每个与这位女子有着相似经历的人读到这里，恐怕都会产生共鸣，甚至会使自身的哀怨更加浓烈。

此词用语朴素，几乎没有修饰，大有汉魏乐府的风格，唯其如此，更能直入人心，感受其中真挚热烈的情感。

念奴娇（中秋）

凭高眺远①，见长空万里，云无留迹。桂魄飞来光射处②，冷浸一天秋碧③。玉宇琼楼④，乘鸾来去⑤，人在清凉国⑥。江山如画，望中烟树历历⑦。　　我醉拍手狂歌，举杯邀月，对影成三客⑧。

起舞徘徊风露下,今夕不知何夕⁹。便欲乘风,翩然归去,何用骑鹏翼?水晶宫里⑩,一声吹断横笛⑪。

【注释】

①凭高眺远:登临高处向远处眺望。 ②桂魄:月亮。俗说月亮上有桂树,故称。 ③冷浸一天秋碧:月光射下的凉气浸润着漫天碧透的秋色。 ④玉宇琼楼:月亮中的华丽宫阙。 ⑤乘鸾来去:指月宫中的仙人们乘鸾而行。鸾,传说中凤凰一类的神鸟。 ⑥清凉国:此处指月亮。谓仙人们都在永远清凉的天国。 ⑦烟树:笼罩着烟霭的树林。历历:清晰可见。崔颢《黄鹤楼》诗:"晴川历历汉阳树,芳草萋萋鹦鹉洲。" ⑧举杯邀月,对影成三客:化用李白《月下独酌》诗"举杯邀明月,对影成三人"成句。 ⑨今夕不知何夕:化用古《越人歌》"今夕何夕兮,搴洲中流"之句,意谓彻底陶醉而完全忘情。 ⑩水晶宫:以水晶装饰的宫殿。此处指月宫。 ⑪一声吹断横笛:化用徐铉《又和太常萧少卿近郊马上偶吟》诗"横笛乍随轻吹断,归帆疑与远山齐"的成句。意谓在水晶宫里,可以任情肆意。

【解析】

这是一首充满浪漫情怀的长调,与他在密州写的《水调歌头·明月几时有》相比,似乎更加深沉也更加丰富,同时又能通过多处重复《水调歌头》成句看出两词之间密不可分的联系。这种联系当然不仅仅是词语的联系,更重要的是思想、情感以及对人生感悟的同源和升华,以及更加大气磅礴的造势,大有指点江山、捭阖寰宇的不可一世。若说豪放词,这一首当之无愧应该排在苏词的前列。杨慎就曾说过:"东坡中秋词,《水调歌头》第一,此词第二。"绝非浪语。

开篇四字点出自我的存在，在干什么？在什么地方？告诉你，苏某站在高处放眼四望。这就自然而然地介入到自然景致当中了。长空万里，云无留迹，多么浩渺的天空，多么宏阔的宇宙，而这一切尽在我的眼中胸中，你说我的胸怀该有多宽阔？再看那一轮皎月，射向人间的清光，使天地之间尽皆寒凉之气，没有尽头，没有边界，一切都在它笼罩之下，又是何等气魄！由月光自然联想到月宫，想那月宫仙子乘鸾往来于清凉世界，何等逍遥，何等自在。随后目光下移，由虚空降到地面，放眼看去，江山如画，美不胜收，那一眼望不到边的树林上空，飘动着霭霭烟云，看似仙界却近在面前。写到这里，天、地、人完成了完美的统一，人在天地之间，天地在人眼里心里，你中有我，我中有你，渐成混沌一片。

然而人毕竟是万物之灵，所谓天和地，是因为人的思考才得以存在的，没有人赋予它们精神和色彩，它们什么都不是。基于万物之中人为最灵的现实，下阕重新回到眼前的人，而且是灵动热烈的人：我已尽享寰宇之浩渺，陶然进入了无比自由的境界。于是乎拍手狂歌，举杯邀月，对影成三，翩翩起舞，徘徊于风露之中，完全不必知道今夕是何夕，今年是何年，因为在这样的宇宙空间里，时间成了毫无用处、毫无价值、毫无意义的赘物，此刻最需要的是趁着这番惬意乘风归去，到水晶宫里纵情吹奏，直到把横笛吹断，才算达到存在的极致。

醉翁引（琅然①）

琅邪幽谷②，山水奇丽，泉鸣空涧，若中音会③。醉翁喜之，把酒临听，辄欣然忘归。既去十余年，而好奇之士沈遵闻之④，往游焉。以琴写其声⑤，曰《醉翁操》，节奏疏宕而音指华畅⑥，知琴者以为绝伦。然有其声而无其辞，翁虽为作歌，而与琴声不合⑦。又依楚辞作《醉翁引》⑧，好事者亦倚其辞以制曲，虽粗合均度⑨，而琴声为辞所绳约⑩，非天成也⑪。后三十余年，翁既捐馆舍⑫，而遵亦没久矣。有庐山玉涧道人崔闲特妙于琴⑬，恨此曲之无辞，乃谱其声，而请于东坡居士以补之云。

琅然，清圆。谁弹⑭，响空山。无言，惟翁醉中知其天⑮。月明风露娟娟⑯，人未眠。荷蒉过山前⑰，曰有心也哉此贤⑱。　醉翁啸咏，声和流泉⑲。醉翁去后，空有朝吟夜怨。山有时而童巅⑳，水有时而回川㉑。思翁无岁年㉒，翁今为飞仙㉓。此意在人间，试听徽外三两弦㉔。

【注释】

①琅（láng）然：声音清朗圆润。　②琅邪：山名，在今安徽滁州西南。欧阳修为滁州知州时常游此山，并建有醉翁亭。欧阳修《醉翁亭记》："环滁皆山也。其西南诸峰，林壑尤美，望之蔚然而深秀者，琅邪也。山行六七里，渐闻水声潺潺，而泻出于两峰之间者，酿泉也。峰回路转，有亭翼然临于泉上者，醉翁亭也。"　③若中音会：好像符合乐曲的音律和节拍。　④沈遵：诗人郭祥正的姐夫。欧阳修《居士集》卷十五《醉翁吟并序》："余作醉翁亭于滁州，太常博士沈遵，好奇之士也。"　⑤以琴写其声：用琴来记录那里自然界的声音。欧阳修《醉翁吟并序》："（沈遵）爱其山水，归而以琴写之，作《醉翁吟》三叠。"　⑥节奏疏宕：节奏抑扬顿挫。音指华畅：音色华美流畅。　⑦翁虽为作歌，而与琴声不合：欧阳修虽为沈遵写了歌词，却与琴律不能相合。这首歌载于欧阳修《居士集》卷七《赠沈博士歌》："沈夫子，胡为《醉翁吟》，醉翁岂

能知尔琴？滁山高绝滁水深，空岩悲风夜吹林。山溜白玉悬青岑，一泻万仞源莫寻。醉翁每来喜登临，醉倒石上遗其簪，云荒石老岁月侵。子有三尺徽黄金，写我幽思穷崎嵚。自言爱此万仞水，谓是太古之遗音。泉淙石乱到不平，指下呜咽悲人心。时时弄余声，言语软滑如春禽。嗟乎沈夫子，尔琴诚工弹且止。我昔被谪居滁山，名虽为翁实少年。坐中醉客谁最贤，杜彬琵琶皮作弦。自从彬死世莫传，玉练锁声入黄泉。死生聚散日零落，耳冷心衰翁索莫。国恩未报惭禄厚，世事多虞嗟力薄。颜摧鬓改真一翁，心以忧醉安知乐。沈夫子，谓我翁言何苦悲，人生百年间，饮酒能几时？揽衣推琴起视夜，仰见河汉西南移。"　⑧依楚辞作《醉翁引》：指欧阳修按照楚辞体的声律写了一篇《醉翁引》。按，《醉翁引》即《醉翁吟》，全文如下："始翁之来，兽见而深伏，鸟见而高飞。翁醒而往兮，醉而归。朝醒暮醉兮，无有四时。鸟鸣乐其林，兽出游其蹊。咿嘤嗢嘶于翁前兮醉不知。有心不能以无情兮，有合必有离。水潺潺兮，翁忽去而不顾；山岑岑兮，翁复来而几时？风袅袅兮山木落，春年年兮山草菲。嗟我无德于其人兮，有情于山禽与野麋。贤哉沈子兮，能写我心而慰彼相思。"

⑨粗合均度：大致符合乐曲的各项要求。　⑩琴声为辞所绳约：琴曲受到歌词的制约。　⑪非天成：不能达到完全吻合自然天成的最佳效果。⑫翁既捐馆舍：指欧阳修已经去世。捐馆舍，抛弃馆舍，人死的婉辞。⑬庐山玉涧道人崔闲：在庐山修道、道号为玉涧道人的崔闲。据《南康志》载，崔闲字成老，江西星子人。倦游京城，回到江西，在玉涧山间结庐以居。苏轼被贬黄州后，崔闲与他多有交往。此人是沈遵的门客，故而深知此曲之妙。　⑭谁弹：哪位乐师弹奏的。这里是表示惊叹的词。⑮惟翁醉中知其天：只有欧公饮醉时才能真正领略其韵味。天，指自然天籁之美。　⑯娟娟：明媚姣好之貌。　⑰荷蒉（kuì）：《论语·宪问》："子击磬于卫，有荷蒉而过孔氏之门者。"孔颖达疏："当孔子击磬之时，

有担揭草器之人,经过孔氏之门。"蒉,草织的盛器。此处"荷蒉"特指好奇之士沈遵前往滁州。 ⑱有心也哉此贤:是"此贤有心也哉"的倒装,意谓沈遵这位贤者实在称得上有心之人。 ⑲醉翁啸咏,声和流泉:谓当年欧阳修的啸咏,与山泉流水之韵完全相合。 ⑳山有时而童巅:那里的山顶有时会变得光秃秃的。童,山无草木之貌。 ㉑水有时而回川:那里的流水有时会倒流。此二句指欧阳修去世后,一切都变得不可捉摸。 ㉒思翁无岁年:此为苏轼自言无时无刻不在思念欧公。 ㉓翁今为飞仙:欧公如今已成天界的飞仙。意即欧阳修早已去世。 ㉔徽外三两弦:意谓如果要理解当年欧公的深意,听此曲就行了。徽,琴徽,系琴弦的绳。刘献廷《广阳杂记》卷三:"琴之十三徽,犹十二经络之穴也。"

【解析】

这篇作品本为诗作,应载入苏轼的诗集才对。南宋辛弃疾也写了一首相同的词,后人才把它当成词看待。整个宋朝,这个"词调"只有苏轼和辛弃疾两人各使用一次,再无其他人按此谱填写。它究竟应该算诗还是算词并不重要,重要的是它体现出的文学价值。此前有不少学者关注此词,并明确指出苏轼作此词主要是为了怀念恩公欧阳修,以及为欧阳修《醉翁吟》呕心沥血的沈遵、最终制成绝妙琴曲的道人崔闲。苏轼是个很重情义的君子,正如他自己所说,对于欧公,他时时刻刻都在怀念着,不曾有一刻忘怀。

由于此词特殊的内容,故作者在小序里详细交代了写词的原委,使我们今天读来减少了很多障碍。上阕开篇用了几个短句,满含深情地记录了当年欧阳修在滁州的吟唱。在苏轼看来,欧公的吟唱是那样清朗,那样圆润,如绝世之音久久回响在空寂的山间。随后跟着一句"无言",令人顿时醒悟:这些言语所记录的未必真是欧公的吟唱,更多则是滁州自然山水发出的幽响。这些无言的幽响有什么内蕴呢？恐怕只有身在其中的欧公才能知其三昧。这种把自然天籁之音与绝世伟人之声结合为一的写法，更显出作者对琴曲的真正理解。人们为什么把最美的琴声比作"高山流水"？就是因为琴声之中流淌的都是与天地相合、与人心相契的精华。而能洞晓其中精华的，千百人中未必能有几个，这又是为什么人们要把高雅之音比作"高山流水"的原因，那是一种心灵上的震荡，是生命与宇宙的完美契合。

上阕最后一句也非常重要，它特地强调，如果没有沈遵的"好事"，没有他不懈的努力，那支接近完美的琴曲不可能流传于世间，也就等于欧公的绝响不能得到最真切的诠释，所以作者发自内心地赞颂："有心也哉此贤。"其中更包括了对沈遵由衷的感激。下阕的点睛之笔是"思翁无岁年，翁今为飞仙。此意在人间，试听徽外三两弦"。是啊，自从欧公辞世，哪有一刻从心中淡去？正因为有了此曲，才使欧公的精神和丰富的内蕴永留人间，这不正是自己的祈愿吗？需要注意的是，完成此愿的最后一人是崔闲，而此词正文中却没有出现这个人物，甚至连影子都不曾闪现，难道是作者把他忽略了？当然不可能：既然要感知欧公的情操只须"试听徽外三两弦"，功劳和荣誉当然不可能不属于最终挽结的崔闲。这种以欧公为龙头，以沈遵为龙身，而以崔闲为龙尾的详略搭配，体现出作者精于剪裁的文字功力。明人陈天定《古今小品》卷七说："此等题，清远为上，意解次之。"正道出此词精髓。所以我们也没必要死抠开篇是人讴还是天籁、功高者是沈遵还是崔闲，要紧的是明白苏轼对前人的纪念和对他们精神的赞美就足够了。

渔　父（渔父醉）

渔父醉，蓑衣舞，醉里却寻归路。轻舟短棹任斜横①，醒后不知何处。

【注释】

①短棹（zhào）：划小船用的短桨。

【解析】

苏轼写过一组《渔父》词共四首，本词是组词的第二首，写的是渔父饮醉的状态，形象憨直而可爱。如果把这位渔者写成醉鬼，喝完便呼呼大睡，那就索然无味，甚至令人憎厌了。而这位渔者喝了酒以后，竟然身披蓑衣在船上跳起舞来，可以想象这套"醉舞"是何等富于天真之态。大概是跳累了，开始找寻回家的路径，可惜神志不清，划着小船在水里打转转，弄不清哪里是南哪里是北，更不知究竟是顺流还是逆流，漂了多远的水路。江面上风儿徐徐，渐渐把渔者吹醒了。消了酒劲儿的渔者迷迷瞪瞪地看着眼前的山水，实在找不到自己的家了。文字到此刹住，至于后来如何，下回也不分解，留个悬念多有趣！

悬念的"解"苏轼肯定知道，因为细细读过几遍之后便能突然悟出：这位所谓的"渔者"，其实就是作者本人。换个人咱不敢妄断，而对于经常自觉不自觉尽显狂态的苏轼来说，做出这等不经之事是完全有可能的。他在《赤壁赋》里不就写过"肴核既尽，杯盘狼藉。相与枕藉乎舟中，不知东方之既白"的醉态吗？很多古人都感叹酒的神奇，因为他们都有过切身的体会，只要处在清醒状态，总免不了满腹忧愁苦闷，一旦饮了酒，进入无何有之乡，就什么忧愁烦恼都无影无踪了。"不知东方之既白"又怎么样？"醒后不知何处"又怎么样？怕的正是每天都知道"东方既白""醒后全知在处"，什么都明白，烦恼岂不又会接踵而至？

渔 父（渔父醒）

渔父醒，春江午①，梦断落花飞絮②。酒醒还醉醉还醒，一笑人间今古③。

【注释】

①春江午：春江已经到了中午时分。　②梦断落花飞絮：大梦醒时，见到的都是落花和飞絮。　③一笑人间今古：把古往今来的纷杂人事当作笑谈。

【解析】

这首小词是《渔父》组词的第四首，写的是渔者酒醒之后。好家伙，这一觉睡得真不短，睁开眼睛已是晌午时分了。眼前所见，尽是落花和飞絮，打个哈欠，伸个懒腰，骂几句街。不是醉了吗，怎么又醒了呢？就那么醉去该多逍遥啊，醒来有什么意思？于是打开酒坛继续喝，直到喝得不省人事便接着睡。什么周郎赤壁呀，什么曹刘争霸呀，简直是吃饱了撑的，有那精神多喝几口酒比什么不强？古往今来谁真正赞赏英雄？就算被人称为英雄又能怎么样，到头来还不是一抔黄土？你周瑜倒是英雄出少年，也就活了三十几岁，你亏不亏呀？你曹操倒是霸主，到头来连几个美女都护不住，还好意思让她们当什么铜雀伎为你那具死尸跳舞，你还能看得见吗？说穿了，这世上最聪明的人莫过于渔者，明白的时候打几条鱼，够吃够喝就满足了。满足以后就喝酒，而且一定要喝醉，那才叫"扫除一切烦恼"呢。很显然,这位"酒醒还醉醉还醒,一笑人间今古"的渔者,原型就是东坡居士本人。

生查子（诉别①）

三度别君来②,此别真迟暮③。白尽老髭须,明日淮南去④。
酒罢月随人⑤,泪湿花如雾⑥。后月逐君还⑦,梦绕湖边路⑧。

【注释】

①诉别：此词是为苏坚送别之词。苏坚,字伯固,参前《青玉案·送伯固归吴中》词及注。　②三度别君：言已与苏坚三度分别。苏轼与苏坚曾别于泗上和杭州,还有一次不知在何时何地。　③此别真迟暮：谓这一次道别深感人生迟暮,已至晚年。　④明日淮南去：明天就要到扬州去了。淮南路安抚使所在地在扬州。　⑤酒罢月随人：饮酒方罢,月亮好像随着人在走。　⑥泪湿花如雾：泪水模糊了眼睛,看花仿佛是一团彩雾。　⑦后月逐君还：待上一个月苏某就会追随苏君回到这里。　⑧湖边路：颍州西湖旁的道路。

【解析】

这首词作于元祐七年离开颍州前往扬州之前,是与密友苏坚道别之作。苏轼虽然比苏坚年长不少,但二人心气相投,故而感情弥笃,从这首词的表述也可见其一斑。陈廷焯《词则》说此词"语浅情深,正不易及",读出了其中深意。

开篇二句直言已与苏坚三度分别,其情之浓厚与不得常相聚首的遗憾跃然纸上,紧接着浩叹此次再别已是垂老之翁,髭须白尽,满含着人生短促的遗憾。我们能感觉到,苏轼对这次的分别更加珍视,大有"此番一别,相见何时"的悲怆。这或许也是老人在离别时更容易产生的感情。

下阕这种情绪有增无减,一句"酒罢月随人,泪湿花如雾",将别情抒发到了无法自控的地步,若不是真正的朋友,哪里至于泪眼迷离,连花都看不清了?最后以"梦绕湖边路"作结,把离情无法改变、无法克制的激越化入梦境,使情意达到了极点。

读罢此词,我们的确感受到苏轼与友人的情意是相当真挚的,也同样感受到,越是真情,越不需要词语的雕琢,正相反,如果送别诗词中刻意用典、字斟句酌,倒显得是在作诗,而不是情不自禁地抒发离情了。

西江月(梅花)

玉骨那愁瘴雾①,冰姿自有仙风②。海仙时遣探芳丛③,倒挂绿毛幺凤④。　素面翻嫌粉涴⑤,洗妆不褪唇红⑥。高情已逐晓云空⑦,不与梨花同梦⑧。

【注释】

①玉骨那愁瘴雾:美玉琢成的香骨何愁瘴毒之侵。　②冰姿自有仙风:冰一般晶莹的身姿自有仙子之风。　③海仙时遣探芳丛:海上的神仙不时前来探查梅的芳姿。　④倒挂绿毛幺(yāo)凤:青青的梅树枝头倒挂着雏凤般的青梅小果。　⑤素面翻嫌粉涴(wǎn):素雅的芳容反倒嫌

恶脂粉的俗气。浣，污染。　⑥洗妆不褪唇红：洗掉淡妆仍不失香唇的红色。　⑦高情已逐晓云空：高雅之情已随着拂晓的白云飘然而去。　⑧不与梨花同梦：不会和梨花同时出现在梦中。

【解析】

　　这首词表面看是在歌咏梅花，实则是以梅花的高洁喻爱妾朝云，寄托对朝云无尽的思念。词作于绍圣三年入冬，此时朝云去世已几个月了。

　　上阕"玉骨""冰姿"都是在喻朝云。实际上朝云的确是因为受不了南方的烟瘴而死，苏轼却说玉骨不愁瘴雾的侵害，冰姿自有仙女的风采，这是不是不符合朝云的生命轨迹呢？实则不然，在苏轼眼里，朝云并没有死，不过是飞升成了仙女，她永远都不会因瘴毒的折磨而死，就如同岭南的梅花一样宛如仙子。此句之后，他仍没有离开仙境，他认为朝云的离去，完全是海上仙人屡屡探望的结果，既然到了"倒挂绿毛幺凤"的时候，她也该回仙界去了。

　　下阕前两句回忆朝云在世时的情景：一个素面朝天的年轻女子，对浓妆艳抹并不在意，反倒觉得那种刻意的装扮失天然之美。铅华去尽，仍保留着一点红唇，那才是真实的美、天然的美。后两句情绪达到高潮，因为作者已从幻梦中清醒过来：他最爱的朝云的的确确离他而去，随云而消了，再也回不到他的身边，能够再见到她，除非是在梦里了！然而即便是做梦，也会梦到最美最纯的朝云，而不会梦到其他任何人，因为朝云的美是有着冰肌玉骨的美，没有任何花、任何人能与她媲美。梨花虽然白皙，但它不可能生长在寒冷的冬季，也不可能有梅花的高洁和清雅。朝云永远是他心中无可替代的女神。